ホーキング博士のスペース・アドベンチャーII-3

宇宙の神秘

GEORGE AND THE SHIP OF TIME

時を超える宇宙船

作 ルーシー

ホーキング

訳 さくまゆみこ

岩崎書店

ホーキング博士のスペース・アドベンチャーⅡ-3

宇宙《うちゅう》の神秘《しんぴ》 時を超《こ》える宇宙船

[作]ルーシー・ホーキング
[訳]さくまゆみこ

岩崎書店

「人類の歴史はますます、教育と大惨事《だいさんじ》の間の競争になってきている」

―― H.G.ウェルズ

献辞《けんじ》

ジョージのシリーズを担当《たんとう》してくれたノンフィクション編集者《へんしゅうしゃ》
スー・クックに特別な感謝をこめて

GEORGE AND THE SHIP OF TIME

First Published as George and the Ship of Time
by Corgi Books
Corgi Books is part of the Penguin Random House group of companies.

おもな登場人物

ジョージ……科学好きの中学生の少年。宇宙船《うちゅうせん》アルテミス号で、ロボットのボルツマンとふたりで宇宙へ飛びだした。

アニー……天才《てんさい》科学者エリックの娘《むすめ》。となりに住むジョージとともに数かずの宇宙の冒険《ぼうけん》をしてきた。

ボルツマン……邪悪《じゃあく》なアリオト・メラクが作った「親切なロボット」。大気圏《たいきけん》を通って地球に降りた際《さい》、焦《こ》げて変形した。

ヒーロー……ジョージが「エデン」で知り合った女の子。9歳《さい》になる日の旅にジョージが同行することになる。

エンピリアン……ヒーローのそばにいて教育や世話などをする役目の守護《しゅご》ロボット。

これまでのあらすじ

ジョージは、隣家《りんか》に住む天才科学者エリック、娘《むすめ》のアニーとともにエリックのスーパーコンピュータ・コスモスの力をかりて太陽系《たいようけい》の惑星《わくせい》をめぐる宇宙《うちゅう》旅行を体験したり、彗星《すいせい》やブラックホールについて学んだりしました。

一方、かつてのエリックの研究仲間だったリーパー先生と宇宙で対決したり、行方不明だったエリックの恩師《おんし》ズズービンの陰謀《いんぼう》で、大型ハドロン衝突型《しょうとつがた》加速器《かそくき》（ＬＨＣ）をめぐるおそろしい事件《じけん》に巻《ま》きこまれたりもしました。

さらに、世界じゅうをサイバーテロで襲《おそ》い、宇宙から地球を支配《しはい》しようとたくらむアリオト・メラクにも挑《いど》み、人工知《ち》能《のう》や量子《りょうし》コンピュータを駆使《くし》した作戦を食い止めました。

平和をとり戻《もど》したジョージとアニーは、「ジュニア宇宙飛行士募集《ぼしゅう》」に応募《おうぼ》し、訓練《くんれん》に参加していました。が、これもアリオト・メラクの陰謀とわかり、彼《かれ》を自滅《じめつ》させた後、発射《はっしゃ》直前の宇宙船アルテミス号から、危機一髪《ききいっぱつ》で家族や子どもたちを救《すく》いだしたのですが、ジョージは、ふと、思いついてそのまま宇宙船内に残り、ロボットのボルツマンとふたりだけで宇宙に向けて旅立ってしまいました……。

この物語を読んで、ジョージが発見した未来をながめた読者のみなさんは、「時間の遅《おく》れ」から「機械学習《マシン・ラーニング》」まで、すばらしい科学の知識《ちしき》や理論《りろん》に出会うことになるでしょう。それらについてさらに学びたい方のために、著名《ちょめい》な専門家によるエッセイを巻末《かんまつ》に載《の》せてあります。そのエッセイを読めば、みなさんの科学の知識がさらに生き生きとしたものになるでしょう。みなさんの未来についても、もっとわかってくるはずです。読んで考え、楽しんでください。ほんとうにわくわくした未来が来るといいですね。

科学エッセイ「最新の科学理論！」 もくじ

装丁　坂川栄治＋鳴田小夜子（坂川事務所）
装画・挿画　牧野千穂

プロローグ

「メッセージをバッファリングしました」通信装置《そうち》が、パチパチいいながら作動し始めた。「ドップラー補正《ほせい》を実施《じっし》しました」

宇宙船《うちゅうせん》アルテミス号の中は、これまでのところ不気味《ぶきみ》なほど静かだった。そこへ、突然《とつぜん》人間の声がひびいたのだ。しかも、怒《おこ》っている声だった。

「ジョージ、お母さんよ！」

スピーカーから、きんきんした声が聞こえてくる。ひどく憤慨《ふんがい》しているらしい。

「うわあ！」巨大《きょだい》なロボットのボルツマン・ブライアンが、声を上げた。

この宇宙船には、ジョージとボルツマンしか乗っていない。

「あなたのお母さんに、ごあいさつしましょうか？　きっと心配しているでしょう」と、ボルツマン。

「しーっ」

ジョージは体を浮《う》かせると、宇宙船の前方へと移動《いどう》した。ジョージは、アルテミス号で地球から出発したとき、ボルツマンと自分がこんなに遠くまで運ばれるとは思っていなかった。ところが実際《じっさい》は、まるで宇宙《うちゅう》空間を走る荒《あら》くれ馬の背中《せなか》に飛び乗ったみたいなものだった。

ジョージは、いらだっているお母さんには聞こえないところまで遠ざかると、ボルツマンに言った。

「こうなったのは、ボルツのアイデアだったって言われたくないよね？」

ジョージは、ぼろぼろのロボットを懇願《こんがん》するような目で見た。ずいぶん前に、ボルツマンは宇宙の高いところから地球に飛び降《お》りたことがあり、地球の大気圏《たいきけん》に突入《とつにゅう》するときに生じる高熱のせいで、頭と体が焼け焦《こ》げてしまっている。それを見るとジョージは、人間はそのまま宇宙船の外に出たら生き延《の》びることなどできないと、いつも思うのだった。

「だけど、わたしの考えではありませんよ。お母さんに作り話をしても、現状《げんじょう》はよくなりません」

ロボットのボルツマンは、人間の感情《かんじょう》をマスターするのがだいぶうまくなっていたが、まだ人間のいちばんの基本的《きほんてき》な習慣《しゅうかん》――ウソをつくこと――は、十分にマスターできていない。

どっちにしろ、地球にいるお母さんに作り話をしてもしょうがない。どっちにしろ、ジョージとボルツマンは超高速《ちょうこうそく》の宇宙船に閉《と》じこめられて、地球からどんどん遠ざかっているのだ。……それに、どうやったら戻《もど》れるのかも、わかっていない。ジョージはマイクを手に取った。

「お母さん！」

「ジョージ！」

小さく聞こえてくる声には、怒《いか》りと喜びがまじっているように思える。泣き笑いをしているのかもしれない。

「ジョージ！」

「やあ、お母さん」ジョージは言った。

「ジョージ？　今どこなの？　宇宙にいるっていうだけじゃ、答えにならないわよ。そんなことは、こっちだってわかってるんですからね、ジョージ・グリンビー。ジョージ？　ジョージ！」

「もしもし、お母さん、お母さん！」

そのとき突然《とつぜん》、自分の声がお母さんには聞こえないのだとジョージは気づいた。宇宙をメッセージが伝わる際の「時間の遅《おく》れ」のせいで、地球上で話しかけているお母さんは、ジョージの返事をすぐに聞き取ることはできないのだ。ジョージの声は、広大な宇宙をまだ旅しているとちゅうだからだ。実際には、お母さんは今聞こえた音声を何時間も前に、あるいは何日も前に送ったのかもしれないし、今はもうマイクの前にはいないのかもしれない。ジョージはがっかりした。せっかくお母さんとやりとりができたと思ったのに、実際はそうではなかったのだ。

〔訳注：「時間の遅れ」には2種類ある。第1は、遠くからは、光も音も遅れて到着《とうちゃく》するというもの。第2は、ロケットが光速に近い速さで地球から離《はな》れていくとき、地球からの音声は、いわゆるドップラー効果《こうか》で、高音も低音になり、スロー再生《さいせい》したような音声になるというもの。しかし、このアルテミス号は、通信装置《そうち》で「ドップラー補正《ほせい》」をしているとあるので、一旦《いったん》録音して、それを早送り再生して元の速さに戻しているのだろう。〕

お母さんの声がまた聞こえた。

「ジョージ・グリンビー！　いったいどういうつもりなの？　へんてこな宇宙船《うちゅうせん》に乗りこんで、みんなを死ぬほど心配させるなんて！」

通信がとぎれて雑音《ざつおん》が入り、ブーンとかプツプツという音しか聞こえなくなった。

「ぼく、わかってなかったんだよ！　こんなはずじゃなかったんだ！」ジョージは、お母さんには聞こえないと知りつつ、泣き言を言った。

とっさに思い立って宇宙船アルテミス号をハイジャックしたときは、大冒険《だいぼうけん》が始まると思ってワクワクしていた。気がすんだら戻《もど》ればいいと思っていた。発射直後《はっしゃ》に、ジョージとボルツマンは宇宙船をコントロールして、地球を周回する軌道《きどう》に乗せるつもりだった。そして何度か回ったら、宇宙船の速度を落として軌道をはずれ、地球に戻ればいい。もし両親があまりにも憤慨《ふんがい》してジョージがこの先二度と地球から出ることができなくなったとしても、本物の宇宙船に乗って飛行する体験はやってみるだけの価値《かち》があると、ジョージは思ったのだった。

でも、そううまくは行かなかった。アルテミス号は、最初から決まっているプログラムにしたがって進んでいるみたいなのだ。コースはあらかじめ定められているらしく、こちらの思いどおりにしようとしても、まったく反応《はんのう》しない。それどころか、大砲《たいほう》の弾《たま》のように地球の大気を切《き》り裂《さ》いて突進《とっしん》していくのだった。灰色《はいいろ》に見える月はあっという間に過《す》ぎ、地球はどんどん遠ざかり、闇《やみ》に浮《う》かぶ何千という光の点の一つになってしまった。

今、アルテミス号は宇宙空間を猛《もう》スピードで駆《か》け抜《ぬ》けている。窓《まど》をのぞくと、たくさんの星がどんどん後ろへ流れていくのが見えた。宇宙船のコントロールパネルは、ボルツマンがどんなに指示《しじ》しても、言うことをきかなかった。宇宙船の特別室ではレタスが育っていたが、ジョージとボルツマンはそのレタス同様、手も足も出せないのだった。宇宙のレタスが少しずつ成長していくように、ジョージたちも、アルテミス号の遠征《えんせい》の目的が明らかになるまで、だまって待つしかなさそうだ。アルテミス号は、ジョージが最初予想したように、火星まで行くのだろうか？　それとも、前に伝えられたように、木星の衛星《えいせい》エウロパに向かっているのだろうか？　だとすると、ずいぶん長い旅になるが、今のところはただ、ぐんぐんスピードを上げながら闇を突《つ》っ切っている、ということしかわからなかった。

ボルツマンが、通信ポータルに向かって声をはり上げた。

「ジョージのお母さん、こんにちは。こっちは楽しくやっていますよ。心配いりません。この宇宙船には、最高品質《ひんしつ》の慣性《かんせい》調整装置《そうち》がついていますから、速度が極端《きょくたん》に上がったり下がったりしても、乗組員がつぶされる危険《きけん》はありません。もしそれがご心配なら……」

そう聞いて、お母さんが安心するとはとても思えない。ジョージは、ボルツマンのメッセージが宇宙のどこかに消えてしまえばいいと思った。

突然《とつぜん》また、お母さんの声がはっきり聞こえてきた。

「エリックが、その宇宙船の向きを変えようとしてるの。でも、あんたが戻るまでには長い時間がかかりそうだって。エリックによれば、アルテミス号はエウロパや火星には向かっていないらしいの。向かっているのは……」

「どこなの？　どこに向かってるの？」ジョージは叫《さけ》んだ。

パチパチ　ブーン　シュー　ツツツ。お母さんの声がとぎれて、雑音《ざつおん》しか聞こえない。ガガッ……ガガッ……ブーン……シュシュシュ。

「お母さーん！」と、ジョージ。

この時ほど、ふつうのたいくつな通りに建っているふつうの家の自分の部屋にいたいと思ったことはない。ふたごの妹たちがうろちょろしていて、お母さんはキッチンにいて、お父さんは庭で自《じ》家製《かせい》の発電機を動かすための薪《まき》を割《わ》っているはずだ。

そのイメージはあまりにもくっきりしていたので、ジョージは自分もそこにいるような気がした。庭から家の中に入って鼻をひくひくさせると、お母さんがいつものブロッコリ・マフィンを焼いているのがわかる。妹たちは桜《さくら》の木で作った積み木を高く積んだり、それをくずしたりしている。外からは、お父さんが斧《おの》でバシッと薪を割る音が聞こえてくる。わが家だ。ジョージがいるはずの場所だ。

ガガー！　アンプが大きな音を立てた。ジョージのお母さんはどこかへ行ってしまい、ジョージはこの無機的な宇宙船《うちゅうせん》の中に戻《もど》っていた。空気はムッとして、まわりには乾燥《かんそう》食品のパックが積んであり、友だちといえばロボットしかいない。宇宙食はまずくはないし、「ベーコンサンド」とか

「チョコレート・ミルクセーキ」といったように、さまざまな香《かお》りもついている。宇宙船には水のリサイクル装置《そうち》も備《そな》わっているので、ジョージは食べ物にも飲み物にも困《こま》ることはないはずだ。ロボットのボルツマンだって、いい仲間だ。だけど、そうだとしても、自分の家族や、いつも冒険《ぼうけん》に出かけたくてうずうずしている親友アニーといっしょにいるのとは、くらべものにならなかった。となりに住むアニーとは、いつも連れ立って冒険をしてきたのに。今回は、ジョージだけで飛び出してきてしまった。

お母さんの声が聞こえなくなり、通信がとだえた。こうなると、エリック・ベリスがなんとかしてくれるのではないかという、最後の希望も消えてしまった。エリックは、親友アニーのパパで、超有名《ちょうゆうめい》な科学者で、コスモドローム2（ジョージの家のあるフォックスブリッジの近くにある宇宙船基地《きち》で、アルテミス号もそこから発射《はっしゃ》された）の所長をしていた人だ。ジョージたちは、まだ宇宙を猛《もう》スピードで突《つ》っ切っている。でも、どこに向かっているのだろう？　ジョージはマイクをにぎったまま、役立たずの操縦装置《そうじゅうそうち》にもたれかかった。通信装置からは、パチパチ、ブーンというような音や、奇妙《きみょう》なかん高い口笛のような音がまだ聞こえていたが、そんなものはただの雑音にすぎない。

「元気を出して。ほら、こんなものを見つけましたよ」ボルツマンがそう言いながら、ロボットの長い指でジョージをこづいた。

ジョージは、ぼうっとした目を上げた。

「ラズベリー・リップルですよ！　新しいフレーバーです。食べたいでしょう？　そろそろ晩《ばん》ごはんの時間ですか？」

ボルツマンは、ジョージの顔の前で、ケーキミックスの箱をふりまわしながら、にこやかな声で言った。

宇宙船《うちゅうせん》に乗っていていちばん奇妙《きみょう》なのは、しばらくすると時間の感覚がなくなってくることだ。ジョージの腕時計《うでどけい》は故障《こしょう》しているみたいだし、ボルツマンの時間管理機能《きのう》はなぜか不調で、コントロールパネルにも手がかりがなかった。それに、一日を区切る日の出や日の入りもない。

ジョージたちは、寝《ね》たいときに寝て、起きたいときに起きていた。ジョージは、眠《ねむ》くなると寝心《ねごこ》地《ち》の悪くない寝棚《ねだな》にもぐりこみ、ボルツマンは、充電《じゅうでん》が必要になると動きを止めて、宇宙船の太陽エネルギー供給装置《きょうきゅうそうち》を利用した。いっしょにおしゃべりをするうちに、ボルツマンは、人型ロボットとロボットみたいな人間はどう違《ちが》うかについて知識《ちしき》を深めた。しばらくするとジョージは、ボルツマンが自分の真似《まね》をしているのに気づいた。まるで鏡のロボットを見ているみたいだ。

そんなふうにして日々は過《す》ぎていった。少なくともジョージは、何日かが過ぎたと思った。ふたたび地球からの声が聞こえてきたとき、本当は何日たったのかも、わからなくなっていた。

「ジョージ！　ジョージ！」こんどは、親友アニーの声だった。

ジョージとアニーは、コスモスというコンピュータの扉《とびら》を利用してエウロパという氷の衛星《えいせい》まで行き、最も邪悪《じゃあく》な男アリオト・メラクに勝ったあと地球に戻《もど》って、発射寸前《はっしゃすんぜん》のアルテミス号に閉《と》じこめられていた子どもたちを危機一髪《ききいっぱつ》で救《すく》い出したのだった。メラクは、地球で最も賢《かしこ》い子どもたちを秘密《ひみつ》の宇宙ミッションで実験に使い、太陽系《たいようけい》の中で生命体を見つけようとしていたのだ。ジョージとアニーは、あわやというところで子どもたちを救うことができたのだったが、その時、メラクの量子テレポーテーションをとちゅうでストップさせたので、メラクは分解《ぶんかい》されたままで、人間に再構成《さいこうせい》されなくなったのだ。

ただ、アルテミス号はメラクが極秘《ごくひ》で設計《せっけい》し建設《けんせつ》した宇宙船だったので、メラク以外の者は操縦《そうじゅう》できないらしかった。メラクが消滅《しょうめつ》してしまうと、この宇宙船がどう動くのかを知っている者が地上にはひとりもいなくなった。今どこに向かっているのかもわからないし、最高の頭脳《ずのう》を持つエリック（アニーのパパ）でさえ、アルテミス号の進路を変えることはできないのだ。

「アニー！」

ジョージは大声をはり上げると、通信ポータルまですっ飛んでいった。ジョージは、今では微小《びしょう》重力空間で自由に動けるようになり、いろいろなとんぼ返りやでんぐり返しまでできるようになっている。

「ジョージ！　まだそこにいる？　聞こえてる？　できたら連絡《れんらく》して！　こっちはたいへんなの」

アニーは、早口でしゃべっていた。

「ぼくだって、そうしたいよ！　でも、戻る方法がわからないんだ。だれにもわからないんだよ！

それに『まだここにいる』って、どういう意味？　助けてよ、アニー」ジョージは叫《さけ》んだ。「何もかもが変わっちゃったの」

アニーの声が突然《とつぜん》はっきりと聞こえてきた。それは、なつかしいアニーの声に違《ちが》いはないが、もっとおとなっぽくて、もっと落ち着いていた。でも、不安がにじんでいる。

「何もかもが、うまくいかなくなってるの。世界が逆《さか》さまにひっくり返ったのよ、ジョージ。こわれてしまったの。わたしたち、それを止めることができなかったの。ジョージ、聞こえてる？　助けてほしいの！　エリックを助けて！」

ジョージは凍《こお》りついた。はるかかなたから宇宙《うちゅう》を超《こ》えて友だちの声が聞こえてきて、助けをもとめているけれど、こっちには助ける方法もなければ、リアルタイムで返事をすることもできないのだ。そう思うと、つらかった。となりにいるボルツマンも固まっていた。ジョージと同じでこのロボットも、恐《おそ》ろしいニュースを聞けば心が痛《いた》むとでもいうみたいに。

「エリックはどうしたの？」ジョージはたずねた。

でも、すぐには声が届《とど》かないことはわかっている。宇宙に向かって叫んでも、それはびんに入れたメッセージを海に流すようなもので、だれかが見つけて答えてくれるかどうかは、わからないのだ。

「まさか！　まさかあのエリックが！」ボルツマンが、ロボットにしてはずいぶんと感情《かんじょう》をこめて言った。

「しーっ！　アニーの言葉を聞かなくちゃ」と、ジョージ。

「エリックが行方不明なの」まるでジョージの声が聞こえたように、アニーが答えた。でも、声をひそめている。「ジョージ、エリックは行動を起こしたんだけど、つかまってしまったの。だれかに裏切《うらぎ》られたのよ。エリックはやつらを止めようとしていたんだけど、今はどこにいるかわからないの。とても心配で……」アニーは、息切れしたような声で言った。

「やつらって？」ジョージはきいた。

きいてもすぐには届かないのがわかっているけど、きかずにはいられなかった。

向こうから聞こえてきたのは、悲鳴だった。その悲鳴が、大きな、ほとんど空っぽの宇宙船の中にひびき、壁《かべ》にはねかえってこだました。

「アニー！　アニー！」ジョージは、通信装置《そうち》に向かって叫んだ。

でも、声は消え、通信はとだえた。ジョージは、宇宙に浮《う》かんでいるアニーの姿が見えるかもしれないとでもいうように、窓《まど》まで走った。でも、広大な宇宙空間が見えるだけだ。果てしない光のショウのように、広大な宇宙空間で、明るい星や、奇妙《きみょう》な天体や、巨大《きょだい》な岩がまわりながら通り過《す》ぎていく。

ボルツマンとジョージは、だまって視線《しせん》をかわした。ロボットと少年、メカの目と人間の目が見つめ合う。

「ボルツも感じてるよね？　地球では、何かがとてもおかしくなってるらしいんだ」ジョージが言った。

ロボットはうなずいた。

「故郷《ふるさと》から遠く離《はな》れているあなたが、悲しんでいるのを感じます。地球の有機的《ゆうきてき》な部分がおかしくなっているみたいですね。わたしも、ずいぶん遠くまで来てしまったと感じ始めています。あなたの宇宙《うちゅう》飛行の夢《ゆめ》はかなったのですから、もう戻《もど》ったほうがいいですね」

「この宇宙船はどこを目指しているのかな？　アリオト・メラクは言ってなかった？」

ボルツマンは、首を横にふった。

「わたしのご主人には、たくさんの秘密《ひみつ》がありました」コントロールパネルまで行くと、アルテミス号の飛行を管理《かんり》するシステムを何度もいじりながら、ボルツマンは言葉を続けた。「それに、たくさんの策略《さくりゃく》も。もしあのご主人が、目的地はエウロパだと言ったとすれば、アルテミス号がそこへ行かないのは確《たし》かです」

「ぼくたち、どれくらい宇宙にいるんだろう？　どうしてここには時計がないんだろう？」と、ジョージ。

ボルツマンがスイッチを入れたり、コマンドを入力したりしているので、ジョージにはあまりすることがない。

「どうしてここには時間がないのかな？」ジョージはきいた。

「時間はいつもあります。そして、いつも前に進んでいます。でも、この宇宙船がどれくらいの距《きょ》離《り》を、どれくらいの速度で進んでいるのかは、わかりません。この宇宙船の慣性《かんせい》ダンパーからすると、おそらく速度は……」

「地球に帰ろうよ、ボルツ。どれくらいかかろうと、かまわない。だって、あっちで助けをもとめているんだもの」ジョージが、きっぱりと言った。

ボルツマンはまたシステムに入りこんで、見えない力からコントロールを取り戻そうと試《こころ》みたが、むだな努力に終わった。外を見ると、星がずんずん流れて明るい光の虹《にじ》ができている。ジョージは、しばらくの間、地球からこんなに遠くにいる人間は自分ひとりかもしれないと思って、もの思いにしずんだ。だけど、この先、地球に戻って、自分が体験したことをだれかに話すことなんてできるのだろうか？　そして、地球に戻れたとして、いったい地球はどうなっているのだろうか？

ボルツマンは、宇宙船の進路を変えようとしてさんざん奮闘《ふんとう》し、額《ひたい》の汗《あせ》をふくまねをした。ジョージはおかしくなった。ロボットは汗をかかないから、ふく必要もないのに。だけど、人間の動作をまねて、がんばっているところを見せているのだ。

しかし、ボルツマンがあきらめかけたとき、宇宙船そのものが言葉を発した。

「往路《おうろ》の最高点に到達《とうたつ》」

ジョージもボルツマンも、びっくりして飛び上がった。

「それで、どうなるんだ？」

ジョージは声をはり上げたが、きくまでもなかった。ここまで宇宙の闇《やみ》の中を猛《もう》スピードで突《つ》っ切ってきた巨大《きょだい》な宇宙船《うちゅうせん》は、今や止まりかけたかと思うと、ついに向きを変えたのだ。

「ボルツ、もしかして……」

ジョージは、まだその先を言う気にはなれなかった。

「そうですよ」ボルツマンは、にやっと笑いながら言った。

「ほんとだ！　宇宙船が向きを変えたぞ！　きっと戻《もど》っていくんだ」

ジョージは、ボルツマンに飛びつくと、ぎゅっと抱《だ》きしめた。

そのとき、通信装置《そうち》から冷ややかな声が流れてきて、ジョージもボルツマンもぎょっとして動きを止めた。

「家から外へ出ないように」声は、はっきりしていた。

背後《はいご》からは、多くのサイレンが鳴っているみたいな、けたたましい音も聞こえてくる。

「惑星《わくせい》・地球のみなさん」放送が続く。「あわてないで家にとどまりなさい。抵抗《ていこう》しないように。これは訓練ではありません。くり返します。これは訓練ではありません」

命令を下す声がひびいたと思うと、大きな爆発《ばくはつ》のような音がした。地球の表面を粉ごなにくだき、大気圏《たいきけん》や成層圏《せいそうけん》にキノコ形のガスの雲をふき上がらせるような轟音《ごうおん》だ。

それから、しーんと静かになった。

1

宇宙船《うちゅうせん》は、後部からバリバリと音を立てて着陸し、しばらくの間ぐらぐらと揺《ゆ》れたが、倒《たお》れることはなかった。岩の多い地面に突《つ》っこんで、ピサの斜塔《しゃとう》と同じような角度で停止したのだ。土ぼこりがもうもうと立つ。もし見ている人がいたなら、きっと大した見物だっただろう。宇宙船の周囲は、白っぽい砂地《すなち》がどこまでも広がり、ぎらぎらかがやく天の川の下で見る月面の砂漠《さばく》みたいだ。

宇宙船の中では、宇宙飛行士たちが座席《ざせき》のシートベルトを締《し》めたまま、揺れがおさまるのを待っていた。

「ちょっと気分が悪いです」目をつぶったまま、ロボットのボルツマンが言った。

「ばかなこと言わないで。ロボットは気分が悪くなんかならないよ」ジョージが言い返した。

「ほんとうなのですよ」ボルツマンが抗議《こうぎ》する。

ジョージと宇宙《うちゅう》を飛行しているあいだ、自分がただの知能《ちのう》ロボットではなく、知覚を持つロボットだと信じこむようになっていたボルツマンは、さらに言った。

「わたしにも感覚があるのです」

もともと感覚より事実のほうが好きなジョージは、今ボルツマンの気持ちについて話し合うつもりはなかった。

「着陸は完了《かんりょう》したのかな?」

「はい、わたしのおかげでね」ボルツマンが、ムッとしながら答えた。

「ありがとう、ボルツマン。かなりおもしろい着陸技術《ぎじゅつ》だったね」ジョージはつぶやいた。

「天体の表面にちゃんと着いたのですから、着陸は着陸です」

「だけど、ここは地球なんだろうね?」ジョージがきいた。

「そう思いますよ。だけど、すぐにそうとは思えないですね」ロボットは、あたりを見まわしながら言った。

「違《ちが》ってたら、どうする? もし違う惑星《わくせい》だったら?」ジョージがきいた。

そう言ったとたん、ジョージは後悔《こうかい》した。長い宇宙飛行のあいだに、ボルツマンの反応《はんのう》はどんどん人間らしくなっていった。今は、ちょっとした批判《ひはん》が入るだけでも、ボルツマンは機嫌《きげん》をそこねる。

「いいですか、わたしはベストをつくしたのですよ。そもそも宇宙に飛び出したのは、あなたのせいなのですからね」ロボットは声をはり上げた。

「そうとも、わかってるよ」ジョージはため息をついた。「それに、ボルツがいっしょに来てくれてよかった。ひとりじゃ、宇宙船をどうしていいかわからなかったからね」

するとボルツマンは機嫌を直して言った。

「いやいや、わたしは、人間と長い時間を過《す》ごすことがこれまで許《ゆる》されていなかったので、大いにためになりましたよ。わたしは夢《ゆめ》見ていたのです……」

そこでちょっと言葉を切ると、

「ああ、ロボットは夢を見ないのでした」

と、自分で訂正《ていせい》してから続けた。

「わたしは思っていたのです。人間の友だちができればいいなあ、とね。宇宙飛行士のジョージ、あなたは人間の中では最高の友だちですよ」

ジョージは、思わず胸《むね》がいっぱいになった。

「ああ、ボルツ！　きみは、最高のロボットだよ。いや、違うな」ジョージは、せきばらいしてから続けた。「ロボットだろうと人間だろうと、ボルツは最高の友だちだよ」

ボルツマンはほほえむと、金属《きんぞく》のペンチみたいな手を伸《の》ばして、ジョージのシートベルトをはずした。

「さあ、外に出ようか？」と、ジョージが言うと、

「ええ、あなたはともかく、わたしは脚《あし》を伸《の》ばすつもりです」と、ボルツマンが答えた。

「どうやって外に出よう？　地面からはずいぶん離《はな》れてるよね。飛び降《お》りたら、骨折《こっせつ》しそうだよ」

ジョージが言った。

ボルツマンは、窓《まど》から外をのぞきながら答えた。

「幸い、宇宙船《うちゅうせん》をお尻《しり》から着陸させたので、下半分がこわれたみたいですね。われながら、うまくやったものです。おかげで、わたしたちは発射《はっしゃ》の時よりはずいぶん低い位置にいます。あなたの骨《ほね》も折《お》れないですみそうですよ」

発射の時には、ジョージたちは発射整備塔《せいびとう》を通ってこの巨大《きょだい》な宇宙船の高いところにある入り口から乗りこんだのだった。窓の外を見ると、たしかに、ボルツマンの言ったとおりだった。まだこの天体（ほんとうに地球だろうか？）の表面はずいぶん下にあるが、なんとか飛び降りることもできそうだ。とはいえ、着陸の際《さい》に窓がずいぶん汚《よご》れてしまったせいで、白っぽい地面しか見えない。

「ここは、どこなんだろう？」ジョージは、手がかりはないかとコントロールパネルをチェックした。

しかし、宇宙船は、着陸したとたんに機能《きのう》しなくなっていた。太陽系《けい》の果《は》てまで突《つ》き進んだアルテミス号は、今やくず鉄同然になってしまったらしい。スクリーンには何も映《うつ》らず、スイッチも作動しない。

「わたしが持っている装置《そうち》も、まったくつながりません。どうしてでしょう？　ここが地球だといいのですが。また別の惑星《わくせい》に遭遇《そうぐう》するなんて、心の準備《じゅんび》ができていませんよ」

「心の準備より、もっと実際的《じっさいてき》な問題があるよ。もしここが地球じゃないなら、ぼくは呼吸《こきゅう》ができないんだ」と、ジョージ。

「わたしが先に出て、様子を見てきます。少し時間はかかるかもしれませんが……」ボルツマンが、雄々《おお》しい声で言った。

「ありがとう」ジョージは、つぶやいた。

ロボットのボルツマンが様子を見るために外に出ても、呼吸しなくていいのだから、何も心配はないはずだ。ジョージはまた窓の外を見た。いったいぜんたい、ここはどこなのだろう？

「わくわくしていますか？」出入り口のハッチを操作《そうさ》しながら、ボルツマンがきいた。

「うん！」ジョージは答えた。「お母さんとお父さんに会いたいよ。アニーにも！　で、何があったのかきかなくちゃ。アニーが変なメッセージを送ってきたのは、あれは、何だったんだろう？　何かあったんだとしても、今はもう解決《かいけつ》してるといいけど……それに、ぼくは腹《はら》ぺこなんだ。本物の食べ物を食べたいよ……」

「わたしは、個人的《こじんてき》には、というより〝個ロボット的〟には、地球にいる仲間のロボットに、人間についてわかったことを伝えたいです。みんな、びっくりすると思うので……」

宇宙旅行の間に何度も聞かされた話なので、ジョージはとちゅうで口をはさんだ。

「うん、わかってる、わかってる！　だけど、宇宙船から早く出たほうがいいよ。スイッチがすべて切れたら、ここから出られなくなるかもしれないぞ」

「ジャーン!」

と、ロボットが言うとハッチがあいて、外の景色が見えた。ただ、視界《しかい》が悪かった。外から入ってきた風に乗って、ねばねばした砂《すな》やすすみたいなものが飛んでくる。

「わあ!」ボルツマンは声を上げると、金属《きんぞく》の体を手ではらった。「地球って、こんなに汚《きたな》かったですか? だけど呼吸《こきゅう》はできます。テストしてみましたが、まあまあ安全だと思いますよ」

「『まあまあ安全』ってどういう意味?」

そう言いながらヘルメットを脱《ぬ》ぐと、ジョージはせきこんだ。空気は変な味だし、ざらざらしている。

「二酸化炭素《にさんかたんそ》の濃度《のうど》がとても高くなっています。記憶《きおく》していたよりずっと高いのです。酸素《さんそ》がとても少なくて、温室効果《こうか》ガスの割合《わりあい》がとても多いのです。ですが少なくとも、数分なら生きられると思いますよ」

ジョージは、何度かぺっぺっと口に入った砂をはき出すと、ハッチから頭を出して、あたりを見まわした。すると、宇宙船《うちゅうせん》の窓《まど》が汚《よご》れていたわけではないことがわかった。どっちを見ても、何もない荒野《こうや》が広がっているだけなのだ。ところどころに、育ちの悪いごつごつした木が見えるだけだ。宇宙船から片足《かたあし》を出して、ジョージは降《お》りようとした。

思い出せるかぎりずっと昔から、ジョージは宇宙船から降りて、新たな惑星《わくせい》に一歩を踏《ふ》み出す瞬《しゅん》間《かん》を夢《ゆめ》見ていた。今はその夢が悪夢《あくむ》になってしまった気持ちだ。地球のどこかに――ほんとに地球だといいけど――宇宙船が壊《こわ》れるような着陸をしたものの、ここはどこだかわからない荒《あ》れ果《は》てた場所だった。迎《むか》えてくれる人もなければ、見知った風景はどこにも見えない。

宇宙服が、ふきつける奇妙《きみょう》な風のせいでべとべとしてきたおかげで、つるっとすべらないで宇宙船を伝い降りることができた。ボルツマンが、金属の足で重々しく砂地を踏みながら後をついてくる。地表には石があちこちに散《ち》らばっている。ジョージはよろよろしていた。無重力状態《むじゅうりょくじょうたい》の宇宙船のなかから出ると、体がずいぶん重たく感じられる。

「おや、ここは川床《かわどこ》ですね」ボルツマンが、足元を指差して言った。

「そう？　でも、水がないよ」ジョージも、ひび割《わ》れた地面を見つめた。

「干上《ひあ》がったのでしょう。でも、前は水が流れていたのです」

「なんともわびしい場所だね。なんでアルテミス号はこんなところに着陸したんだろう？　どうしてこんな場所を選んだんだろう？」ジョージが、不満げに言った。

「ここに着陸するよう最初からプログラムされていたのは確《たし》かです。わたしたちは、手も足も出せなかったのですからね。わたしのご主人が計画していたことです」と、ボルツマン。

「どうしてかな？　アルテミス号に宇宙飛行をさせたあげく、こんな汚い場所に着陸させるなんてさ。ここには、何もないのに」

宇宙服を着たままのジョージと、巨大《きょだい》な焦《こ》げたロボットは、何もない荒野を見渡《みわた》した。

「何か見えるかい？」ジョージが、遠くを見ながらつぶやくようにきいた。

「いいえ、何も見えません」

宇宙食《うちゅうしょく》や水は、使いきっていた。そしてここは、太陽がじりじりと照りつける砂漠《さばく》だ。早く飲み水を見つけないと、とジョージはあせった。

遠くのかげろうを見つめていたジョージたちは、背後《はいご》から何かが近づいてくるのに気づかなかった。気づいたときには、小さなロボットの一隊《いったい》が、カチャカチャと小さな音を立てながらそばを通りすぎて、宇宙船に向かって進んでいくところだった。ミニロボットたちは、アルテミス号にたどりつくと、びっくりするようなスピードと手際《てぎわ》よさで、宇宙船を分解《ぶんかい》しはじめた。

「おい！　それ、ぼくの宇宙船だぞ！」

ジョージは叫《さけ》んだが、小さなロボットたちは取りあわなかった。まったく無視《むし》して作業に集中し、アルテミスというネームプレートも外すと、粉ごなに砕《くだ》いてしまった。

「わたしがやってみましょう。わたしになら、話をするかもしれません」

ボルツマンは自信ありげにそう言うと、ミニロボット隊のほうへ行って、話しかけた。ミニロボットたちは、ボルツマンを取り囲んで何やら答えている。それに、ボルツマンのことを笑っているみたいだ。間もなくミニロボットたちは仕事に戻り、宇宙船を細かく切断《せつだん》すると、アリの隊列みたいにそれを運んでいった。ボルツマンが、乗《の》り物酔《ものよ》いと重力酔《じゅうりょくよ》いとホームシックとでよれよれになっているジョージのほうへ、足取りも重く戻《もど》って来た。

「それで、あいつらはなんて言ってた？」ジョージがきいた。

「さあね。最初は、何を言っているのかちんぷんかんぷんでしたが、わたしのことを滑稽《こっけい》だと思ったようですね。わたしを『V《ヴァージョン》マイナスー・0』と呼《よ》んでいるようでした」

「『Vマイナス1・0』だって？」ジョージは、ぼうっとした頭できいた。「ぼくたちが出発したときは、ボルツは、最も先進的なロボットだったよね」ジョージは不安になり、ちょっとむかしてきた。「ここがどこなのか、言ってた？」

「まあね」ボルツマンは、慎重《しんちょう》に答えた。

「どういうこと？」

ジョージは自分で立っていられなくて、ボルツマンに寄《よ》りかかっていた。宇宙船内で浮《う》かんでいた後では体が重すぎたのだ。気分が悪くて、今すぐ宇宙に戻る手立てがあるなら、そうしたいくらいだった。

「あのロボットたちは、ここをおかしな名前で呼んでましたよ」ボルツマンは、ゆっくりと言った。

「おかしな名前？　ハハハ」

「大笑いするほどじゃないですよ。ここは、『エデン』というのだそうです」

「エデンだって？　それって、どこなんだろう？　何か言ってた？」

「これを聞いたら笑えないですよ。ここの座標《ざひょう》は、出発地点と同じなのです。わたしたちは、宇宙船が発射《はっしゃ》された地点のすぐ近くに戻っているのです」

「なんだって？」と、ジョージは言った。頭がくらくらする。「ここは、砂漠《さばく》のまんなかの、川が干上《ひあ》がった場所なんだよ。なのに、コスモドローム２と同じ座標《ざひょう》だって？　コスモドローム２は、フォックスブリッジから遠くない田園地帯にあったんだよ！」

ちょうどそのとき、特に激《はげ》しい風が、ジョージたちの顔にすすをふきつけた。

「きっとミニロボットたちが間違《まちが》えたんだよ。ここが、ぼくの故郷《ふるさと》のわけないもん」口に入ったすすをぺっぺっとはきだしながら、ジョージは言った。

「ところが、間違いではないのですよ。アルテミス号は、故郷に戻《もど》ってきたのです。あのあたりが」と言いながら、何もない砂漠を指差してボルツマンが言った。「フォックスブリッジです」

それを聞いたとたん、ジョージは気を失った。

2

目を開けるとジョージは、砂漠《さばく》の固い地面の上に倒《たお》れていて、ボルツマンの心配そうな顔が見下ろしていた。

「気がつきましたね！　やれやれ、よかった。意識《いしき》が戻《もど》らないのではないかと心配しましたよ」

ボルツマンが、うれしそうに言った。

ジョージは、なんとか上半身を起こした。頭はまだくらくらしている。太陽がまぶしいし、ずっとずっと遠くまで時間のない宇宙《うちゅう》旅行をしてきた後だし、宇宙船がこわれるような着陸も体験したし、突拍子《とっぴょうし》もない知らせを聞いたからだ。ここが、故郷《ふるさと》のフォックスブリッジに近い田園地帯と同じ位置にあるなんて、信じられない。おだやかな緑の野が広がっていた場所が、人の住まないこんな砂漠に変わってしまったというのだろうか？　どうして今はエデンと呼《よ》ばれているのだろう？

ジョージに見えるのは、こわれた宇宙船《うちゅうせん》を猛《もう》スピードで分解《ぶんかい》しているハイテクのミニロボット隊《たい》だけだ。あとは、まるで生命のしるしをぬぐい取られでもしたように、空っぽの風景がどこまでも広がっている。

「わからないな」

ジョージはそう言うと、ボルツマンのほうに片手《かたて》をのばして自分の体を支《ささ》えようとした。背筋《せすじ》から頭までパニックがかけのぼってくる。

「理解《りかい》がむずかしいですよね。わたしたちが宇宙旅行をしているちょっとの間に、世界がすごい速さで動いてしまったみたいですね。なにしろこのわたしが、あのミニロボットたちに、どうしようもなく時代遅《おく》れだと笑われたんですからね」ボルツマンも、不安そうに言った。

廃品回収《はいひんかいしゅう》ロボットたちは、びっくりするほど効率《こうりつ》よく宇宙船全体を解体《かいたい》している。解体されて小さくなったかけらは、カチャカチャと楽しげに行進していくミニロボットたちに次つぎと運ばれて、砂漠《さばく》の向こうに消えていく。

ジョージは、それを見つめて言った。

「ぼくたちの宇宙船を持ってってしまうぞ！　幸運の宇宙ワッペンを置いてきちゃったのに」

「あきらめたほうがいいですね。アルテミス号は、もう終わりなのです」

「でも、あれはぼくたちの宇宙船だよ。また必要になったらこまるじゃないか」

「必要って？　なんのために？　宇宙旅行は終わったのです。今は、この故郷《ふるさと》がどうなっているか調べないと」ボルツマンが、賢《かしこ》い意見を言った。

「こんな場所が故郷のわけがないよ。きっと何かの間違《まちが》いなんだ」

ジョージはとほうにくれショックを受けていたが、宇宙船で受け取ったメッセージのことを考えてみた。ちょっと宇宙に出ている間に、地球が全滅《ぜんめつ》するようなことが起こったのだろうか？　そんなことが、ありうるのだろうか？　アニーのメッセージはどういう意味だったのだろう？　きっとそのうちわけがわかって、家族やアニーにも会えて、ジョージがとんでもないかん違《ちが》いをしていたことを、みんなで笑えるようになるといいけど。

「もしかしたらね。でも、今は行かないと」ボルツマンが言った。

「どこへ？」ジョージはきいた。

どっちに行ったらいいのか見当もつかない。でも、ある意味では、ボルツマンの言ったとおりだ。地球に帰るのとくらべれば、今は宇宙探検《たんけん》なんてずいぶん単純《たんじゅん》なことに思える。

「水と寝《ね》る場所をさがさないと。あなたのためにね。そうするには、ミニロボットたちについていくしかないですね。さあ、わたしの背中《せなか》に飛び乗って！」

ジョージは言われたとおりにしようとした。でも、暑いし、疲《つか》れているし、かさばる宇宙服を着ているし、背中にはまだ酸素《さんそ》タンクまでついているのだ。ボルツマンは、ジョージをかかえ上げると肩《かた》にかついで、走り出した。

「あう！　あう！　これって、大気圏《たいきけん》に再突入《さいとつにゅう》したときより苦しいよ」ジョージは、声を上げた。

ボルツマンが、大股《おおまた》で走って行くのにつれて、ジョージはひどく揺《ゆ》れたり、ぶつかったりする。でも、ボルツマンは意に介《かい》さなかった。日の光に照らされたミニロボットたちを見失わないようにすることだけを考えているらしい。

しかし、上下逆《さか》さまになっていても、ジョージは、ここが荒野《こうや》だということがわかった。行けども行けども生物の姿《すがた》がまったく見えない。

「どうしてだれもいないんだろう？　道路や家や農園はないのかな？　人間はどこにいる？」ジョージはボルツマンに声をかけた。

「さあね。きっと何かが起こって……」

ボルツマンが突然《とつぜん》立ち止まり、ジョージは金属《きんぞく》の背中《せなか》に思いきり体をぶつけてしまった。

「あいたっ！　痛《いた》いじゃないか！」ジョージは、文句《もんく》を言った。

「しーっ！　前方にロボットがいます。いやな感じがします」

ジョージが首をのばして見ると、曲線的で黒い大きなロボットたちが、コガネムシのようにいそいそと横歩きしていた。ジョージとボルツマンがさっきまでいたほう、つまり宇宙船《うちゅうせん》があったほうへと向かっているらしい。

「何してるんだろう？」ジョージはたずねた。

恐《おそ》ろしげなロボットたちが、何か目的ありげにいそいそと砂漠《さばく》を突《つ》っきっている。もし逆さにぶら下がっているのでなければ、髪《かみ》の毛《け》が逆立《さかだ》つところだ。

ボルツマンが、ジョージを地面に下ろした。

「さあね。この場所の警備《けいび》をしているのでしょう。パトロール・ロボット隊《たい》じゃないですかね」

「何を警戒《けいかい》してるの？　何もない砂漠を警備したって、しょうがないんじゃないかな？」ジョージは、ふらふらしながら立ち上がって言った。

遠くの土ぼこりの中をいそいでいるパトロール・ロボット隊は、かげろうのせいでゆらゆら揺れて見えた。

「何かが着陸したのを察知《さっち》して、調べようとしているのでしょう」ボルツマンは、落ち着いていた。

「それで、何かわかったのかな？」ジョージは、暑いのにちょっとふるえながら言った。

「おそらくわからないでしょう。今ごろはもう、アルテミス号の痕跡《こんせき》は廃品回収《はいひんかいしゅう》ロボットたちが、持ち去《さ》ってしまったでしょうからね」

パトロール隊は、遠くへと消えていった。

「行きましょう」ボルツマンはそう言って、ジョージをまたかつぎ上げた。

ボルツマンの肩《かた》に乗せられたジョージは、気分がとても悪くなってきていた。重力がない宇宙船で長い時間を過《す》ごしてきたのに、今は、重力のある地球に戻《もど》って、すごいスピードで動いているし、しかも故郷《ふるさと》に戻ったというのに見知ったものが何もない。それは、頭脳《ずのう》も胃《い》もぐちゃぐちゃになるような体験《たいけん》だった。ジョージは何がなんだかわからなくなり、ただボルツマンがどすどす進んでいくリズムに身をゆだねることしかできなかった。

しかし、ジョージがようやく慣《な》れてきたころ、ボルツマンは金属《きんぞく》の肩《かた》の上で大きな頭を一八〇度回転させて、後ろをふり返った。そのまま後ろを見ながら、走るスピードを上げた。

「どうしたの?」ジョージはたずねた。

「見つかってしまいました。パトロール隊《たい》が追いかけてきます」

ボルツマンがさらにスピードを上げると、ジョージはボルツマンが大股《おおまた》で進むごとに揺《ゆ》すぶられ、乾《かわ》いた地面からは土ぼこりがもうもうと舞《ま》い上がった。

「危険《きけん》がせまっています。隠《かく》れる場所をさがさないと」

「隠れるような場所がどこかに見えるの?」ジョージがきいた。

見渡《みわた》すかぎりずっと地平線のかなたまで、何もない地面しか見えない。

「いいえ、見えません。あいつらが、近づいてきます」

ボルツマンはまだ、後ろから来るパトロール・ロボットたちを見ていた。ジョージは顔を上げると、指差しながら言った。

「だけど、あれはなんだ?　ほら!　あそこ!」

砂漠《さばく》に土煙《つちけむり》が上がっている。何か、あるいはだれかが、まっすぐこちらに向かってくるみたいだ。

ボルツマンがあわてたような声で言った。首をまわして前を見ることができないらしい。

「首がまわりません。あなたが指差しているものが見えません」

「ちょっと止まって、ぼくを下ろして」ジョージは大声でたのんだ。

ボルツマンはジョージを地面に下ろすと、首をぎゅっとまわして前を見た。そのあいだに、ジョージは、こっちに向かってくる土煙をじっと見つめた。土煙の中の形がなんとなく見分けられる。そんなはずはないな、とジョージは独《ひと》り言《ごと》を言った。きっと夢《ゆめ》を見てるんだ！　雲のような土煙がぐんぐん近づいて来ると、ジョージは昔フォックスブリッジでよくやったように、手を上げた。土煙が目の前で止まり、中にあるものがちゃんと見えた。

それはスクールバスだった。砂漠のまん中の、太陽が照りつける空の下にあらわれたのは、ごくふつうの黄色いスクールバスだった。ドアが開いた。

「ほら、乗ろうよ」ジョージは、ステップをのぼりながら言った。

「どうでしょうか。だいじょうぶでしょうか？」ボルツマンは、ためらっている。

「なら、あいつらにつかまってもいいの？」ジョージは言って、パトロール隊を指差した。

パトロール隊は、ずいぶん近づいてきたので、くるくるまわるアンテナのようなものについている目や、カーブを描《えが》いた形の甲羅《こうら》や、いかにもロボットらしい手足が見てとれる。

「それはいやです」

ボルツマンも、ジョージの後からバスに飛び乗った。すると、ドアが閉《し》まって、バスは猛《もう》スピードで走り出した。

ジョージは、あたりを見まわした。おどろいたことに、バスには小さな子どもたちがたくさん乗っていた。どの子も、大きなヘッドセットをつけて、自分の世界に浸《ひた》りきっているみたいだ。バスが止まったのにも、新たに乗ってきた者がいるのにも、だれも気づいていないらしい。どの子のとなりにもロボットがすわっていた。ボルツマンは技術《ぎじゅつ》を駆使《くし》した巨大《きょだい》なロボットだが、ここには似《に》たようなのはいない。バスに乗っているのは、かなり違《ちが》うタイプのロボットで、どれも、持ち主の希望に合わせて作られているらしい。

ピンクの服を着た小さな女の子のとなりには、かわいいネコみたいな顔のロボットがすわっているし、スポーツが好きそうな男の子のとなりには、レーサーのロボットがすわっている。後ろにいる、長い黒髪《くろかみ》をポニーテールにした年上の少女のとなりには、がっちりしたメガネをかけたまじめな顔のロボットがすわっている。だれも、ジョージやボルツマンには注意を向けないのが、ジョージには不思議だった。

と思ったのだが、もう一度よく見ると、メガネをかけたロボットがこっちをじっと見ているみたいだ。ジョージは不安になり、あいている座席《ざせき》を見つけると、ボルツマンを呼《よ》んでいっしょにすわった。そして、ほかの乗客たちを見渡《みわた》した。

「みんな小学校の生徒たちだね」

「そして、みんなロボットといっしょですね……いいことですよ。状況《じょうきょう》が上向いてきましたね。さあ、これからどうしますか?」

「子どもがたくさん乗ってるんだから、このバスは、子どもが歓迎《かんげい》される場所に行くんじゃないかな」ジョージが、思いついたように言った。

「そうですね」ボルツマンは上の空で、バスの側面を怒《おこ》ったようにたたいているパトロール・ロボットたちに手をふりながら答えた。

「あのロボットたちは機嫌《きげん》が悪そうだね」ジョージが言った。

「あいつらの第一の目的は、機嫌よくふるまうことではないですからね。どっちにしろ、ロボットがみんな、わたしみたいに親切なわけではないのです」

バスがスピードを上げると、パトロール・ロボット隊《たい》は突然、まるで見えない壁《かべ》にぶつかったみたいに足を止めた。そしてゆっくり向きを変えると、来た道を戻《もど》り始めて、もうバスのほうはふり返らなかった。

「どうして止まったんだろう？」ジョージが言った。

「命令を受けたのかもしれません」ボルツマンが言った。

ジョージとボルツマンがふり返ると、メガネをかけたまじめ顔のロボットは、窓《まど》からパトロール隊のほうをにらんでいるみたいだった。

「とにかく、もう行ってしまいました。さて、どうしましょうか？」

「この子たちについていったら、フォックスブリッジへの道がわかるかもしれないよ。そうしたら、ぼくの家族をおどろかせることができるし、またいろんなことが『ふつう』に戻るかも……」

ジョージは、とちゅうでだまりこんだ。「ふつう」がすぐそこにはないように、感じていたのだ。

ジョージとボルツマンは、ほかのみんなと違ってヘッドセットをつけていないので、だまって窓の外の景色をながめ続けた。そして、言葉を失っていた。不気味な風景、しーんとしている子どもたち、奇妙《きみょう》なロボットたちに加えて、空気までもがおかしくなっている気がして、ジョージは泣きたくなってきた。

ここは、ほんとうに故郷《ふるさと》なのだろうか？　宇宙《うちゅう》を旅していたとき、夢《ゆめ》にまで見たあの故郷なのだろうか？　ジョージは、怖《こわ》くなってきた。これまでに経験《けいけん》したことのないほどの恐怖《きょうふ》を感じる。暑いときに冷たいものを飲むと、体中にひんやりした感じが広がるみたいに、恐怖が体の中に広がっていく。もしこの恐怖が心臓《しんぞう》まで達したら、ショックと失望で凍《こお》りついて、鼓動《こどう》しなくなるのだろうか。

「ふだんどおりにしていろ。恐怖に負けるな。きっとだいじょうぶだから」ジョージは、自分に言い聞かせた。

バスの外は、どっちを見ても砂漠《さばく》が広がっている。荒《あ》れ地《ち》のところどころに、小さなやぶや、草が生えている場所もある。動物はほとんど見えない。巨大《きょだい》な黄色いヘビが一匹《ぴき》、革《かわ》みたいな翼《つばさ》で飛ぶカエルをつかまえようとしていたのと、ネズミ顔のミニブタの一群《ぐん》がバスの横を走っているのを見ただけだ。

やがて、前方の土ぼこりの中から、かっちりしたものが見えてきた。大きな高いフェンスとゲートがあり、バスが近づくとそのゲートが自動的にあいた。その時になってジョージは、バスには運転手がいないことに気づいた。

「このバス、おとなはだれも乗ってないんだね。それって、なんか変だよね。世話する人がいないのに、子どもたちだけで乗ってるなんてさ」ジョージは、ボルツマンに言った。

でも、ボルツマンは子どもの養育《よういく》について知識《ちしき》がなかったので、聞き流した。それに、もっと興《きょう》味《み》深いものに目をうばわれていたのだ。

砂漠のこの場所には、奇妙な形の建物が並んでいて、照りつける太陽にぎらぎらかがやいていた。いちばん大きな建物の入り口には、巨大な3D看板《スリーディーかんばん》があって、戸口の上に浮《う》かんでいるように見える。

そこには、こう書いてあった。

「ようこそエデン・コーポレーションへ。ここは〈考えられうる最良の世界〉です」

3

「エデンだって？」ジョージは、バスの外のまばゆさに目をしばたたいた。

エデン・コーポレーションが見えてくるとすぐに、バスに乗っていた子どもたちは一斉《いっせい》にヘッドセットを外し、降《お》りるために並《なら》んだ。

「それって、さっきのミニロボットたちが言ってた名前だよね？　どういう意味？」

「〈エデンの園〉に由来しているのでしょう。楽園という意味のね。そこが生命の源《みなもと》だと言う人もいます」そばにいたボルツマンが答えた。

「なんで〈考えられうる最良の世界〉なんて書いてあるんだろう」ジョージがきいた。

しかしその時、子どもたちとロボットは二列になって、おとなしく建物の中に入っていこうとしていた。

「ぼくたちも、ついていこう」ジョージは言った。

最後尾《さいこうび》にならんだボルツマンは、小さな生徒たちやそのロボットよりもずっと大きい。ジョージはどうしたらいいかわからなかった。助けてくれる人か、ここがどこでどうなっているかを説明してくれる人を、さがすしかないだろう。

ジョージたちは、並んで歩いて行く子どもとロボットについていった。目の前には、ほかの子たちよりは大きいポニーテールの女の子が、自分のロボットと並んで歩いている。

「これなら目立ちませんね」ボルツマンがうれしそうに言った。

しかし実際《じっさい》は、清潔《せいけつ》で行儀《ぎょうぎ》のよい、きちんとした子どもたちと、風変わりだとはいえ小ぎれいなロボットたちの行列のなかで、長旅で汚《よご》れ、くたくたでぼろぼろになっているジョージたちは異質《いしつ》だった。

「いや、目立ってるよ。でも、みんな、まわりなんか見てないみたいだよね。ぼくたちがここにいることにも気づいてないみたい」ジョージは言った。

でも、そう言ったとたん、メガネをかけたロボットと並んでいた年長の少女がふり向いた。その子は、ジョージを上から下までじろじろ見た。まるで空から落ちてきた人でも見るみたいに。まあ、たしかにジョージは空から落ちてきたのだが、この子はそんなことは知らないはずだ。

「えーと、あなたはだれ？　この遠足グループに入って何してるの？　おっと、たいへん！」女の子は、手で自分の額《ひたい》をピシャッとたたいた。「二つ質問《しつもん》しちゃったわ。あっという間に上限《じょうげん》になっちゃった」

ジョージには、なんのことやらさっぱりわからなかった。宇宙服《うちゅうふく》を着たまま、焼け焦《こ》げた巨大《きょだい》なロボットといっしょに、こんなところで何をしているのか——ジョージはその言《い》い訳《わけ》をひねりだそうとしていた。でも、頭がぼうっとしていて何も考えられない。

「ぼくは……ぼくは……」

そのとき、女の子のロボットが前に出ると、女の子の耳元で何かささやいた。すると、女の子の表情《ひょうじょう》が変わった。

「まあ、そうなの」女の子は目を丸くした。そして同情《どうじょう》するようにジョージを見た。「なるほどね」

ジョージは、前よりもっととまどって、女の子のロボットを見た。メガネのロボットがかすかにウィンクしたように見えたのは、目の錯覚《さっかく》だったのだろうか。

女の子は、急にやさしい口調になった。

「ごめんね。たいへんだったのね。それに、気の毒に、何もかも失ったんでしょう。あなたは難民《なんみん》なんだって、あたしのロボットが教えてくれたの。それに、もう質問《しつもん》の上限《じょうげん》になったから、今日はもう質問できないわ」

ジョージは言葉を失っていたが、ボルツマンは違《ちが》い、新たに発見した人間らしい感受性《かんじゅせい》を利用して、一芝居《ひとしばい》うつことにしたらしい。

「そうなのです。ほんとうにつらかったのです」ボルツマンは、泣きそうな声で言った。

「境界線《きょうかいせん》を越《こ》えてきたの？　〈あっち側〉から来たの？」と言ってから、女の子は自分のロボットに向かってあわてて言った。「今のは質問じゃないの。ただの意見よ」

「それについては話したくありません」ボルツマンは、うなずきながら答えた。そして、ため息をつくと、指で自分の鼻をたたきながら続けた。「あまりにも悲惨《ひさん》でした」

女の子は、いそいで言った。

「そうよね。もう二度とその話はしないわ。ようこそ、エデンへ！　ここにいればもう安全よ」

「なにしろここは、〈考えられうる最良の世界〉ですからね。そのうち、あなたがたにもわかりますよ」

女の子のロボットは、すらすらとそう言ったのだが、ジョージはそこに、ちょっぴり皮肉《ひにく》がまじっているような気もした。

「あなたたち、ずいぶん勇敢《ゆうかん》なのね」女の子は言い、それからロボットにたずねた。「明日の分の質問を、今してもいい？　お願いよ。あとはおとなしくして、明日は何も質問しないから」

ロボットはうなずいた。

「あなたたち、砂漠《さばく》では、秘密《ひみつ》の隔離《かくり》施設《しせつ》にいたの？」

「うん」ジョージは、また声を出せるようになった。

それは、まったくのウソではない。宇宙では、地球からずっと隔離されていたのだから。

「あなたのロボットは、ずいぶん旧式《きゅうしき》なのね。博物館にあってもおかしくないようなタイプよね！」

女の子が言った。

ボルツマンは顔をしかめたが、何も言わなかった。

「まあ、でも、あなたたちが、〈あっち側〉の〈最良〉だったら、恐《おそ》れることはないわね。だけど、こちらからのチャンネルは全部ブロックされてるから、そっちのことは、あんまりわかってないの。あなたの名前は?」

「ジョージだよ。きみの名前は?」

「ヒーローよ。あたしはヒーローっていうの」

「ぼくの妹は、ヘラっていうんだ。どっちもハ行とラ行の名前だね」ジョージは、いたずらなふたごの妹たちが今どこにいるのだろうと考えながら言った。

ヒーローは、とまどったような顔できいた。

「妹って?」

しかし、小さな子どもたちが騒《さわ》がしくなってきていた。ジョージとヒーローを取り囲んで、うろうろしている。どの子も、ヘッドセットをはずし、大事そうに胸《むね》にかかえている。どの子も、ジョージと同じように、小さなタンクを背負《せお》っているが、よく見ると、そのタンクとチューブでつながった先にはフェイスマスクもついている。

「こんにちは。あなたはだれ?」小さな女の子が、ジョージに笑いかけた。

声をかけてくれたことで不安が減《へ》り、ジョージはホッとして言った。

「ぼくはジョージ。会うのは初めてだね」

「それ、あなたのロボットなの?」小さな女の子は、活発な子どもたちを見下ろすように立っているボルツマンを指してきいた。

その子のとなりには、ぱっちりした目と、ふわふわの毛と、豊《ゆた》かな表情《ひょうじょう》をもった、とてもかわいいロボットが立っている。

「そうだよ」とジョージが答えると、ボルツマンはせいいっぱい「すてきな」顔でほほえんだ。

「そのロボット、こわい」小さな女の子は、ふるえながら言った。

すると、その子のロボットがすぐに涙《なみだ》を流した。ボルツマンは、向こうを向いて、傷《きず》ついた表情をかくした。

「それ、あなたのロボットなの?」やたらに活発な小さな男の子が、ぴょんぴょんとんできて、ボルツマンを指差した。

「そうだよ」ジョージは、うなずきながら言った。

「わあ、すっごくでかいんだね」小さな男の子が大声で言った。この子もロボットを連れているが、そのロボットはユーモアがわからなかった。

「声が大きすぎますよ、ハーバート。血糖値《けっとうち》を調べて、ガーディアンに伝えないと」その子のロボットが言った。

「ああ、ごめんなさーい……」男の子は、しおらしく言った。

「ここの責任者《せきにんしゃ》はだれ？　おとなはいないの？」ジョージは、ヒーローにきいた。

「責任者？　どうしておとなが必要なの？」ヒーローは、びっくりした顔で言った。

「先生はどこにいるの？」ジョージはたずねた。

ヒーローは、めんくらっている。

「あたしたちみんな、ロボットを持ってるでしょ。それで、ロボットがたえずガーディアンや学校と連絡《れんらく》をとってるの。それ以上はいらないわ。〈あっち側〉では同じじゃないの？　びっくりだな」

「〈あっち側〉でも同じだよ」ジョージは言った。

なんと言えばいいのか、わからなかったからだ。ヒーローのロボットが口をはさんだ。

「〈あっち側〉は、びっくりするほどエデンと似《に》ています。ただしもちろん、まったく違《ちが》うとも言えますけど」

「はあ？」と、ジョージ。

「つまり、〈あっち側〉の政権《せいけん》は、エデンとまったく違うように見えますが、基本的《きほんてき》な部分はまったく同じなのです。よくわかっていなければ、そっくりだと思うかもしれません」ヒーローのロボットが言った。

「〈あっち側〉の人は？」ジョージは、ロボットに小声できいた。

「こっちと同じです。エデン同様、完全に自由なのです」と、ヒーローのロボット。

「そうか」と、ジョージ。

ロボットの口調には、皮肉がこめられているみたいだ。その時、声が聞こえてきた。子どもたちが立っている円形のスペースが暗くなる。

「バブルの中の未来の指導者諸君《しどうしゃしょくん》、エデンにようこそ。今日は、地球の偉大《いだい》なる環境《かんきょう》についての教育モジュールを完了《かんりょう》させましょう。これから、「熱帯雨林」についての教育体験プログラムを個々《ここ》に楽しんでもらいます。熱帯雨林は、かつては地球の三分の一に広がるエコシステム（生態系《せいたいけい》）でしたが、今は絶滅《ぜつめつ》しています。そこで、われわれはここに、多様な生物が生息《せいそく》する熱帯雨林を再現《さいげん》しました」

「なんですって？　どうして熱帯雨林が絶滅したのかな？」

ボルツマンはそう言うと、ジョージに上を見るよううながした。

ボルツマンが指差すほうを見ると、さっきまで天井《てんじょう》だったところが一変していた。熱帯の背《せ》の高い木ぎが風に揺《ゆ》れ、その樹冠《じゅかん》を通して光が降《ふ》り注いでくる。下のほうでは、尻尾《しっぽ》の長いサルが、こんもりした草むらをとびはねながら、たがいに呼《よ》び交わしている。下を見ると、地面には長い木の根や、コケのような植物や、ねじれたシダや、ハエトリソウや、奇妙《きみょう》な形のキノコがいっぱい生えている。ジョージが、食虫植物のようなものに手を伸《の》ばすと、それが指をパクッとかもうとした。

そのとき、ジョージには、ロボットハンドが、ひとりの子どもの髪《かみ》の毛《け》を引っぱるのが見えた。そっちに目を向けると、細いロボットハンドはパッと消えた。

「気をつけて！」

ボルツマンがそう言うと、派手《はで》な色のくちばしを持つ一羽の鳥が舞《ま》い降《お》りてきて、ジョージたちの目の前でバサバサと翼《つばさ》を動かした。

「ほら、こっちにも！」

ジョージは、褐色《かっしょく》のネコみたいな顔の動物を指差した。まるでスパゲティのようにからまった木の根っこの間から様子をうかがっている。

「あっちにも」

ボルツマンは、耳をかきながら用心深く遠くからこっちを見ている巨大《きょだい》な銀色の霊長類《れいちょうるい》を指差した。

「いったい、どういうことなの？　これって、本物なの？」ジョージはきいた。

「違《ちが》うでしょう。没入型《ぼつにゅうがた》のバーチャル・リアリティですね」ボルツマンが言った。

ジョージとボルツマンは、捕食《ほしょく》動物がこっちをねらっているように見えたので、身を寄《よ》せ合った。一頭のピューマが飛びかかろうとして、間合いを計るように目を細めて近づいてくる。ジョージたちは後ずさりした。ボルツマンとジョージがもう一歩下がると、背中《せなか》が何か生あたたかいものにぶつかった。ジョージたちは、悲鳴を上げた。

「ちょっと！　あたしから離《はな》れてよ」

そう言ったのは、ヒーローだった。ボルツマンとジョージは、きまりが悪くなってあわててヒーローから離れると、まわりの景色が緑から青に変わった。

また、アナウンスの声が聞こえてきた。

「そして、これは、グレート・バリア・リーフです。ここは、昔の世界の驚異《きょうい》の一つで、かつては、このすばらしい場所のサンゴの林の中に数百万種もの生物が暮《く》らしていました。残念なことに、〈考えられうる最良の世界〉においては、海水が煮《に》え立ったあと、観光客がこのサンゴ礁《しょう》に入ることはできなくなりました。しかし、われわれは、この海洋環境《かんきょう》の美しさを、みなさんの足さえぬらすことなくお見せすることができるのです！　あなたたちの守護《しゅご》ロボットは、ぬれるのをいやがりますからね。ハ、ハ、ハ」陰気《いんき》な笑い声だった。

「あーあ」

足を水に入れたら楽しいのにと、うらやましそうな声を上げる子どももいる。けれども、子どもたちはすぐに、頭上をただよう巨大《きょだい》なサメや、群《む》れで動きまわる色とりどりの魚たちに目をうばわれた。

「ここエデンでは、これほどおいしい食べ物をどうやって作っているのかという質問《しつもん》をよく受けます。その秘密《ひみつ》をお見せしましょう」

周囲の光景が変わり、黄金色の麦畑が広がる美しい谷が映《うつ》し出された。畑のまわりの果樹園《かじゅえん》では、果物がたわわに実り、野菜畑ではみごとな野菜が育っている。ジョージは、お父さんの畑を思い出した。そこには野菜も果物も実っていたが、雑草《ざっそう》も生え、虫も、鳥もいたし、堆肥《たいひ》も、子どものおもちゃも散らばっていた。ジョージのツリーハウスもあったし、かつてはブタのフレディがいた古い小屋もあった。あれこそが、命とエネルギーに満ちた本物の野菜畑だった。ここで見せられているのは、農場とはこういうものだと教える絵本みたいなものだ。なんとかして早く両親やアニーをさがし出さないと、とジョージは思った。この奇怪《きかい》な装置《そうち》から抜《ぬ》け出せれば、なにもかも正常《せいじょう》に戻《もど》るはずだ。

でもそのとき、ジョージのとなりにいた子が、びくっとしたのがわかった。見下ろすと、ロボットハンドに細い針《はり》がついたようなものが見えたが、すぐにかすかなうなりを上げて引っこんだ。その子の手の甲《こう》に小さな跡《あと》がついていなかったら、気のせいかと思ったところだ。あたりを見まわすと、ほかの子どもたちもみんな、一瞬《いっしゅん》で髪《かみ》の毛《け》が抜かれたり、皮膚《ひふ》に針を刺《さ》されたりしていた。ほとんどの子は、映《うつ》し出される光景に夢中《むちゅう》なので、気づいてもいない。

「われわれは、この地球上の最も清潔《せいけつ》で清らかな場所で、農産物を作っています」アナウンスの声は、とうとうとしゃべり続けた。「できるだけ自然な環境《かんきょう》の中で、愛情《あいじょう》と手間をたっぷりかけて育った新鮮《しんせん》でおいしい食べ物から、エデンのすばらしい栄養《えいよう》サプリは作られているのです。こうした農産物は、清らかな水と太陽をあびて育っています。だからこそ、あんなにおいしいのです。子どもたちよ、おぼえておいてください。〈考えられうる最良の世界〉では、汚染《おせん》されていない、栄養たっぷりの食品を広くみなさんに提供《ていきょう》しているのです」

農村の風景が消えて、こんどは、深緑色の海に水色の氷山がそびえる寒ざむとした風景に変わった。

「これは、溶《と》ける前の極地《きょくち》の氷雪地帯です。ごらんのとおり、人間が住むには寒すぎるし、多くの資源《しげん》は氷の下に眠《ねむ》ったままになっていました。広大な空間がむだになっていたわけです。しかし〈大崩壊《だいほうかい》〉後、エデンが大きく進歩したことにより、この地域《ちいき》の開発が可能《かのう》となりました」

ジョージは恐怖《きょうふ》の声を上げ、ボルツマンの腕《うで》をぎゅっとつかんだ。

「どうしてそんなに変わってしまったんだろう？　ぼくたち、どれくらい長く宇宙《うちゅう》にいたんだろう？」

「わかりません。宇宙にいる間、わたしの時間記録装置《そうち》が故障《こしょう》して、計測《けいそく》ができなかったのです」

ボルツマンは、不安げに答えた。

アナウンスの声が、また続けた。

「われわれは今や埋蔵《まいぞう》されている貴重《きちょう》な鉱物《こうぶつ》を採掘《さいくつ》して、さらなる富《とみ》を築《きず》くことができています。こうしたことや、そのほかの偉大《いだい》なる成功は、教授《きょうじゅ》にして将軍《しょうぐん》にして博士にして尊師《そんし》であるトレリス・ダンプ二世による積極政策《せっきょくせいさく》のおかげで、できたことです。最高位閣下《かっか》であり地球上の最高の組織《そしき》エデンの議長にして大統領《だいとうりょう》でもある彼に永遠《えいえん》の命を授《さず》けられんことを！　この教育体験に参加してくれたみなさんに感謝《かんしゃ》します。退出《たいしゅつ》する際《さい》には、それぞれのチャンネルを通して評価《ひょうか》を送信してください。五つ星の評価を忘《わす》れずに！」

戸口が開き、ロボットたちは子どもたちを外に出した。バーチャルな環境にとどまりたがる子どももいたが、守護《しゅご》ロボットたちはしっかりとスクールバスへと子どもたちを誘導《ゆうどう》していった。ジョージとボルツマンは後ろのほうに立って、どうしようかと考えていた。

「ほら、早く。行かないと」ヒーローが声をかけた。

「うん。ぼくたちも行くよね、ボルツマン？　このバスは……」

「もちろんバスはバブル行きよ」ヒーローは、けげんな表情《ひょうじょう》でジョージを見た。「心配しなくてもだいじょうぶよ。ちゃんと家をさがしてあげるから。ね、そうでしょ？」

ヒーローが自分のロボットを見ると、ロボットはうなずいた。

「えーと、どこへ行くって言ったの？」ジョージは、確《たし》かめようと思ってきいた。

「バブルよ。バブルに行くの」ヒーローが答えた。

4

ボルツマンが、運転手のいないスクールバスに乗りこみながら質問《しつもん》した。

「そのバブルですけど、前は別の名前でしたか？」

ボルツマンは、ヒーローのロボットのとなりにすわった。ヒーローとジョージはその前の席にすわっている。

「ええ、そうよ。〈大崩壊《だいほうかい》〉前のずっと昔には、フォックスブリッジって呼《よ》ばれてたの。ばかげた名前よね」ヒーローが答えた。

「フォックスブリッジだって！」と、ジョージ。髪《かみ》の毛《け》が逆立《さかだ》つ。

「フォックスブリッジ！」

ジョージは、それ以上同じ言葉をくり返さないようにするだけで、せいいっぱいだった。故郷《ふるさと》の町が頭に浮《う》かぶ。明るい敷石《しきいし》の通り、さまざまな店が並《なら》ぶ商店街、べとべとしたシナモンパンをトレイに並《なら》べたパン屋さん、野菜を売っている露店《ろてん》のストライプの日よけ、小さな子どもたちが遊ぶ小さな公園、立派《りっぱ》で古い大学の建物、ジョージが住んでいた横丁には家がたてこんでいて、裏庭《うらにわ》は川に面していた。そんなフォックスブリッジが、どうしてバブルになってしまったのだろう？

「どれくらい遠いのですか、フォックスブリッジ、じゃなくてバブルまでは？」ボルツマンがきいた。

「三〇ダンプくらいの距離《きょり》よ」ヒーローが言う。

「三〇ダンプって、どういうこと？」ジョージがきいた。

「ダンプは時間の単位よ。どうして知らないの？　距離の単位でもあるわ。一ダンプメートルは、一ダンプで行ける距離でしょ」びっくりした顔でヒーローが言った。

「で、一ダンプはどれくらいの長さなの？」ジョージがきいた。

「エデンの人たちの集中がとぎれないだけの理想的な時間よ」ヒーローが、訳知《わけし》り顔《がお》で言った。

「で、それはどれくらい？」

「そうねえ、あたしたちが今話してたのが半ダンプくらいかな」と、ヒーロー。

「ずいぶん短いんだね」と、ジョージはびっくりした。

「そうなの」ヒーローが、ムッとしながら言った。「だからあたし、いつもこまったことになるのよ。それも、あたしの集中できる時間が何ダンプもあるからなの。短くしようとしてるんだけど、なかなか短くならないのよね」ヒーローは口をとがらせた。「それと、質問制限《しつもんせいげん》もね！　質問しないですめばいいんだけど、ききたいことが、すぐに頭に浮かんできちゃうのよね」ヒーローは悲しげな顔をした。「だから、いつも成績《せいせき》が悪くなるの」

「質問するのはいいことだよ！　なんで成績が悪くなるの？」ジョージがきいた。

でも、ヒーローは、これは罠《わな》かもしれないというように、ジョージを疑《うたが》いの目で見た。

ジョージは、質問をしたいだけすることに決めていた。

「ここって、何かたいへんなことが起こったんだよね？」ジョージがヒーローにたずねると、バスが急発進した。「それって、去年とかのこと？」

宇宙《うちゅう》から戻《もど》って来たジョージにとっては、去年はずいぶん昔みたいな気がするが、とりあえずきいてみた。

「日照りが続いたとか？」

「そうよ。でも、あたしたちは〈去年〉なんてもう言わないの。時代遅《おく》れでしょ。かわりに〈太陽ダンプ〉っていう単位で数えるの。ここで何かが起こったのは確《たし》かだけど、この前の〈太陽ダンプ〉じゃないわ。あたしが孵化《ふか》するよりずっと昔よ。あたしは、もうすぐ九〈太陽ダンプ〉だからね。〈大崩壊《だいほうかい》〉は聞いたことあるでしょ？」ヒーローが言った。

「大崩壊？」ジョージは不安げにたずねた。ヒーローはなんの話をしているのだろう？

「知ってるくせに」ヒーローはジョージの脇腹《わきばら》をつついて言った。「〈あっち側〉だって、〈大崩壊〉

のことは教えてると思うけど。世界に残ったものは半分に分けて、片方《かたほう》はエデンのものになり、もう片方は〈あっち側〉のものになったのよ。バブルはエデンにあるし、あんたが住んでたところは〈あっち側〉にあるのよ」

ジョージは、ぼうぜんとしていた。「世界に残ったもの」ってなんだろう？　ヒーローのロボットが、ジョージに情報《じょうほう》をくれようとして言った。

「口をはさんでいいですか？」

「ジョージ、あたしのロボットは、エンピリアンっていうの。でも、エンピーって呼《よ》んでもいいわよ」ヒーローは、気乗りのしない声で言った。

「できたら、それはやめてほしいな。フルネームで呼んでほしいです」ロボットが言った。

「気にしないでいいのよ。あたしのロボットは偉《えら》そうだけど、みんながみんな、エンピーって呼んでるんだから。あたしは、『不親切なエンピー』って呼んでるんだけどね」ヒーローが言った。

「みっともない呼び名ですね」エンピリアンはため息をついた。

「とにかく、よければわたしが説明しますが、〈大崩壊《だいほうかい》〉というのは、歴史的な出来事で、それが重大な混乱《こんらん》を引き起こしたことは、これからもずっと記憶《きおく》に残ることになります」エンピリアンが、背後《はいご》からバカにしたような声で説明を始めた。

「それで、実際《じっさい》には何があったの？」ジョージはたずねた。

巨大《きょだい》な爆発音《ばくはつおん》を地球からの通信で聞いたことが思い出される。まさか、そんなことは……。

「気候変動や、そのほかの環境問題《かんきょうもんだい》が引き起こした一連の災害《さいがい》のせいで、地球の国ぐには、たがいに戦争を始めたのです」重々しい口調で、目を光らせながらエンピリアンが言った。

ジョージは怖《こわ》くなり、ふり返って仲間のロボット、ボルツマンを見た。ボルツマンは手を伸《の》ばして、ショックで動揺《どうよう》しているジョージの肩《かた》を押《お》さえた。

「その戦争はどれくらい続いたの?」ジョージは、小声でたずねた。

こんなにひどい被害《ひがい》をもたらしたのだから、何十年も続いたのだろうと考えていた。

「二分半くらいですね。何百万人もが亡《な》くなり、家が破壊《はかい》され、居住地《きょじゅうち》全体が消滅《しょうめつ》しました。文明は数千年も後戻《あともど》りしたのです。地球という惑星《わくせい》の表面は、兵器《へいき》や武器《ぶき》のせいで荒廃《こうはい》してしまいました。大気中に毒ガスがまき散らされました。海は沸騰《ふっとう》し、森林は焼失し、極地の氷は溶《と》けてしまいました。それで、地球上のほとんどの場所が住めなくなったのです」エンピリアンが答えた。

それを聞くと、まるでこのロボットにお腹《なか》をなぐられたみたいに、ジョージは息が止まりそうになった。ジョージは目を閉《と》じた。幼《おさな》い子どもみたいに、見さえしなければ実際に起こったと思わなくていいとでもいうように。でも、目を開けても、世界は元に戻ってはいなかった。ジョージはまだこの奇妙《きみょう》な新世界でバスに乗っていて、そばには女の子とロボットがいて、後ろには焼け焦《こ》げた金属《きんぞく》の友だちがすわっている。

ショックを受けているのは、ジョージだけではなかった。ヒーローも、ロボットの話を聞いて、同じくらいびっくりしていた。

「それは違《ちが》うでしょ。今の説明は、あたしたちが〈大崩壊《だいほうかい》〉について習ったことと違うわ。あたしたちは、すばらしいことだって習ったのよ。だってそのおかげでエデンができたんだし、人びとを自由にしてくれるダンプ二世——彼《かれ》に永遠《えいえん》の命を——が、世の中をおさめることになったんだもの」ヒーローは声をはり上げた。

「まさにその通りです」エンピリアンは、間髪《かんはつ》をいれずに賛成《さんせい》した。「〈大崩壊〉は、人類やロボットたちが、かがやかしい未来を手に入れるための転機になりました。そのおかげでわたしたちは、エデンという賢明《けんめい》な楽園を楽しむことができているのです。〈大崩壊〉によって、世界は政治家《せいじか》や専門家《せんもんか》を指導者《しどうしゃ》にしようとは思わなくなりました。そこで、ふたりの指導者が選ばれて、世界の半分ずつを治める企業組織《きぎょうそしき》を運営《うんえい》することになったのです。まだ残っていた世界を半分ずつ、ということですが。この二つの企業組織は、以前から大きな力をふるい、大きな利益《りえき》をあげ、世界戦争にも影響《えいきょう》をおよぼしていました。そして、〈大崩壊〉の後、この二つの企業組織は、資産《しさん》を分割《ぶんかつ》するのに同意したのです」

「世界を動かしているのは、企業組織なんですか？　しかも二つしかないんですか？」ジョージはたずねた。

「そう、二つしかありません。その支配《しはい》を拒否《きょひ》した非同盟地域《ひどうめいちいき》も一つあります。しかし、そのことは話さないことになっています。そこの人たちは、すてきではないのでね」エンピリアンは答えた。

すてきではない、だって？　すてきかどうかが重要なのだろうか？　ジョージは不思議に思った。

「それで、どんなふうにこの世界は動いているのですか？」ジョージは、自分が強行着陸したこの世界をもっと知りたいと思って、たずねた。

「ああ、とてもうまくできていますよ。かんぺきに運営されています。政府《せいふ》とこの企業組織は同じもので、トレリス・ダンプ二世――彼に永遠の命を――は政府のリーダーであると同時にエデン・コーポレーションの代表でもあるのです。だから、彼が人びとのためにベストだと思ったものを、エデン社が提供《ていきょう》することができるのです。それによって、人びとはそれを買うチャンスに恵《めぐ》まれ、消費者債務《しょうひしゃさいむ》につけ加えることができます。わたしたちはもう、市民という言葉は使いません。消費者という言葉を使っています」と、エンピリアンはさらに説明した。

　地面がでこぼこしたところでスピードをゆるめていたバスは、たえずもうもうと上がっている土煙《つちけむり》を突《つ》っ切るように、またスピードを上げた。

「トレリス・ダンプ二世の前は、だれが世界を動かしていたのですか？」ジョージがたずねた。

「もちろん、トレリス・ダンプ一世です。ほかにだれがいるでしょう？」エンピリアンが答えた。

「だけど、トレリス・ダンプ一世は、世の中を〈大崩壊〉させたんですよね。それなのに、その息子がエデンのトップにいるなんて、おかしくないですか？」

「トレリス・ダンプ二世も、〈大崩壊〉の前から父親といっしょに働いていました。でも、分割の同意ができたとき、父親から完全《かんぜん》に治世を譲《ゆず》り受けるのが、人びとの意志《いし》だと、彼は感じたのです」

エンピリアンは、しんぼう強く説明した。「わたしたちをかがやかしい未来に連れていく構想《こうそう》を持ったのは、トレリス・ダンプ二世――彼《かれ》に永遠《えいえん》の命を――なのです。エデンを今日のような姿《すがた》に発展《はってん》させたのもね。エデンにあるすべてのものは、賢明《けんめい》で、すべてを見通し、すべてをつつみこむ彼の統治《とうち》に、人びとが感謝《かんしゃ》しているしるしなのです」

ジョージは、今聞いたことのすべてをすぐには理解できなかった。そこで、なんとか理解しようとしながら、窓《まど》の外をじっとながめていた。すべてを理解するためには、何かが欠けているような気がするのだが、何が欠けているのだろう？

ボルツマンが、前に身を乗りだして言った。

「あいつら、何かを見つけたみたいですね」

そして、宇宙船《うちゅうせん》の破片《はへん》を高くかかげて、エデン・コーポレーションにいそいで戻《もど》っていくパトロールロボットを指差した。エンピリアンも気づいたらしく、パトロールロボットたちのほうをじっとにらんだ。すると、なぜかそのロボットたちは急停止し、宇宙船の破片を下ろし、ゆっくりとそこから離《はな》れていった。

バスに乗っている子どもたちは、ジョージとヒーロー以外みんなヘッドセットをつけている。

ジョージは考えていた。宇宙旅行の間じゅう気になっていたことがあったのだ。それは時間だった。ジョージたちは、時間の感覚を失っていたし、時間がどれくらい早くたったのかもわかっていなかった。宇宙を突《つ》っ切って飛んだのだが、その旅がどれくらいの間つづいたのかがさっぱりわかっていなかった。もしかして、アルテミス号は、時を超《こ》える宇宙船だったのだろうか……？

ジョージは、座席《ざせき》に寄《よ》りかかった。となりにいるヒーローは、黒いポニーテールを揺《ゆ》すると、真っ赤なゴーグルを取りだしてつけ、体を揺らし始めた。ジョージがちょっとつつくと、ヒーローは、いすから転げ落ちそうになった。

「なによ？　失礼ね」ヒーローは、ゴーグルをはずしながら文句《もんく》を言った。

「何をしてるの？」ジョージはたずねた。

「ええっ、知らないの？」ヒーローは、口をぽかんとあけた。

「もちろん知らないよ」と、ジョージ。

「宿題をやってるのよ。帰宅《きたく》するまでに終わらせないといけないの」と、ヒーロー。

「だけど、教科書もノートも持ってないじゃないか。タブレットだってないよ」ジョージは言った。

「教科書！　ノート！　次はペンがいるって言い出すんじゃないの！」

「ヒーロー、ところで今は何年？」ジョージは低い声でたずねた。

「何年？」ヒーローはびっくりしてきいた。「えっと……四〇年よ」ヒーローはゴーグルを持ち上げて、つけようとしながら言った。

「四〇年ってどういう意味？」ジョージはエンピリアンを見て言った。「ぼくが……そのう、地球を出たときは」ここは、ロボットにしか聞こえないくらいの小さな声で言った。「二〇一八年だった。だから今は二千何年かだよね？」

「いいえ」エンピリアンが口をはさんだ。「〈大崩壊《だいほうかい》〉のあと、トレリス・ダンプ二世が父親から引き継《つ》いで、わたしたちを新たな繁栄《はんえい》へと導《みちび》いたとき、時間はリセットされました。ここエデンと、〈あっち側〉の――」ここでエンピリアンは、わざわざつけ加えた。「つまりあなたの故郷《ふるさと》ですよね――その両方の慈悲《じひ》深《ぶか》い指導者《しどうしゃ》たちが決定を下したのです。時間も、政権《せいけん》の支配《しはい》を受ける必要があると考えたのですね。そこで、かがやかしいダンプ家の第二世代の始まりを記念して、時間をセットし直しました」

「ねえ、あたし、バーチャル・リアリティの記憶《きおく》の殿堂《でんどう》に戻《もど》らないといけないのよ」ヒーローが言った。「あたしが宿題を始めたのに中断したのは記録されてるから、ちゃんと宿題を終わらせないと悪い点しかもらえないの。そんなことになったら、たいへん……ひどい目にあう」ヒーローは不安げに唇《くちびる》をかんだ。

「ひどい目って?」ジョージはきいた。

でも、ヒーローはすでに、バーチャル・リアリティの世界にひたっていて、返事はなかった。エンピリアンが首を横にふっているように思ったが、ふり返ってよく見ると、エンピリアンは目をそらした。

バスに乗っている子どもたちは、まだヘッドセットをつけたまま、バーチャル・リアリティの記憶の殿堂をさまよいながら宿題をやっているらしい。手持ちぶさたになったジョージは、窓《まど》の外をながめていた。それにしても、気の滅入《めい》るような風景がつづく。一定の速度で進んでいくバスから見えるのは砂漠《さばく》ばかりで、ところどころにある灌木《かんぼく》の茂《しげ》みは、強い風にさらされている。

「ボルツ、これからどうすればいい？　ぼくの家族をどうやってさがす？　アニーやエリックは？　みんな、どこにいるんだろう？　ここは、どこなんだ？」ジョージは、肩《かた》ごしにうめくような声で言った。

そのとき、バスは、空き家が並《なら》んでいるような地域《ちいき》を通りかかった。空っぽの窓が、うつろな目でジョージのほうを見ている。屋根もドアもなく、人が住めるような状態《じょうたい》ではない。昔は家だった廃墟《はいきょ》の向こうには、奇妙《きみょう》な横歩きをしているパトロール・ロボットが見えたような気がした。

「わかりません」ボルツマンはしょんぼりと言った。「今のところ、自分をアップデートするためのネットワークには、ちっとも接続《せつぞく》できていないのです」それからちょっと言葉を切ってから、また言った。「その宇宙服《うちゅうふく》は脱《ぬ》いだほうがいいですね。これから行く場所では必要ないでしょうからね。このバスに置いておいても、だいじょうぶだと思いますよ」

「わかった」と、ジョージは言った。

たしかにそうだ。どうなっているのかをさぐるために、まわりにとけこむ必要があるなら、なおさら目立たないほうがいい。ジョージはなんとか宇宙服を脱ぐと、座席《ざせき》の下に突《つ》っこみ、T《ティー》シャツと半ズボン姿《すがた》になった。

ジョージは後ろを向き、座席にひざをつくと、ボルツマンに小声で話しかけた。頭の中で考えていたことを話しておいたほうがいいと思ったのだ。

「ボルツ、時間のことだけど、超高速《ちょうこうそく》で移動《いどう》しているときには、時間はゆっくりとたつんだったよね」

小声でそう言いながらヒーローのロボットを見ると、エンピリアンは、スイッチを切っているみたいだった。

「ああ、〈時間の遅《おく》れ〉ですね。アインシュタインが相対性原理《そうたいせいげんり》で唱《とな》えた理論《りろん》ですよね。あれは、二〇世紀の最もおどろくべき発見の一つでした」ボルツマンは言った。

「ぼくたちは、過去《かこ》に戻《もど》ることはできない。少なくとも、そう考えられてる……」

「そのとおりです」と、ボルツマン。

「でも、ぼくたちは、未来に飛びこむことはできるんだよね。とてもとても速い速度で動いているときは、時間はゆっくりとしか進まなくなる。だから、もしぼくたちがアルテミス号でものすごいスピードで動いていたとすると、宇宙船《うちゅうせん》の中では短い時間しかたっていないのに、地球ではとても長い時間がたったことになるんじゃないかな?」

ボルツマンはため息をついて言った。

「わたしも、そうじゃないかと思ってました」

「アリオト・メラクは、アルテミス号がそうなるように、プログラムしてたのかな?」ジョージが言った。「最初から、生命体を見つけるために太陽系《けい》を旅するつもりなんか、なかったのかもしれないよ。じゃなくて、未来に飛ぼうとしてたんじゃないのかな? それで、頭脳明晰《ずのうめいせき》な子どもたちを、取《と》り巻《ま》きとして連れていこうとしてたんじゃないのかな?」

「わたしのご主人に関しては、残念ながら、何でもありです。こっちは、やっつけたと思っていても、向こうは高笑いしながら、わたしたちを未来に送りこんだのかもしれません」ボルツマンは、暗い声で言った。

「未来に飛びこんだはずなんかないって、言ってくれるとよかったのに」と、ジョージ。

「そんなにあまくはないんです。それに、わたしが今経験《けいけん》している感情《かんじょう》は、とても複雑《ふくざつ》なので、知覚を持たないロボットに戻りたいくらいですよ」ボルツマンが言った。

そのとき、バスが急停車したので、ジョージは座席《ざせき》から転げ落ちそうになった。とうとう目的地についたらしい。バスの前には、巨大《きょだい》な半透明《はんとうめい》の気泡《バブル》みたいなものがそびえている。

ヒーローが、ゴーグルをはずして言った。

「ああ、終わったわ。ちょうど間に合った。今ひどい成績《せいせき》をとるわけにはいかないのよ。だって、最後のチャンスだから……」

ほかの子どもたちもみんなゴーグルをはずした。

「ここはどこ?」ジョージは、座席にちゃんと腰掛《こしか》けながらきいた。

「バブルについたのよ。今はバスが入場する前に、スキャンされるのを待ってるの」

「ここが、そうなんだね」と、ジョージ。「未来のフォックスブリッジか。ぼくは正しい場所にたどりついたのに、間違《まちが》った時間に来ちゃったんだ」

5

バスがバブルに入って行くと、ジョージはびっくりして目を丸くした。外は砂漠《さばく》だが、中は楽園だったのだ。バブルの中では、色とりどりの花が咲《さ》きみだれ、ヤシの木が生え、あちこちにめずらしい鳥や大きなチョウチョウが飛んでいる。緑豊《ゆた》かな景色が広がり、空には雲が浮《う》かび、ゆっくりと進んでいくバスの外側には水滴《すいてき》がついた。

「これ、本物なの?」ジョージは、バスの窓《まど》をかすめて飛ぶ、黒と赤の美しいチョウチョウの群れを指差しながら、たずねた。

「もちろん本物よ。知らなかったの? バブルの中は、理想的な環境《かんきょう》なの。どの都市もこうなったらいいかもしれないという実験をしてるの。世界中でいちばん美しい場所よ」ヒーローが言った。

ジョージは、バスの窓《まど》に鼻を押《お》しつけて、何か知っているものが見えはしないかと、目をこらした。しかし、そこは、ジョージが知っているフォックスブリッジとはまったく違《ちが》う場所に変わっていた。ジョージがおぼえているのは、自分が生まれた旧式《きゅうしき》の大学町だが、それを思わせるものはここには何ひとつない。

「ここは、ずいぶんあったかいけど、それも実験してるからなの?」ジョージがきいた。

「違うわ。いつもはこんなに暑くないの。どうしたのかな。気温が高くなるとバイオスフェア〈生活施設《しせつ》〉は自動的に反応《はんのう》して温度が下がるはずなんだけど」ヒーローは、とまどったような顔で答えた。

「この実験施設はいつスタートしたの?」ジョージがヒーローにたずねた。

「あたしが孵化《ふか》する前よ。〈大崩壊《だいほうかい》〉の後だけどね。破壊《はかい》されたフォックスブリッジが、こんなふうに再建《さいけん》されたわけ」

「破壊された?」ジョージは、すでにわかっていたことだが、それでもきかずにはいられなかった。

「戦争で、ってこと?」

「そういうわけでもないの」ヒーローは厳《おごそ》かな声で言った。「〈大崩壊〉の前、古いフォックスブリッジは、反政府軍《はんせいふぐん》の根城《ねじろ》だったんだって。だから解体《かいたい》されたの。そのあとで、あたしたちの指導者《しどうしゃ》が、世界で最も美しい場所に作り変えたんだけど、そこには子どもだけが暮《く》らすことができるの」

反政府軍の根城だって?

「反政府軍って、どういう人たち?」ジョージはたずねた。胃《い》のあたりに不安が広がっていく。

「変な考えを持った人たちよ」ヒーローは意味ありげに言った。

「どんな?」と、ジョージ。

変な考えを持った人というと、ジョージのお母さんやお父さんとか、となりに住んでいた科学者のエリックやその娘《むすめ》のアニーのことが思い浮《う》かぶ。両親やおとなりさんが反政府側《はんせいふがわ》と言われることは、いかにもありそうだ。その後、ヒーローが言ったことで、よけいにジョージは心配になった。

「たとえば、気候変動についてのフェイク・ニュースを流したり、とんでもない科学理論《りろん》を唱えたりしてたの。トレリス・ダンプ――彼《かれ》に永遠《えいえん》の命を――は、そうした間違《まちが》ったものを一掃《いっそう》して、偉《えら》そうな専門家《せんもんか》や科学者たちに、みんなが指図されずに自由になれるようにしたのよ」

「だけど、気候については問題が確《たし》かにあったよね」ジョージは言った。

ジョージの両親はエコ活動に熱心だったし、科学者のエリックは地球の将来《しょうらい》について、事あるごとに話していた。エリックとジョージの両親は、はじめて出会ったときは、意見がまったく合わなかった。ジョージの両親は、地球がかかえるさまざまな問題は科学技術《ぎじゅつ》が行きすぎたせいだと考えていたし、エリックはなによりも科学が好きで、人類を救うのは科学しかないと信じていたからだ。でもそのうちに、ジョージの両親とエリックは、違うことを言っているように見えて、じつは別の方向から同じことを考えているのだということがわかった。アニーとジョージも、親たちの考えがまったく同じではないにしても、地球全体の問題に取り組むためにはみんなで力を合わせることが大事だということを、わかってもらおうとしてきた。

「悪いけど違うわよ。〈大崩壊《だいほうかい》〉が問題を引き起こしたけど、今は正常《せいじょう》に戻《もど》っているの。どっちにしろ、気候の単元で、あたしはそう習ったわよ」ヒーローが声をはり上げた。

ジョージは、口をぽかんとあけてヒーローを見た。ここは、砂漠《さばく》の中のバイオスフェアなんじゃないか。それなのに気候変動はフェイク・ニュースだと思ってるなんて！　ジョージはまた窓《まど》の外をながめた。バスは、おかしな球体の家が並《なら》ぶ小さな通りを進んでいた。家いえの前庭には、ヤシの木や、あざやかな花をさかせた灌木《かんぼく》が植わっている。あたりのようすは、ジョージがよく知っていたフォックスブリッジとは似《に》ても似つかなかった。

「どうして家が丸いの？」ジョージはヒーローにたずねた。

「そりゃあ、空気を入れてふくらませてるからよ。風船みたいにね。それだと引越《ひっこ》しもずっと簡単《かんたん》でしょ。空気を抜《ぬ》いて、新しい場所に持っていけばいいだけだから。あたしのガーディアンは、昔は家が同じ場所にずっと建ってたって言ってるけど」ヒーローは、ケラケラと笑った。

昔は？　昔って……ジョージは思った。

そのとき、小さい子どもたちの何人かが、ヒーローのところにやってきた。ヒーローはきっと監《かん》督生《とくせい》のような役目を果たしているのだろう。小さな子どもたちは小声で何か言うと、また座席《ざせき》に戻った。

ヒーローがジョージに言った。

「小さい子たちが、あなたのことをやさしくないって言ってるの」

「えっ、どうして?」と、ジョージ。

「あなたの〈思考ストリーム〉にアクセスできないからよ」と、ヒーロー。「だからあの子たちは、あなたにきらわれてるんじゃないかって」

「ぼくの何? ぼくの〈思考ストリーム〉って? どうしてぼくの頭の中をだれかにアクセスさせるの?」と、ジョージ。

「ここでは、みんな、そうしてるのよ。〈あっち側〉ではそうじゃないのね。でも、ここでは友だちや仲間には、自分の〈思考ストリーム〉にアクセスできるようにするの。そうじゃないと、失礼だと思われるのよ。だから、きらってるわけじゃないんなら、そんな態度《たいど》をとらないほうがいいわよ」ヒーローが、落ち着いた声で言った。

「ああ」と、ジョージは言って、助けを求めるようにボルツマンを見たが、ボルツマンは、肩《かた》をすくめただけだった。そこで、ジョージは出まかせを言った。

「あの子たちに、ぼくは〈あっち側〉から来たから、〈思考ストリーム〉がみんなのと違《ちが》うんだって、伝えてくれないか。うまく調整して、早くみんなと〈思考ストリーム〉を交換《こうかん》できるようになるといいなって思ってるって」

「そうね、わかった! みんなに伝えるね」ヒーローが言った。

たしかに数分もすると、小さな子どもたちは、満面の笑みを浮《う》かべてやってきた。そして、かわいそうな年寄《としよ》り犬をなでるみたいにジョージをなでると、自分の席《せき》に戻《もど》っていった。

「みんな、おとなしいね！」ジョージは、ヒーローに言った。

ジョージはふたごの妹たちを思い出していた。妹たちはふたりだけでもスタジアムいっぱいにひびくくらいうるさかった。

「そんなことないわよ」ヒーローが言った。

「だって、音も声も立てないじゃないか」と、ジョージ。

「うへっ、〈思考ストリーム〉が聞こえてないから、そんなこと言えるのよ。聞こえないのもべんりなのかも。聞こえたら、一瞬《いっしゅん》たりとも心の平和が持てないかもしれないよ」

「その〈思考ストリーム〉っていうのは、どうやって受け取るの？」ジョージは、好奇心《こうきしん》にかられてきいた。

「もちろん頭に埋《う》めこんだコンピュータ・チップを通してよ」

さびの出たロボットのボルツマンが、せきをすると、話題を変えようとしてきいた。

「バスは、どこへ行くのですか？　目的地はどこですか？」

「あたしたちは」と、ヒーローは言いながら、まわりの子や自分をさした。「家に帰るのよ。あなたたちには家がないの？」

「ぼくの家は昔のフォックスブリッジにあったんだ」ジョージは、悲しげな声で言った。

その家や家族をまた目にする日は来るのだろうか？

「どうして古いフォックスブリッジの話ばっかりしてるの？　どうして〈あっち側〉の話はしてく

れないの？　それで、これからどうするつもりなの？」ヒーローは、とまどっていた。

「わからないです。いい考えがありますか？　わたしたちは今のところ、家なきロボットと家なき子ですからね」ボルツマンが、陽気な声で言った。

エンピリアンが声を上げた。

「ヒーローのガーディアンから、今、最新情報《じょうほう》を受け取りました。ジョージと彼《かれ》のロボットは、新しい住まいが見つかるまでは、わたしたちの家に来ることになったそうです」

エンピリアンは、ジョージを見てうなずいた。ヒーローにとっては、うれしいおどろきだったようだ。

「わあ、エンピー！　友だちがうちに来るの、はじめてだね！」

「ええっ、一度もなかったの？」と、ジョージ。

ジョージと親友のアニーは、おたがいの家にしょっちゅう出入りしていたのに。

ヒーローのロボットが、口をはさんだ。

「エデンでは友だちのありようが違《ちが》うのです。しかし、ヒーローのガーディアンは、おふたりを歓《かん》迎《げい》するとのことです」

「ありがとう」ボルツマンが言った。

ジョージは、何も言わなかったので、ボルツマンにこづかれた。

「ああ、ええっと、ありがとう」でもジョージは、ついついこうつけ加えていた。「ガーディアンってだれなの?」

「あたしのガーディアンは、あたしのユニットの人よ」ヒーローがはっきり言った。

「きみのママかパパってこと?」と、ジョージ。

「ママかパパって?」ヒーローは、不思議そうな顔をした。そしてすぐに、つけ加えた。「これは質問《しつもん》じゃないからね」

「親のことだよ」と、ジョージ。

ヒーローは、まだぽかんとしている。

「つまり、きみは……ええっと、その人たちから生まれてきたんだよね」ジョージは、説明に困《こま》っていた。

「生まれるって?」と、ヒーロー。

「エデンの子どもたちは、認可《にんか》された遺伝物質《いでんぶっしつ》から孵化《ふか》するのです。ガーディアンというのは、遺伝的貢献者《こうけんしゃ》のひとりです。高度に好ましい遺伝物質が、バブル環境《かんきょう》の中の理想的《りそうてき》な条件下《じょうけんか》で育成されます。人間の養育の点で、何らかの欠点があればそれを取りのぞくよう、たえずロボットが監視《かんし》しています。たとえば、ヒーローは九〈太陽ダンプ〉前に孵化しました」

ジョージは自分の両親のことを考えた。少しばかり気が触《ふ》れていると言ってもいいような、おかしな、愛すべき人たちだ。自分なら、ロボットの養育係よりも、欠点がある両親のほうが絶対《ぜったい》にいい。

「ほかの子どもたちも同じなの?」ジョージはたずねた。

「いいえ、旧来《きゅうらい》のやり方で生産される子どももまだいますが、エデンは、そうした再生産方式《さいせいさん》を禁止《きんし》しようとしています。信頼性《しんらいせい》が低いですからね」エンピリアンは、少し困《こま》ったようにせきをすると、また続けた。「ヒーローのような、バブルの中で育った子どもたちは、こういうことについては学習していないのです」

ジョージは、話題を変えることにした。

「ガーディアンは、どんなことをするの?」ジョージは、ヒーローにたずねた。

「ああ、ガーディアンは、これはしちゃいけない、あれはだめだって、うるさいの。いつも栄養とか成績《せいせき》のことを気にしてるし、学校の成績は全部チェックして、子どもがワンダー・アカデミーに行けるかどうかを見てるの。だから、こっちもピリピリしちゃう」ヒーローが答えた。

「で、きみは? ワンダー・アカデミーに行けるの?」ジョージはたずねた。

「そりゃそうよ」と言ったものの、ヒーローは不安も感じているらしかった。「こんどはだいじょうぶだと思うの。あと何日かで、総合成績《そうごうせいせき》が出て、アカデミーに入れるかどうかがわかるのよ。これまでどうして入れなかったのかはわからないけど、この〈太陽ダンプ〉では、すごくがんばったもの。それに、こんどパスしなかったら……」

そこでヒーローの表情《ひょうじょう》は少し曇ったが、また気を取り直して言った。

「こんどは成績がとってもいいから、確実《かくじつ》にワンダーに行けるって、エンピーが言ってくれてるんだ」

「入れるかどうかは、きっと〈思考ストリーム〉ってやつでわかるんだね？　ぼくの想像《そうぞう》だけど」

ジョージはきいた。

「ううん。最初に知るのはガーディアンよ。ワンダーに移行《いこう》するための準備《じゅんび》をしなきゃいけないから。ワンダーは、すごいとこなの。すばらしいのよ。ところで、『想像』なんて言っちゃだめよ。想像するのは、よくないことよ」

「想像のどこが悪いんですか？　想像は、人間の脳《のう》の重要な特徴《とくちょう》だし、わたしたちロボットが自然の人間にはかなわない部分なんですよ」ボルツマンが言った。

「想像は、しないほうがいいのよ。エデンではね。だから、あたしたちは想像しないの」と、ヒーロー。

ジョージは、話題を変えた。

「ところで、ワンダー・アカデミーってどこにあるの？」

「エデンからは数百〈ダンプメートル〉も離《はな》れたところよ。はっきりした場所は実際《じっさい》に行くまでは秘密《ひみつ》にされてるの」

「そこに行った子は、休みになると戻《もど》って来たりするの？」

「ううん」ヒーローは悲しげに答えた。「戻って来ないの。バブルからワンダーに行った子たちがなつかしいな。親友とは、いつも〈思考ストリーム〉を交換《こうかん》してたのにな。友だちはみんな、あっちに行っちゃって、あたしだけが小さい子みたいに残されてるのよ」ヒーローは、ため息をついた。

「あたしは、どうして九〈太陽ダンプ〉になるまで、バブルにとめおかれてるのかな？　ガーディアンが言うとおり、質問《しつもん》するのをおさえられないからかもしれないな」

ジョージはたずねた。

「ワンダーに行ったバブルのときの友だちとは、〈思考ストリーム〉を交換《こうかん》できないの？」

「それは認《みと》められてないのよ。バブルの子どもたちは、ワンダーの生徒たちに話しかけちゃいけないの。だからこそ、ワンダーに行ったら、びっくりするわけ。前もってわかってたら、つまらないでしょ」と、ヒーロー。

ジョージは納得《なっとく》できなかった。ワンダーという場所には、どこかおかしいところがある。でも、何もかもがおかしいこの場所では、ワンダー・アカデミーだけが飛び抜《ぬ》けておかしいとは言えないようにも思える。

「ワンダー・アカデミーを卒業すると、次はどうなるの？」

ヒーローはびっくりしたような顔でジョージを見て言った。

「借金を返すのよ。あたしは、ほかの子より長く勉強してるから、借金もかさんでるの。だから、こんどこそ良い点をとらないとね。そうしたら、早く返せるもんね」

「借金って？　まだ九歳《さい》なのに！　どんな借金があるの？」ジョージはきいた。

「だって、あたしが吸《す》ってる空気とか、飲んでる水とかのお金をはらわないと。それに、教育の費《ひ》用《よう》とか、家や〈思考ストリーム〉を操作《そうさ》するためのエネルギー代なんかも……」

「ええーっ？　そんなものに、どうしてはらわないといけないの？」と、ジョージ。

「だって、エデンの資源《しげん》を使ってるんだもの。だから、いっしょけんめい働いて、エデンに返さないといけないのよ」ヒーローは、きっぱりと答えた。

「どれくらいの間？」ジョージはきいた。

「一生ずっとよ。それに働いてても空気とか水とかいろんなものを使うから、どうやってもエデンには借りがふえるわね」当たり前だという声でヒーローは言った。

「何で返すの？」ジョージはきいた。

「もちろん〈ダンプリング〉よ！」

「〈ダンプリング〉って？」

「デジタル通貨の単位です」エンピリアンが口をはさんだ。「それを手に入れたり使ったりします。一年一度の〈清算日〉には、消費者《しょうひしゃ》が自分はどれだけかせぎ、エデンにどれだけの借りがあって税《ぜい》金《きん》をはらわなければいけないかが、わかるのです」

「かせいだ〈ダンプリング〉が多い人は、税金もたくさんはらうの？」ジョージは、どういうシステムになっているのか考えながらきいた。

「そうではありません。〈ダンプリング〉を多くかせぐと、税金は少なくなります」エンピリアンが言った。

「ええっ？　そんなの公平じゃないよね？」ジョージは、おどろいた。

「なにしろ〈考えられうる最良の世界〉ですからね。最も公平な世界とは、だれも言っていません。

この話はこれくらいでやめましょう」と、エンピリアン。

「なぜ？」まずい話題なのだろうかといぶかりながら、ジョージはきいた。

エンピリアンは、こう言っただけだった。

「なぜなら、バスが到着《とうちゃく》したからです」

6

ヒーローの家は、ほかとまったく同じで、小さなドーム型の建物が並《なら》んでいるうちの一つだった。ジョージは、おそるおそる中に入っていった。これまでに、変わった場所に足を踏《ふ》み入れたことは何度かあるが、このイグルーみたいな形の、まるくふくらんだ家は、そのどれとも違《ちが》っていた。家の中は涼《すず》しくはなかった。地球の温度が上がっているから、どこも涼しくはならないのかもしれない。

ヒーローは先に入って、学校用のバックパックを放り投げ、靴《くつ》や上着を脱《ぬ》ぎ捨《す》てた。エンピリアンは、それをとがめるように見ていた。

「わたしは、拾ってあげませんからね」エンピリアンが言った。

「ほかのロボットはみんな雑用《ざつよう》をしてくれるのに、どうしてあたしのはしてくれないの？」

ヒーローは、ため息をつきながらそう言うと、脱《ぬ》ぎ散らかしたものを拾って腕《うで》にかかえた。そして、家の中央にある円形の居間《いま》を出て自分の部屋にいったん姿《すがた》を消すと、何も持たずに出てきて、また言った。

「ほかの子のロボットはみんな、喜んで手伝ってくれるのにな」

「ぼくのロボットも手伝わないよ」ジョージは言った。

どうしたらいいかがわかるまでは、流れに身をまかせることに決めたのだ。

ボルツマンは、うれしそうにうなずいて言った。

「ジョージが落としたものを床《ゆか》から拾うなんて、わたしもしませんよ」

そして、ソファにどさっと腰《こし》を下ろした。ソファも空気を入れてふくらますタイプだ。ボルツマンがすわるとソファはキュウキュウ音を立てたが、こわれはしなかった。

「何もかもを望んでもだめですよ。わたしは、人類が知るかぎり、最も知的で最も強力なロボットなんですからね」エンピリアンが、偉《えら》そうに言った。

ジョージは、その言葉にちょっと引っかかった。前にも、同じようなことを言った〈超知能《ちょうちのう》〉マシンがあったことを思い出したのだ。

「そうそう、そうよね。バブルにいる子どもたちは、みんな特別なのよね。だからエデンが特別なロボットを割《わ》り当ててくれるの。でも、ほんとのこと言うと、ほかの子はみんな、役に立つぴかぴかの新品ロボットをもらってるけど、あたしのガーディアンは、リサイクル施設《しせつ》でこのロボットを見つけて改良《かいりょう》したんだったよね」と、ヒーローは言った。

「特別って？　バブルにいる子どもたちは、みんな特別なの？」ジョージはきいた。

親友のアニーは、これまで会ったなかでいちばん賢《かしこ》い子だったけど、ヒーローも、アニーくらい頭がいいのだろうか？　でも、もしヒーローがそんなに特別なら、どうして自分で言っていることと、まわりの現実《げんじつ》とのギャップに気づかないのだろう？

「あたしたちは、未来のリーダーって言われてるのよ。ってことは、あたしたちがエデンの将来《しょうらい》を引き継《つ》ぐために、注意深く選ばれてるってこと。あたしたちはエリートなの。ただ、実際《じっさい》にちゃんと責任《せきにん》をとれるようになるのは、ずっとずっと先のことだけどね」

ヒーローは誇《ほこ》らしげにそう言ったが、自分が何度も言われていることをくり返しているみたいだった。

「どうしてそんなに先のことなの？」ジョージはきいた。

「ここの子どもたちは、エデンの花なのです」エンピリアンが淡々《たんたん》とした声で言った。「ですから、最高のロボットたちが世話をしなければなりません。オークの樹《き》を育てるには時間がかかりますよね」ロボットは、謎《なぞ》めかして言った。「それも、実際は九〈太陽ダンプ〉までですが。それから子どもたちはバブルを出て、ほかの未来のリーダーたちと同じようにワンダーに行って、さらに学ぶのです。未来世代を養成するのは、たいへん大事なことですからね」

ヒーローは聞いていなかった。

「あたしは、養成とかなんとかより、片付《かたづ》けを手伝ってくれるほうがいいんだけどな」

ヒーローは、ジョージの向かい側にあるソファに腰《こし》を下ろした。すると、ソファの色が変わり、美しい海のような青緑色になった。上のほうの壁《かべ》は突然《とつぜん》海岸に打ち寄《よ》せる波を映《うつ》し出し、部屋にはおだやかな音楽が流れた。

「きれいですね！」ボルツマンが言った。

ジョージは、ぶかっこうで巨大《きょだい》なロボットが、何が「きれい」かを知っているのに、ちょっとおどろいた。

「どうやったの？」ジョージは、自分がすわっている、平凡《へいぼん》なグレイのままのソファを見て言った。

「なんのこと？」ヒーローは、色が変わったことに気づいてもいないみたいだ。

「きみのソファの色が変わったよね。それに音楽もかかってるし、映像《えいぞう》も」と、ジョージ。

「ああ、それね。ここは、スマート家具のついたスマートハウスなのよ。だから、あたしの気分を読んで、まわりの環境《かんきょう》を変えるの」と、ヒーローは答えた。

「わたしの気分に合うようには変わらないですね」ボルツマンが、文句《もんく》を言った。

それはいいことかもしれない、とジョージは思った。ボルツマンの好きなように飾《かざ》られた家がどんなものかなんて、知りたいとも思わない。

「でもね、すぐにうっとうしくなるのよ。時には、音楽をかけたり、映像を見せたりしないでほしいと思うの。なんか、しっくりこなくて。だって、あたしが打ち寄せる波みたいに見えるわけ？」

と、ヒーロー。

ジョージは、だれかに見られていると感じてあたりを見回すと、エンピリアンがきらきらした目でこっちを見ていた。このロボットに、ひとこと言っておこう。

「何かおかしいかな？」

「どういう意味？」と、ヒーロー。

「ぼくがよそ見してると、エンピーがずっとこっちを見てるんだ」

「わたしのほうもです。それに、ロボット同士で会話をしようとしても、反応《はんのう》しないのです」ボルツマンが言った。

「エンピーは、いつもそんな感じよ。どこにいても、エンピーは見てるの。あたしのガーディアンが、別のタイプのロボットを持たせてくれるといいんだけど、そうはさせてくれないの」と、ヒーローが言った。

エンピリアンの視線《しせん》は揺《ゆ》らがなかったが、ジョージとボルツマンの一挙手一投足《いっきょしゅいっとうそく》は、あとでじっくり調査《ちょうさ》するために記録されているのだろう。

「そろそろ休息の時間です」エンピリアンは、ヒーローにそれしか言わなかった。

「晩《ばん》ごはんは食べなくていいの？」ジョージは、期待しながらきいた。

アルテミス号で最後に乾燥《かんそう》食品を食べてから、かなり時間がたっている。

「食べないけど」ヒーローは、びっくりしたように言った。「あたしは、一日分の栄養の割《わ》り当ては、もうとったもの。でも、あんたが何かほしいなら、スムージーを作ってあげようか？　いいでしょ、エンピー？」

「スムージー、いいね。飲んだらぼくとボルツマンは寝《ね》るよ。それでいいかな」

ジョージは、ヒーローがいないところでひとりになりたかった。ボルツマンは、今夜は役に立たないだろう。大きなみすぼらしいロボットはパワーが切れ始めていて、充電《じゅうでん》が必要だ。でもジョージは、宇宙《うちゅう》を旅してきて、信じられないほど超高速《ちょうこうそく》の宇宙船でかなりの「時間の遅《おく》れ」を経験《けいけん》し、その間にほんの一瞬《いっしゅん》家族や親友と交信しただけだった。そして地球に戻《もど》ってみると、まったくわけのわからない世界に入りこんでしまったのだ。ジョージには考える時間が必要だった。

「けっこうです」エンピリアンが言った。

ジョージがじっと見ると、エンピリアンはかすかに笑ったように見えた。


その夜遅《おそ》く、ジョージは物音で目を覚ました。家にだれかがやってきたらしい。ジョージとボルツマンは二つのソファに横になり、アルミホイルみたいな素材《そざい》の、軽い毛布《もうふ》をかけていた。ヒーローが、ジョージにガーディアンの古いジャンプスーツをさがしてきてくれたので、それを着て寝ることにした。ガーディアンの名前は、その時も出なかった。エンピリアンはビーカーで、ねとねとしたものをまぜて出してくれた。ジョージは、それがおいしいのと、すぐにおなかいっぱいになったことにおどろいた。

いた。

「メッセージを受け取ったわ」家にやってきた人が、エンピリアンにささやいた。

ボルツマンは充電中で、周囲の物事には気づいていない。ヒーローは、ロボットが充電するために電源《でんげん》に接続《せつぞく》するのを見たことがなかったので、エンピリアンが接続をするのを見て目を丸くしていた。

やってきた人は、声からすると女性《じょせい》だった。

「通信は遮断《しゃだん》されてる?」その女性は、小声できいた。

「いつもどおりに、この家からは偽《にせ》の情報《じょうほう》を流してますし、あなたの分も同じようにしています」

「ホッとするわ!」女の人は小声で笑った。うれしそうだ。「わたしが自由に考えられるのは、ここだけですもの。あとは一日中、トレリス・ダンプふうに考えなきゃいけないから」

「彼《かれ》に永遠《えいえん》の命を」と、エンピリアンが厳《おごそ》かに口をはさんだ。

「あの人、薬物療法《やくぶつりょうほう》を続けたら、ほんとうに永遠に生きるかもしれないわね」女の人が答えた。「でも、太陽をもっと暗くしろとわたしにどなるトレリスを、すばらしいと思わなきゃいけないのはつらいわ。それがどんなに大きなストレスか、ほかの人にはわからないと思うけど」

「まあね。でもわたしは、ヒーローの記録から、エデンの権力者《けんりょくしゃ》たちの目を引くような情報は何日もかかって削除《さくじょ》してきたのですよ。だから、たぶんその気持ちはわかると思います」と、エンピリアンは答えた。

「そうね、あなたはとても誠実《せいじつ》だものね」女の人は、ため息をついた。「あなたをリサイクル施設《しせつ》の廃品《はいひん》置き場でさがし出さなかったら、ヒーローを安全なところに置くと同時に、わたしの正体を隠《かく》しておくなんていう芸当《げいとう》はできなかったでしょうね。そもそも、子どもをこんなところに置こうとも思わなかったはずよ」

「よくやってきましたね」と、エンピリアンが言った。「そろそろ終わりが始まろうとしています。もう少し事が早く進めば、ヒーローがバブルを出るころには、あなたの望むような場所に行けたはずです。しかし、少なくとも権力者《けんりょくしゃ》たちは、ヒーローの勉強が進んでいないので、最長期間エデンにとどまる必要があると信じていますし、その間に、わたしたちはヒーローの成長を助け、問題に対処《たいしょ》できるように準備《じゅんび》することができたのですから」

「あともう少しね。父の計画が、ようやく実現《じつげん》できそうなところまで来たわね」女の人は、うれしそうだった。

「でも、だからこそ今がいちばん危険《きけん》な時なのです」エンピリアンが思い起こさせた。「政権《せいけん》のなかの雰囲気《ふんいき》はどうですか？」

「おびえてるし、疑心暗鬼《ぎしんあんき》になってるわ。だれも、他人を信用していないの。脅威《きょうい》のレベルがまた上がったのよ」女の人が言った。「最初は〈ダンパビリティ〉だったけど、〈ダンプタスティック〉に上がり、今は〈ダンポサーモニュークリア〉になったのよ」

「ちょうどヒーローが九歳《さい》になるときにね」

「九〈太陽ダンプ〉って言わないといけないんじゃないの？」女の人は、クスクス笑いながら言った。

「失礼しました、大臣殿《だいじんどの》」

エンピリアンはまじめな声でそう言ったが、それはふたりの間のジョークらしいことがジョージにもわかった。

でも、女の人は笑わなかった。不審《ふしん》なものに気づいたからだ。

「それは何なの？」女の人は、するどい声できいた。

ジョージとボルツマンを見つけたのだ。家の中は、夜になるとうす暗い。

「ああ、あれは男の子です。そしてあっちはその子のロボットです」エンピリアンは冷静に答えた。

「男の子ですって？　男の子が、いったいここで何してるの？」女の人は、太陽の芯《しん》まで凍《こお》りそうな声で言った。

ヒーローのガーディアンが、ジョージたちが泊《と》まっているのを知らないのは明らかだった。でも、ここであわてててもしかたがない。ジョージは息をひそめて、エンピリアンの答えを待った。

「あなたたちを救《すく》ってくれる少年です」エンピリアンが言った。

ジョージはホッと息をついた。エンピリアンは味方らしい。

「なんですって？　いつから救ってくれる人が必要になったというの」女の人は、怒《おこ》っているみたいだ。

「あなたの娘《むすめ》には必要なのです」エンピリアンが答えた。「ヒーローの孵化《ふか》記念日は、明後日にせまっていますす。バブルを出なくてはいけない時が来たのです。ワンダー・アカデミーに行ったら、わたしたちがあの子を守ることはできなくなります。……あるいは、もしあの子の能力《のうりょく》が低いという作り話に政権《せいけん》が注意を向けたら、ヒーローは労働ユニットにまわされて、連絡《れんらく》がとれなくなります。それに、状況《じょうきょう》は思ったよりどんどん悪くなってきています。外は、最初に計画を立てた時よりずっと危険《きけん》になっているのです。だから安全なところまでついて行ってくれる者が、緊急《きんきゅう》に必要になりました。あの子を脱出《だっしゅつ》させるなら、この一度しかチャンスはありません。だから、万全をつくさないと」

ジョージには初耳だった。エンピーだかエンピリアンだかが、もっと前に話してくれていたらよかったのに。でも、女の人はやり返した。ジョージは非難《ひなん》されているのが、自分ではなくエンピーなのでホッとしていた。

「それはそうよ!」女の人は、怒《いか》りをなんとかおさえたような声で言った。「だけど、その役目は、その少年やロボットじゃなくて、あなたがやるのよ。ワンダー・アカデミーまでの公認《こうにん》の旅でヒーローについていくのはあなたよ! ただし、あの子はワンダーに到着《とうちゃく》しないで、あなたが、非同盟《ひどうめい》地域《ちいき》のナー・アルバに案内して、保護《ほご》を求めるのよ。その間にマシンがついにひっくり返すはず……」

「ニム」エンピリアンが、やさしい声で言った。「あなたは、あの人の娘《むすめ》だから……」

「だまってて! そんなこと言わないで。そういう計画だったでしょ。今さらどうしてまたそれを変えたりするの？」ニムが小声で詰問《きつもん》した。

ニムというのは、無視《むし》できない力をもった人らしいと、ジョージは思った。そしてニムの議論《ぎろん》の相手が、自分ではなくエンピリアンだということにホッとしていた。宇宙《うちゅう》から戻《もど》ってきたばかりで、ニムがよく練った計画を邪魔《じゃま》するやつだなんて思われたくはない。

「心配しなくてだいじょうぶです。最初からご説明します」エンピリアンが言った。

ニムは、大きく息を吸《す》ってからきいた。

「その少年はどこから来たの？」

エンピリアンは答えた。

「過去《かこ》です。過去からやって来ました」

7

でも、エンピリアンがそう言ったほうがいいと判断《はんだん》したのだとしたら、その判断は間違《まちが》っていた。

「過去《かこ》ですって？　どんな過去なの？　頭がおかしくなったんじゃないの？　どうしてわかるの？」ニムは声にならない悲鳴を上げているみたいだった。

「わたしは、この少年が出発するところを見たのです」エンピリアンが言った。

えっ、ほんとに？　と、ジョージは思った。このロボットはだれなんだろう？　ジョージが、コスモドローム2から忠実《ちゅうじつ》なボルツマンといっしょに宇宙船《うちゅうせん》で飛びだしたあの運命の日、それを見ていたなんて！　エンピリアンは、コスモドローム2をパトロールしながら、製作者《せいさくしゃ》のアリオト・メラクの命令を実行していた邪悪《じゃあく》なロボットの改良版《かいりょうばん》なのだろうか？　それとも、ひょっとすると……？

エンピリアンは続けた。

「この少年は、アルテミス号という宇宙船に乗りこみ、信じられないスピードで宇宙に飛び出したのです。地球を出発したのは、昔の言い方で言えば二〇一八年ですが、今は二〇八一年。ただしこの少年は年齢《ねんれい》を重ねてはいません。〈時間の遅《おく》れ〉のおかげで、地球上で経過《けいか》した時間のほんの一部しか経過しないですんでいるからです。別の言葉で言うと、この少年は、〈大崩壊《だいほうかい》〉以前の時代からやって来て、大きな才能《さいのう》と勇気をもっています。まさにわれわれが必要としている少年なのです」

最も恐《おそ》れていた推測《すいそく》が適中《てきちゅう》した！　ジョージは未来に飛びこんでしまったのだ。ジョージは打ちのめされると同時に、自分の推測があたったことに喜びも感じていた。それに、エンピリアンの正体はわからないものの、ほめられたことで少し得意《とくい》にもなっていた。今が二〇八一年だとすると、ジョージが地球を出てから、六〇年以上もたっていることになる。ジョージも、ふつうに年を取れば七〇代半ばのはずだ。わあ、そんな年だなんて！　お父さんはいくつになるだろう？　お母さんは？　ふたりともまだ生きているのだろうか？　ふたごの妹たちだって、もう六〇代で、ようやく会えたとしても、もうおばあさんなのだ。

「過去からこの少年を呼《よ》び出したの？　そんなの不可能《ふかのう》でしょう！」女の人は、信じられないという声でたずねた。

「そうですね」と、エンピリアン。「それに、そんなことはしていません。この少年の宇宙旅行は、別の人間が計画していたものです。そのとんでもない人間は、自分の行為《こうい》の結果を予測《よそく》していませんでした。わたしが知っていたのは、宇宙船《うちゅうせん》がどこに着陸するかということだけで、それがいつかはわからなかったので、ずっと待っていなくてはなりませんでした。先日、宇宙から〈虚空《こくう》〉へと何かがやって来るシグナルを察知《さっち》したので、もしかしたらその少年かもしれないと思って、ヒーローのスクールバスをそっちへ向かわせたのです……」

ということは、エンピリアンはジョージをさがしていた、ということになる！　そして、アルテミス号のことも、アリオト・メラクのことも知っているのだ。ジョージが帰ってきたことを家族のみんなが歓迎《かんげい》してくれると思っていたのに、実際《じっさい》に迎《むか》えてくれたのは、スクールバスに乗っていたロボットだったのだ。

「でも、この少年がここにいるのをあなたが知っているなら、ほかの人たちにもわかるはずでしょ？」ニムは不安な声できいた。

「今のところ疑惑《ぎわく》をそらすのがうまくいって、昔の宇宙ステーションの古い破片《はへん》が空から落ちてきたように見せかけています」

「この件が、ヒーローとどう関係するのかしら？」ニムがたずねた。「ヒーローを救う方法を見つけたと言ってたわね？　そしてこの時間の旅人というか、宇宙の渡《わた》り鳥というか、時代の難民《なんみん》ともいえる少年を連れてきた！　こうしたこと全部が、たいへんに違法《いほう》なことだってわかってるの？見つかったら、ユートピアサイドの容疑《ようぎ》で訴《うった》えられるかもしれないのよ」

ユートピアサイドってなんだろう、とジョージは思ったが、幸いなことに、エンピリアンが説明をしてくれた。

「そう、楽園をこわそうとした容疑でね……ただし、ここは楽園ではありませんけどね。ここでは、みんな自由だって思わされていますが、ほんとうに自由な人なんてひとりもいないのですから」

「そうよね、言われなくてもわかってるわ」と、ニムが言った。その声には激怒《げきど》と悲嘆《ひたん》がいりまじっていた。

「例外は彼《かれ》だけです」エンピリアンは言った。

「彼って?」ニムは、とまどったようにたずねた。

「この少年です。さっきも言ったように、過去《かこ》の〈前接続時代《ぜんせつぞく》〉からやってきたのですから。〈大《だい》崩壊《ほうかい》〉以前の時代です。考えてもみてください」エンピリアンが言った。

ニムも、ようやくわかってきたようだ。

「ということはつまり……」

「そうなのです。この少年はセンサーにも、ライブ映像《えいぞう》にも、〈思考ストリーム〉にも引っかかりません。だから、スキャンされたり、思考を読まれたり、監視《かんし》されたりしていないのです。バブルの中を自由に動きまわれる唯一《ゆいいつ》の異質《いしつ》な子どもでしょう。何にもチェックされないからです。エデン・コーポレーションの中枢《ちゅうすう》に乗りこんでも、だれも気づかないはずです。ただし、いそがないと。入念《にゅうねん》に目配りしたつもりですが、そのうちモニターが、わたしの気づかなかったものを見つけるかもしれません。でも、すばやく行動すれば、この少年がヒーローを連れ出せるはずです。あの計画を実行して、ヒーローをナー・アルバに送り届《とど》けることができます」と、エンピリアン。

ジョージは、声を出したい気持ちをなんとかおさえていた。ジョージにたずねもしないで、どんどん計画を進めるなんて！　ジョージにだって自分の考えがあるのに。家族もさがさなくちゃならないし、そのナーなんとかとは違《ちが》うところに行きたいかもしれないじゃないか！　そう声に出して言いたかったが、一方ではだまって耳をそばだて、どうなっているのかをさぐろうとも思っていた。隠《かく》されていることが、わかるかもしれないからだ。

「それにこの少年は、〈彼女《かのじょ》〉のことも知っています」エンピリアンは、おさえた声で言った。

えっ、彼女って？　エンピリアンはだれのことを話しているのだろう？

「そうなの？　知っているの？」ニムは、奇妙《きみょう》な声でゆっくりたずねた。ねたんでいるみたいな言い方だった。

「ええ、知っているんです」

友だちのだれかのことかな？　ジョージにはそんなに友だちは多くなかったけど。

「この少年は運がいいのね。ひょっとして仲よしだったとか？」ニムがにがにがしげにきいた。

しばらく間があいたが、エンピリアンはうなずいたに違いない。やがてニムは、はき出すように言った。

「どうして〈彼女〉はわたしを好きじゃないのかしら？　なぜ？　わたしたち、いい友だちになれるはずなのに」

「あの人には、あなたのことをちゃんと知る機会がなかったのです。それに、あなたが正体を隠しているのも知りません。あの人は、あなたが政権側《せいけんがわ》の一員だと思っているでしょう。ほんとうの大臣《だいじん》だとね」と、エンピリアンが言った。

「だったら、わたしを裏切《うらぎ》り者だと思っているでしょうね。わたしが彼《かれ》を裏切ったとね」ニムは、苦痛《くつう》に満ちた声で言った。

「そうじゃないことは、わたしが説明します。この少年がヒーローをナー・アルバまで送り届けたときに」エンピリアンは、なぜか暗い声で言った。

ジョージは、絶望《ぜつぼう》しかかっていた。自分は、見知らぬ国を、よく知らない女の子を連れて移動《いどう》し、変な名前の安全な場所まで連れて行かなくてはならないらしい。そしてそこには、過去《かこ》に会ったことのあるだれかがいるらしいのだが、その名前さえわかってはいない。

「どうしてこの少年なの？　あなたが連れていけばいいのに？」ニムがきいた。

「ご自分でも、今日警戒《けいかい》レベルが上がって、厳戒態勢《げんかいたいせい》に入っていると言ったじゃありませんか。この少年がヒーローを連れ出し、わたしはここに残って、ヒーローのために偽《にせ》の情報《じょうほう》を流し続けるほうがいいのです。それにヒーローとわたしがいっしょにつかまったら？　エデンの大臣の娘《むすめ》が、政権が何十年とさがしていた〈超知性《ちょうちせい》〉マシンと逃亡《とうぼう》したことがばれたら？　捜査《そうさ》はあなたにも及《およ》び、チャンスは永遠《えいえん》に失われてしまいます。すべてが水の泡《あわ》になってしまうのです」

ニムは、ため息をついて言った。

「そのとおりね。あなたの計画は気に入らないけど、そうするしかないのよね」

「そこにしか希望はないのです。ヒーローは、あさってバブルを出なくてはなりません。選択《せんたく》の余《よ》地《ち》はありません。だから、もしヒーローをエデンから安全な場所に逃《に》がしたかったら、こうするしかチャンスはないのです」エンピリアンは言った。

それから間もなく、ニムは来た時と同じようにそっと家を出て行った。

ドーム型の小さな家の中は静かになった。ジョージの頭は、混乱《こんらん》していた。今が二〇八一年だって！　いつのまにか何十年もたっていたなんて！　不毛の土地、ぎらぎらした空、見捨《みす》てられた風景は、生態系《せいたいけい》全体に劇的《げきてき》な大変化があったことを物語っている。これが未来だなんて！　ジョージは、自分が未来に来てしまったことは、もうわかっていた。でも、まだわからないことがたくさんある。マシンとは何のことだろう？　マシンは何をしているのだろう？　ジョージはボルツマンを起こして話したかったが、古いロボットは充電中《じゅうでんちゅう》の心地よい眠《ねむ》りから目を覚まさない。ようやくジョージは眠りに落ちて、次つぎに変な夢《ゆめ》を見た。とはいえ、どの夢とくらべても、自分が来てしまったこの現実《げんじつ》の世界のほうが、もっとヘンテコなように思えるのだった。

寝心地《ねごこち》の悪い灰色《はいいろ》のソファで寝ていたジョージは、寒くなって目を覚ました。ボルツマンはまだ眠っている。窓《まど》まで行くと、すでに淡《あわ》い黄色の太陽が空にのぼっていた。それを見ると、ジョージは切なくなった。太陽は、何十億年の昔から変わらずにかがやいている。この地球の上で何が起ころうとも、太陽系の秩序《ちつじょ》が乱《みだ》されることはないのだ。人間の暮《く》らしは、新たな次元に入っているらしい。ゆうべもれ聞いた話では、今ジョージがいる時代は、〈大容量接続《だいようりょうせつぞく》〉の時代らしい。そしてそれは、だれもが自分の思考を共有するということでもあるらしいのだ。とすると、ニムは政府《せいふ》の大臣《だいじん》として仕事をしている間は、トレリス・ダンプがいかに偉大《いだい》かと思うようにしているのだろう。でなければ、ニムがスパイだということがばれてしまうはずだ。そして、ヒーローや子どもたちは、だまっていても〈思考ストリーム〉によって会話しているということだし、守護《しゅご》ロボットはそれぞれの子どもの行いをコントロールすることができるということだ。

「おはよう！」

ヒーローが部屋に入ってきた。着心地よさそうなジャンプスーツを着ているが、あれはきっとパジャマなのだろう。

「おはよう！」ジョージも言って、笑顔を見せた。

ジョージが間違《まちが》った時間に来てしまったのはヒーローのせいではないし、ヒーローのガーディアンやロボットがジョージを巻《ま》きこんで入念な計画を立てていることも、ヒーローは知らない。とはいえ、その計画によれば、ジョージはヒーローを連れてエデンから別の国へと、奇妙《きみょう》でおそらく危《き》険《けん》な旅をしなくてはならないらしいのだが。

「泊《と》めてくれてありがとう」ジョージは、お礼を言った。

「ねえ、質問《しつもん》があるの！　あなたは彼女《かのじょ》に会ったことある？」好奇心《こうきしん》いっぱいのヒーローがきいた。

昨日は、もう質問《しつもん》はしないと約束していたのに、忘《わす》れてしまったらしい。

「だれのこと？」ジョージはとまどった。

ヒーローは、ナー・アルバの〈彼女《かのじょ》〉のことを言っているのだろうか？

「ビンボリーナ・キモボリーナ女王のことに決まってるじゃないの。ほかにいないでしょ？」

「いいや、会ったことはないよ」ジョージは正直に言った。

ヒーローが何を言っているのか、さっぱりわからない。

「おかしいな。彼女のアバターは、どこにでもあるんだと思ってたんだけどな。見たことあるでしょう？」ヒーローは、当惑《とうわく》したような顔できいた。

「何だって？」と、ジョージ。

「〈あっち側〉の女王よ」ヒーローは眉《まゆ》を寄《よ》せていた。「女王はあまりにも美しいから、アバターしか見ることはできないらしいけど。実際《じっさい》に見たら、目がつぶれるんですってね。だから、かわりにアバターを送るんだって聞いてるわよ。あたしが学校へ行くときだって、実際に学校というところに〈行く〉わけじゃないのよね。バーチャルな学校に、あたしは自分のアバターを送ればいいんだもんね……」

「だったら、昨日はどうして遠足に行ったのさ？　家で全部できるなら、行かなくてもよかったのに」ジョージは、変だと思ってたずねた。

「あれは、あたしたちの発達段階《はったつだんかい》を測定《そくてい》するためなの。それによってエデンは、だれがワンダー・アカデミーに行くのがふさわしいか、チェックするのよ」ヒーローはため息をついてから、続けた。「あたしも、バブルから出ていけるといいんだけどな」

ジョージは、ロボットハンドが子どもたちの髪《かみ》の毛《け》を引っぱったり、血液《けつえき》のサンプルをとったりしていたのを思い出してうなずいた。バスに乗っていた子どもたちが、みんな遺伝的《いでんてき》な欠陥《けっかん》や身体的な問題がないと証明《しょうめい》されてたらいいんだけど、とジョージは思った。そうでなかったらどうなるかは、考えるだけで恐《おそ》ろしかった。そうなったら、エデンの未来の指導者《しどうしゃ》としてバブルにとどまることはできなくなるのかもしれない。

でも、ヒーローからは、すでに次の質問が飛びだしていた。

「絵文字語の使い方を教えてくれる?」

ジョージは口をぽかんとあけた。

「絵文字語よ!」ヒーローはくり返した。「〈あっち側〉で使ってる言葉よ。実際は言葉を使うんじゃなくて、絵文字を〈思考ストリーミング〉にのせるんでしょ? あなたが、それを知らないわけないでしょ?」

その時、窓《まど》のそばを通って行くものがあって、ジョージはそっちに気をとられていた。もっとよく見ようと窓まで走っていったが、もう見えなくなっていた。家の戸口をあけて追いかけていきたかったが、戸口は密閉《みっぺい》されているみたいだった。

「何が見えたの？」ヒーローがきいた。

「白い馬だよ。でも、長いとがった角が鼻の上についてたんだ」ジョージは、自分の頭がおかしくなったのかもしれないと思った。

「ああ、バブルのユニコーンね」ヒーローは、うれしそうに言った。

「だけど、ユニコーンなんて実際《じっさい》にはいないんだよ」と、ジョージ。

「もちろんいるわ！」と、ヒーロー。

「いや、いないさ」と、ジョージ。遅《おそ》く起きてまだ何も食べていないので、少し機嫌《きげん》も悪くなっていた。「ユニコーンは、伝説とか神話に出てくるだけだよ。実際にいるわけじゃない。さっきのは、だから本物のユニコーンじゃなくて、鼻に何かくっつけた馬だと思うけど」

「本物のユニコーンだってば。エンピーにきいたら、ユニコーンのことを教えてくれたもん」と、ヒーロー。

「どんなこと……？」ジョージはきいた。

「ユニコーンは〈大崩壊《だいほうかい》〉の前に死に絶《た》えてたの」ヒーローは、目をキラキラさせながら言ったが、声の調子はちょっと迷《まよ》っているみたいだった。まるで自分でも信じようと努力しているみたいだ。

「昔は、人間が世界を粗末《そまつ》に扱《あつか》ってたんだって。で、ユニコーンは、とても繊細《せんさい》だから、生きのびることができなかったのよ。世界の状態《じょうたい》がひどくなってきたのを見て、悲しすぎて死んじゃったの」

「ユニコーンが悲しみのあまり死んだって？」ジョージは、信じられない思いできいた。

ヒーローにそんなたわごとを教えるなんて、エンピリアンはどういうつもりなのだろう？

「ユニコーンは、とても繊細なんだもん」ヒーローは鼻をすすった。「少なくとも、あたしはそう習ったの。感覚がとても傷《きず》つきやすいから、〈大崩壊〉の後になるまで絶滅《ぜつめつ》したままだったのよ。今は、トレリス・ダンプのおかげで――ああ、彼《かれ》に永遠《えいえん》の命を――エデンはまたりっぱになったから……」ヒーローの声が小さくなった。

「そんなのみんなウソっぱちだよ」ジョージは、声をはり上げた。もうだまっていることができなかった。「エデンのことなんか全部ばかげてる。エデンは、〈考えられうる最良の世界〉じゃないんだ。とんでもない。世界最悪の場所だよ。みんな、きみにウソをついてるんだ」

ジョージは、今にも泣き出しそうだったが、ヒーローは意外な反応《はんのう》を示《しめ》した。

「だけど、どうしてそんなウソをつくの？　ウソばかりを信じさせる理由はなんなの？」ヒーローは言い返した。

「えーと、それは……」

ジョージは、こんなふうに言い返されるとは思ってもいなかった。

「だったら、あたしの知らない真実っていうのを言ってみて。だけど、それを証明《しょうめい》できないとだめよ。じゃないと、あたしは信じないから」と、ヒーロー。

ヒーローは、思っていたより賢《かしこ》いのかもしれない、とジョージは思った。

「わかったよ。なら、これだ。ぼくは〈あっち側〉から来たんじゃないし、難民《なんみん》でもない……」そこでちょっと置いてから、ジョージは打ち明けた。「ぼくは宇宙旅行者《うちゅう》なんだ」

ヒーローに真実を話すことが、天才的な名案なのか、それとも最悪の事態《じたい》を招《まね》くのかはわからない。でも、そうするしかないとジョージは思った。

「宇宙《うちゅう》旅行者？　どこから……どこから来たっていうの？」ヒーローは、信じられないというように眉《まゆ》をぴくっと上げた。

「空からだよ」ジョージは、人差し指で上をさした。

「空？　空から来たなんて！　それを信じろって言うわけ？」ヒーローは、とまどい、それからゾッとしたような顔をした。

「うん」

「あなたが宇宙から来たって？　何に乗って？」ヒーローは、とても信じられないという顔できいた。

「宇宙船だよ。だから最初に会った時、ぼくは宇宙服を着てたんだよ」と、ジョージ。

「宇宙服なんか着てなかったじゃない。ジャンプスーツを着てただけよ。あたしだって、そういうの持ってるわよ」と、ヒーロー。

「違《ちが》うよ。あれは、ちゃんとした宇宙服だったんだ。着るだけで、宇宙船の中にいるのと同じような状態《じょうたい》になるんだ」と、ジョージ。

「信じないわ」ヒーローはそう言いながらも、興味《きょうみ》をひかれているらしい。「だけど、続きを話して」

「ぼくは、ロボットのボルツマンと宇宙船に乗って地球を出発して、宇宙を突《つ》っ切ったんだ。そんなに遠くまで行くつもりはなかったんだけど、宇宙船を戻《もど》すことができなかった。だけどやがて宇宙船がひとりでに地球に戻ることになって、ぼくたち帰ってきたんだよ。だけどどうやら、違う時代に……」

「悪いけど、あなたが宇宙から来たはずないわ」ヒーローは、手を上げて言葉をさえぎった。

「なんでさ?」と、ジョージ。「奇妙《きみょう》な話だと思うかもしれないけど……」

「違うの。そりゃあ奇妙は奇妙だけど、そうじゃないの。宇宙旅行はもうやってないからよ」

宇宙旅行がないだって? とジョージは不思議に思った。

「宇宙旅行は、禁止《きんし》されてるのよ。違法《いほう》なの。もうだれも宇宙には行かないの。昔は行ってたけど、それって資源《しげん》のすごいむだになるでしょ。資源はこの地球を美しく保《たも》つために使わなくちゃならないのよ。だから今は、もうやらないことになったの。だれかが宇宙に行ったり、何かを送り出したりすることは、もう許《ゆる》されてないのよ。だから、そんなはずないの。まして人間が作ったものが飛んだなんて、ありえないよ」と、ヒーロー。

「それは違うよ、ヒーロー。どっちにしても、宇宙科学のおかげで、いいこともたくさんあったんだよ」と、ジョージ。

「そういうふうに信じこんでたんでしょ。でもそれはすべてフェイク・ニュースだったのよ。科学が何かを実際《じっさい》になしとげると信じこませるための、作り話だったのよ」と、ヒーロー。

ジョージは、おどろきのあまり後ずさり、ボルツマンの足を踏《ふ》みつけた。

「いたっ！」

ボルツマンは自動的にそう言ったが、ロボットに痛覚《つうかく》はないのだから、ほんとうに痛《いた》いわけではない。ジョージは、いちかばちか言ってみることにした。

「ヒーロー、ぼくは、宇宙《うちゅう》からここに来たんだけど、それだけじゃないんだ。過去《かこ》から来たんだよ。時間も超《こ》えて来てるんだ。それについては、またこんど話すけどね」

ヒーローは、じっとジョージを見てきいた。

「時間？　時間を超えて来たって？」

「ぼくの宇宙船はすごい速さで進んでたから、ぼくにとってはゆっくりと時間が過《す》ぎたんだけど、地球上ではもっとずっと早い速度で時間が過ぎていった。ぼくがフォックスブリッジから離陸《りりく》したのは、今のきみとそう変わらない年齢《ねんれい》の時だったんだよ」

「そうか。だからいつもフォックスブリッジのことを話してたんだね」

ヒーローはじっくり考えているみたいだ。

「それにぼくの両親と妹たちや、友だちもここに住んでたんだ。でも今はみんないなくなって、世界が変わってしまった。破壊《はかい》されてしまったんだよ、ヒーロー、ぼくは自分の時代に戻《もど》らなくちゃならないんだ。そうしたらまだチャンスがあるうちに、未来を救えるかもしれない」

「その未来って、今のことだよね。あなたにとっては未来かもしれないけど、あたしにとっては今ってことよね。そして、あなたは過去に戻って、こんなふうにならないように何かしたいと思ってるってわけ？」

「そうだよ。わかってきたじゃないか」

ジョージは、元気が出てきた。

「でも、もしあなたがそうしたら、それって、あたしは、孵化《ふか》しないで終わるかもしれないってことよね。突然《とつぜん》あたしが存在《そんざい》しなくなるかもしれない、ってことでしょ！」ヒーローは不安そうに言った。

そのとき、エンピリアンが部屋に入ってきた。

「おはよう」エンピリアンは、ヒーローにはおだやかにあいさつし、ジョージをにらんだ。「この居住《きょじゅう》空間の感情的《かんじょうてき》度数は、最適《さいてき》と言うには高すぎます」

「あのね、この子が……」ヒーローが、ジョージを指して言おうとした。

「わかっていますよ。あなたは、また質問《しつもん》をたくさんしたんですね。もうしないと約束したのに。そして彼は、〈あっち側〉のストーリーテリングの伝統《でんとう》をたっぷり披露《ひろう》してたんでしょう」と、エンピリアン。

「なんだって？」ジョージは、焦《あせ》ってボルツマンに言った。「ボルツ、この子に言ってやれよ。作り話をしてるわけじゃないんだって。ほんとうの話をしてるんだよ。それにあのロボットは……」

ジョージはエンピリアンをにらんだ。どうやらエンピリアンは、味方ではなく敵《てき》のようだ。

「それは、〈あっち側〉の文化の一部なんですよ」エンピリアンは、ジョージの言葉をかき消すようにすらすらと言った。「たぐいまれな物語を語る能力《のうりょく》を〈あっち側〉の人は持っているんです。しかも生き生きとね！」エンピリアンは、自分の手をぐるりとまわしながら言った。「まるでほんとうのことみたいに。ところが、実際《じっさい》は、昨日見たバーチャル・リアリティ体験みたいなものなのですよ」

「だけど、あれはまるで現実《げんじつ》の体験みたいなものだって言ってたでしょう？」ヒーローは、熱くなって言った。

「そうでしたっけ？　そんなこと言いましたっけ？」エンピリアンは、何気ない調子でとぼけた。

ヒーローは、今ジョージから聞いたことを持ち出した。

「もしもこの世界がどれもほんとうのことではなくて、あなたやガーディアンが、あたしをだませておくためにでっち上げたものだとしたら？　エデンがほんとうじゃないとしたら？」

ヒーローは、この年齢《ねんれい》の子どもが、はじめて見かけとは違《ちが》うかもしれないと思ったにしては、おどろくほど落ち着いていた。

「突拍子《とっぴょうし》もない考えですね」エンピリアンはつぶやいた。

でもジョージは、とうとうヒーローが疑《うたが》いを持ちはじめたと思って、勇気がわいてきていた。エデンなんて偽物《にせもの》だ。ジョージには、それがわかっている。エンピリアンとヒーローの保護者《ほごしゃ》が何をしようとしているのかはわからない。それにニムのお父さんという人が立てた長期計画が、どうなるのかもわからない。でも、ここに到着《とうちゃく》してからはじめて、ヒーローの中に反抗《はんこう》の火がともったらしいことが、ジョージにはうれしかった。

エンピリアンが、何事もなかったかのように言った。

「よく聞きなさい。今日は、ワンダー・アカデミーへ向かう準備《じゅんび》を終わらせないといけません。明日は、あなたの九回目の孵化《ふか》記念日ですし、あなたのテストの成績《せいせき》はどれも合格《ごうかく》ラインを超《こ》えていますから、環境《かんきょう》の変化に備《そな》えてしっかり準備をしておくことが必要です」

ヒーローはたちまちそっちに飛びついた。

「あたし、ワンダー・アカデミーに入れるのかな？」

「ええ。あなたのガーディアンからさっき連絡《れんらく》がありました。あなたは合格し、しかもこれまでにアカデミーに入った子どもたちのなかで最高の成績をおさめたそうですよ。よくやりましたね、ヒーロー。最近の成績はすばらしかったですよ」と、エンピリアンが請《う》け合った。

「あたし、ワンダーに行けるんだね」ヒーローは歓声《かんせい》を上げて、部屋のなかを走りまわり、みんなをハグした。「あたし、ワンダーに行くのよ！　あたし、一日に何兆《ちょう》分もの〈ダンプリング〉をかせいで、エデンの未来の指導者《しどうしゃ》になるの。ワンダーに行けるんだ、わーい！」

ただし、実際の行き先はワンダーではないことを、ジョージは知っていた。

8

後の時間は、何事もなく過《す》ぎ、ヒーローはワンダー・アカデミーに行けることを祝って跳《は》ねまわり、〈思考ストリーム〉でみんなにその喜びを伝えていた。一方ジョージのほうは、不足していた休息をとりながら、自分が来てしまったこの時代について、もっと理解《りかい》しようとしていた。日が暮《く》れると、ドーム型の家の外で物音がしたが、今度はユニコーンではない。エンピリアンはたちまち緊張《きんちょう》した。

外から声が聞こえてきた。

「あけなさい！　抜《ぬ》き打《う》ち検査《けんさ》だ」

エンピリアンは、ジョージに小さな目を向けたまま固まっていた。ヒーローは、ぎょっとして、家のなかを見まわした。

「あたしのガーディアンがジョージを泊《と》めたって言えば、だいじょうぶ？」

ヒーローも、エデンの基準《きじゅん》に照らせばまずいことになっているのがわかっているのだ。

エンピリアンは、言った。

「だめでしょう」

「だったら、どうすればいいの？」ヒーローはたずねた。

パニックになっているところを見ると、こんな体験をするのは初めてなのだろう。

「ジョージがここにいるのが見つかったら、どうなるの？」ヒーローが、またきいた。

ろくなことにはならないだろうと心配しているのだ。もしかすると、ワンダー・アカデミーに行けなくなるかもしれない。

「待ちなさい。隠《かく》しましょう」エンピリアンはそう言うと、ジョージに向かって言った。「あっちにボルツマンと並《なら》んで立って。じっとして、動いたり話したりしてはいけません」

エンピリアンは、上質《じょうしつ》の素材《そざい》でできた布《ぬの》をジョージとボルツマンの上からかけて、姿《すがた》を見えなくした。

ジョージは、ボルツマンのとなりで、じーっと立っていた。ボルツマンは、昨夜の充電《じゅうでん》からまだはっきりとは覚めていないみたいだ。家の中に入ってくる足音が聞こえる。先端《せんたん》に金具をつけた靴《くつ》をはいている人の足音みたいだ。手袋《てぶくろ》をはめた手に警棒《けいぼう》を打ちつけているような音もする。

「おい、ロボット、夢《ゆめ》の中にもダンプ！」入ってきた者が、エンピリアンに言った。

これが、決まったあいさつの言葉らしい。

「わたしはダンプだけを夢見《ゆめみ》ています。彼《かれ》に永遠《えいえん》の命を！」エンピリアンは、落ち着いた声で言った。

「この住まいについて説明しなさい」

エンピリアンはため息をつき、ジョージにもシューッという音が聞こえた。

「電力設定《せってい》が高すぎるな」検査官《けんさかん》が文句《もんく》を言った。

目には見えなくても、検査官がジョージとボルツマンのほうを見ているのを感じる。でも、ばれなかったようだ。しかし検査官は、ヒーローに目をとめると、言った。

「この子の〈思考ストリーム〉に接続《せつぞく》させてくれ」

「もちろんです」エンピリアンは、おだやかに言った。

ヒーローは物音ひとつ立てなかった。こういう時はどうすればいいかがわかっているらしい。エンピリアンが何か操作《そうさ》したらしく、ヒーローの〈思考ストリーム〉が、突然《とつぜん》聞こえてきた。楽しいメロディの音楽だ。ユニコーンや巨大《きょだい》なチョウチョウやおもしろいバーチャル・リアリティ・ゲームでいっぱいの暮《く》らしをあらわしているようだ。しかしその中には暗い音や、短調の音階もまじっていて、全体の曲調に変化をもたらしていた。ジョージは、何がどうそこにあらわれているのかと考えていた。

「これは何だ？」ヒーローの頭の中の音楽が荒《あら》あらしく混乱《こんらん》してくると、検査官がたずねた。

ジョージは息を詰《つ》めた。検査官が人間ではないことは、ジョージにもわかっている。声はなめらかで自然なのだが、どこか違《ちが》うところがある。実際《じっさい》、検査官の声は人間の声によく似《に》ていたのだが、だからこそよけいに不気味《ぶきみ》で恐《おそ》ろしいように思える。どんなにがんばってもロボットにしか見えないボルツマンのほうが、ずっとましだ。

「過去《かこ》にフェイク・ニュースのVR《ヴイアール》を見た記憶《きおく》でしょう。とくに宇宙《うちゅう》旅行のようなフェイク・ニュースのファンタジーがよくなかったようです。ただの記憶ですよ」エンピリアンがあわてて言った。

「しょうがないな。古い時代のことなんか教えるからだよ。混乱《こんらん》させるだけなんだから。エデンの偉業《いぎょう》について学ぶだけにすればいいのに。削除《さくじょ》しなさい。その記憶は不要だ。浄化《じょうか》しなさい」検査官ボットが言った。

ジョージは、エンピリアンがため息をつくのを聞いたが、音楽はすぐに止まった。

「楽園を清潔《せいけつ》にしておくように。頭のなかも心のなかもだ。それと、家の戸口は閉《し》めておかないように」検査官が、出ていきながら命令した。

ジョージは、ようやくホッと息をはいた。エンピリアンが、ジョージとボルツマンを隠《かく》していた布《ぬの》をどけた。

「今のは何だったんだ?」と、ジョージ。

ヒーローは、ぼうっとしたままでいる。エンピリアンが早口で言った。

「あなたはヒーローを危険《きけん》にさらそうとしています。〈思考ストリーム〉には何でもあらわれるから、よけいなことを聞くと、ヒーローの気持ちが不安定になってしまいます。危機《きき》一髪《いっぱつ》でした。あなたはばかげていると思うかもしれませんが、ヒーローにはエデンが気に入る情報《じょうほう》をあたえつづけないといけないのです。エデンを出るまでは、ほかにやりようがありません。そうしないと、ヒーローは生命の危機《きき》にさらされてしまいます」

「そうか。だからヒーローは、ほんとうのことを知ってはいけないんですね。ウソ八百を並《なら》べるのは、ヒーローを安全に守るためなんですね。かわいそうに」と、ジョージ。

ジョージは、ヒーローに同情《どうじょう》していた。そして同時に、ヒーローを助けたいなら、自分がその役《やく》割《わり》を果《は》たさなくてはならないのもわかった。ヒーローを置いて、自分だけここを出るわけにはいかない。今は、自分でもヒーローを助けたいと思っていた。

ジョージの妹たちも、だれかが助けてくれていたらいいんだけど。

「あれが旧式《きゅうしき》の検査官《けんさかん》ボットでよかったです。熱認証《ねつにんしょう》システムがついたのにアップデートしてないんですね。エデンの資金《しきん》が底《そこ》をつきそうになっているというのは、ほんとうなのかもしれない」エンピリアンが言った。

「もしぼくが見つかってたら、どうなったんですか?」

エンピリアンは早口で説明した。

「今はいろいろなものが禁止《きんし》されています。たとえば、思想の自由もないし、発言の自由もありません。特に科学は目のかたきにされています。宇宙《うちゅう》旅行についてはロにしてもいけません。身のまわりのテクノロジーを見てごらんなさい。人間の暮《く》らしは、テクノロジーによって支配《しはい》されています。テクノロジーによって作られていると言ってもいい。それなのに、人間は、それを理解《りかい》したり修得《しゅうとく》したりすることは許《ゆる》されていないのです。あなたは、見つかれば連れ去《さ》られて消されてしまうでしょう。ヒーローはバブルから〈虚空《こくう》〉に追放《ついほう》されて、ひとりで生きていくことになる。ガーディアンは、政府《せいふ》の職《しょく》を失うでしょうし、わたしは分解《ぶんかい》されてしまうでしょう。それに最悪なのは……いや、もうこれ以上は言わないほうがいい……」

「〈考えられうる最良の世界〉なのに」と、ジョージ。

「そうなんです。検査官ボットがきみたちを発見できなかったのは、わたしがメタマテリアルでおおったからです。しかし、それ以上に、あなたが〈思考ストリーム〉を持っていなかったことも大きいのです。あのボットは、生物学的指標《しひょう》じゃなくて、技術《ぎじゅつ》的指標に基《もと》づいて運用されていました。だから、あいつにとってあなたたちは存在《そんざい》していませんでした。しかし、視覚《しかく》でとらえられたら、だれかほかの者が気づくかもしれません」と、エンピリアン。

「ああいった検査は、よく行われるんですか？」ジョージはたずねた。

「いいえ。エデン・コーポレーションが厳戒態勢《げんかいたいせい》に入っている証拠《しょうこ》です」

「えっ、ぼくをさがしてるんですか？」と、ジョージ。

「政権《せいけん》をおびやかすかもしれない者は、だれであろうとさがし出そうとしています。だからいそいで動かないと」と、エンピリアン。

「わかっておかなくちゃならないことが、多すぎます」と、ジョージ。

「そうですね。しかし、あなたにできると思わなければ、たのみはしません」と、エンピリアン。

「だけど、そんなことがわかるんですか？　あなたは、だれなんです？」今しか聞けないと思ったジョージは思いきってたずねた、

「わたしはエンピリアン。鍵《かぎ》は、わたしの名前のなかにあります」と、ロボットは答えた。

そう言われても、ジョージは、エンピリアンという言葉の意味も知らなかったし、調べる手段《しゅだん》も持っていなかった。それに、今は推測《すいそく》ゲームをしている暇《ひま》はない。

「ぼく、ゆうベニムっていう女の人とあなたが話しているのを聞いたんです。ぼくがヒーローを救うっていう計画があるって言ってましたよね」と、ジョージ。

「あなたはヒーローを安全な場所に連れていかなくてはいけません。ヒーローを救うことが自分を救うことにもなるのです」と、エンピリアン。

「だけど……」

ジョージが知っておかなくてはならないことは、もっともっとあるのだ。

「しいーっ、ハチが聞いています。それ以上言わないように」エンピリアンが言うと、ブーンという羽音が聞こえてきた。

「ハチが？」と、ジョージ。

「探知《たんち》バチです。バブルの中で最も知的なやつですよ。警報《けいほう》を発する者がいるとすれば、ハチの可《か》

能性《のうせい》がいちばん高いのです」と、エンピリアン。

羽音が強くなった。外を見ると、家がミツバチの群《む》れに囲まれているのがわかった。

「ハチの群れにつかまるなんて、ありえないよ」

ジョージは、ミツバチをいつも友だちだと思ってきたのに。

「あのハチはなんでもさぐり出します。ウィルスだろうと、爆弾《ばくだん》だろうと、もっといろいろなものも見つけ出します。あなたを見つけたかどうかは、間もなくわかるでしょう。でも、静かにしていれば、やがていなくなります」エンピリアンが言った。


ハチの群れのモニターがいなくなって夜になると、ジョージとボルツマンは、家の戸口から外に出てみた。検査官《けんさかん》ボットがあけておくようにと命じた戸口だ。すっかり充電《じゅうでん》の終わったボルツマンとジョージは、空気注入式の小さな家の前に並《なら》んで腰《こし》を下ろした。遠くまで行く勇気はなかったが、ジョージは小さな円形の家を出て、新鮮《しんせん》な空気ではないにしろ、少なくとも違《ちが》う空気を吸《す》ってみたかった。どっちにしろバブルの中だが、居間《いま》に閉《と》じこもっているのがいやになったのだ。

ジョージたちの目の前には、いくつもの同じような円形の家がきちんと並んでいた。それぞれの家は、となりとは違う色で、まわりには小さな庭がついている。庭にはロボットたちが出て、生《い》け垣《がき》を刈《か》りこんだり、草花の世話をしたり水をやったりしていた。庭があまりにもきちんとしてあざやかな緑色なので、ジョージにはほんとうの植物なのかどうかわからなかった。手を伸《の》ばして葉っぱにさわってみると、警報《けいほう》が鳴りひびき、となりの偉《えら》そうなロボットがとんできて、ジョージを叱《しか》るように人差し指を左右にふった。

「ボルツ！　この未来が好きになれる？　今は二〇八一年なんだって」

ジョージは、わかったことをまだボルツマンに話すチャンスがなかった。ニムの計画を話し、エンピリアンが何者かを、いっしょに考えてみたくてたまらない。でも、もしかすると、それは危険《きけん》かもしれない。だれかが盗《ぬす》み聞きしているかもしれないのだ。それでも、今いるこの世界について、小声で話してみる誘惑《ゆうわく》には勝てなかった。

「二〇八一年だなんて！　なるほどね。ジョージ、あなたはおじいさんですよ！」と、ボルツマンはおどろいた。

「七〇代の半ばってとこだね。だけど、それなのに、ぼくはまだ中学校に通う子どもなんだ」と、ジョージ。

「どうりでヒーローが、わたしのことを博物館ものだって言うわけですよね。ほら、あそこにいる庭師《にわし》ボットだって、わたしよりは新型なんですよ」と、ボルツマン。

「エデンの人たちはテクノロジーを使うことはできても、それを理解《りかい》することは許《ゆる》されていないって、エンピリアンが言ってたよ」

「ということは、何をする装置《そうち》かはわかっても、どのように動くのかはわからないってことですね。なんとしたことでしょう」と、ボルツマン。

「ヒーローは、フェイク・ニュースのことや、科学がみんなウソだってことをしきりに話してたよ」

「そう教えられてきたんでしょうね。ちゃんとした教育を受ければ、すぐにわかってきますよ」ボルツマンが察《さっ》して言った。

「そうだね。言われたことを鵜呑《うの》みにさえしなければ、かなり賢《かしこ》い子だと思うよ。それに、ヒーローのガーディアンとエンピーは、できるだけ長くヒーローをバブルにおいておきたいと思ってたみたいなんだ。ワンダー・アカデミーには行かせたくなかったらしいんだ」ジョージは、眉根《まゆね》を寄《よ》せて言った。

「やれやれ、未来がこんなにひどいことになっているとは！　だれが予想《よそう》したでしょう」と、ボルツマン。

「それに、宇宙《うちゅう》旅行もだめなんだ。フェイク科学の道具にすぎないって理由で、宇宙旅行は禁止《きんし》されてるんだって」ジョージは、とくにこの件《けん》では憤慨《ふんがい》していた。

上を見ると、暖《あたた》かい空気のおかげで蒸気《じょうき》がもやのように、バブル全体をおおう透明《とうめい》な天井《てんじょう》の膜《まく》までのぼり、そこでまた水滴《すいてき》になって葉っぱの上にしたたり落ちるのが見えた。つまり、ここはそれ自体がエコな生態系《せいたいけい》になっているのだ。緑豊《ゆた》かで、暖かく湿気《しっけ》もたっぷりしているバブルの内部は、外部の不毛な地とは対象的《たいしょうてき》だった。ただし、ジョージが覚えているフォックスブリッジとはちっとも似《に》ていなかった。

フォックスブリッジでは、すべての家が住んでいる人の個性《こせい》を反映《はんえい》していて、大きい家もあれば、立派《りっぱ》すぎて人を寄《よ》せつけないような家もあり、小さくてみすぼらしい家もあれば、気の利《き》いたおもしろい家もあった。昔のフォックスブリッジでは、何もかもが個性的だったり奇抜《きばつ》だったり、ゆかいだったりしていた。ところがここでは、基本的《きほんてき》には何もかもが同じだった。

バイオスフェアの外では、沈《しず》みゆく夕日が朱色《しゅいろ》の長い光線を投げていた。なかでは、ヤシの木の先端《せんたん》がラズベリー色に染《そ》まる。バブルの内側全体があざやかなピンク色になる。それはとても美しい光景だった。

ただしジョージは、夕暮《ゆうぐ》れに見るこうした色彩《しきさい》は、大気中の汚染濃度《おせんのうど》がとても高いせいだということを知っていた。政府《せいふ》の大臣《だいじん》の子どもたちがバブルの中で育てられているのも当然《とうぜん》だ。それは、太陽光線や大気中の有毒《ゆうどく》な塵《ちり》やガスから守るためなのだ。

日が沈むと空は暗くなり、また頭上で星がまたたきはじめた。雲がなく、夜空がはっきり見える。バブルの透明《とうめい》な天井《てんじょう》の膜《まく》を通して、よく知っている星座《せいざ》がかがやいているのが見える。全世界がこれほど変化しているのに、夜空がまったく変わらないことにジョージは驚嘆《きょうたん》した。

その時、ジョージはおかしなことに気づいた。光の小さな点が、すぐ上をスーッと動いたのだ。流れ星にしては、動きが一定で規則的《きそくてき》すぎる。人工衛星《じんこうえいせい》かな、とジョージは思った。もしかしたら、ジョージが生まれた宇宙《うちゅう》時代に打ち上げられた、昔の人工衛星なのかもしれない。でも、すぐにまた別の光の点が見え、つづいてまた別の光が夜空を縦横《じゅうおう》に走るのが見えた。その道筋《みちすじ》はあまりにも整然《せいぜん》としていて、光の点もあまりにも小さいので、自然のものだとは思えない。

空を見ながら、ジョージはボルツマンに言った。

「宇宙旅行は、今でもじゃんじゃんやってるんじゃないかな。ただそれについて知ることはだれにも許《ゆる》されてないんだよ、きっと」

9

「ラララララ！」

ヒーローが大声で歌っているので、ジョージは目を覚ました。

「今日はあたしの孵化《ふか》記念日で、ワンダー・アカデミーに行ける日よ。これから、いろんなことを学ぶの。ユニコーンの世話の仕方についても、バブルの環境《かんきょう》についても、ミステリーサークルの利用法についてもね」

部屋のなかをおどりまわっているうちに、ヒーローはジョージがいるのに気づいた。そして、倒立回転跳《とうりつかいてんと》びでジョージのすぐ前まで来た。

「ジャジャーン、おはよう！」ヒーローが言った。

「やあ！　きみが体操《たいそう》選手だとは知らなかったよ」とジョージ。

ヒーローは、ゆうべはとても不安そうだったのに、今日はずいぶんと陽気で元気だ。

「そう、体操もできるの。バーチャル・インストラクターに習ったのよ。ジョージは、よく眠《ねむ》れた？　スムージーほしい？　あたしがワンダー・アカデミーに行けることになってうれしい？」

「あーっと、ゆうべは検査官《けんさかん》が来ることになったりして、ごめん」と、ジョージ。

ヒーローの将来《しょうらい》を台無しにしていたかもしれないと思うと、申しわけない気持ちだった。

「検査官って？」ヒーローは、目のかがやきを消してきいた。「検査官なんていなかったよ。何を言ってるの？」

エンピリアンが、ヒーローの最近の記憶《きおく》を検査官の指示《しじ》によってほんとうに消したことが、ジョージにもわかった。それでも、もう少しさぐりを入れてみよう。もし危険《きけん》で違法《いほう》な旅に出なくてはいけないいなら……。

「それに、ぼくが宇宙《うちゅう》から来たんだってことも話したよ……」

「ええっ、変なこと言わないで。あなたは難民《なんみん》よ。〈あっち側〉から来たのよね。砂漠《さばく》で会ったとき、そう言ってたでしょ」そう言いながら、ヒーローは鼻にしわを寄《よ》せた。

それを聞いて、ジョージは、ヒーローの頭の中の記憶が書き換《か》えられているのがわかった。そんなことしてはいけないのに。いい人でも（ジョージはエンピリアンとニムがいい人であってほしいと願っていた）、小さな子どもの記憶を消すようなひどいことをしていたら、未来がめちゃめちゃになってしまう。

そのとき、ハッチがあいて、小さなバックパックを二つかかえたニムが入ってきた。

「ガーディアン！」そう言うとヒーローはかけよって、ニムをハグした。「最良の世界を！」

「エデンは偉大《いだい》なり。ダンプに感謝《かんしゃ》を。彼《かれ》に永遠《えいえん》の命を！」ヒーローのガーディアンが答えた。あいさつの決まり文句《もんく》らしい。

「おはようございます」ジョージは、この世界のあいさつの言葉を知らなかったので、礼儀《れいぎ》正しくふつうにあいさつした。

「ハーイ」ヒーローの頭ごしに、ニムがあいさつを返した。

昼の光で見ると、ニムはゆうべ思ったよりもっと年をとっているように思えた。自分の感情《かんじょう》をできるだけおさえようとしているみたいだが、目がぬれている。ニムは、ヒーローの腕《うで》をやさしくほどくと、言った。

「そろそろ出発の時間ね」

「ワンダー・アカデミーに行くんだよね？」顔をかがやかせて、ヒーローが言った。

「そうよ」ニムはため息をついた。

「わーい！　すっごく楽しみ！　バイバイ、ジョージ。バイバイ、ボルツマン。バイバイ、役立たずのエンピー！　あたし、ワンダー・アカデミーに行って、あたしのガーディアンみたいにすごく年とったら、エデンのリーダーになるのよ」

ヒーローがそう言うのを聞くと、ニムが顔をしかめるのにジョージは気づいた。

「ジョージには、さよならしなくていいのよ」ニムが、気を取り直して言った。「よろしくって言ったほうがいいわね」

それからニムは、ジョージに向かって言った。

「ちゃんと話すよゆうがなくてごめんなさい。わたしは、ヒーローのガーディアンのニムです。時間があまりないの。ヒーローは、九度目の〈太陽ダンプ〉の孵化《ふか》記念日の太陽がいちばん高いところに上がるまでに、バブルを出ないといけないの」

「だったら、ここには九歳《さい》以上の子どもは住んでいないんですか？」ジョージはきいた。

「そのとおりよ」と、ニム。

「あなたは、どこに住んでるんですか？」ジョージは、好奇心《こうきしん》に駆《か》られてたずねた。

ニムは説明した。

「わたしは、バブルの向こうの政府《せいふ》キャンプで暮《く》らしてるのよ。そこはエコー・チェンバーって呼《よ》ばれてるの。わたしは政府の大臣《だいじん》なので、ワンダー・アカデミーに行く年齢《ねんれい》になるまでは、子どもをバブルに置くことができるの。まあ、必要なテストに合格《ごうかく》しないといけないのだけれどね。わたしくらいの地位だと、そう決まっているの」

ゆうべ声を聞いた決然《けつぜん》とした女性《じょせい》とは思えないくらい、不安になっているらしい。ヒーローがこんなふうに育てられたのは、自分が決めたことではないと言いたいのかもしれない。

ジョージは、気にかかっていたことをきいた。

「ほかの子どもたちはどこにいるのですか？　親が政府《せいふ》の大臣《だいじん》じゃない子どもたちとか、テストに合格《ごうかく》しなかった子どもたちは？　そういう子はどこに行くのですか？」

「そうね。エデンには、ヒーローほど運がよくない子どもたちもたくさんいるわね。だけどみんなベストをつくしてダンプ——彼《かれ》に永遠《えいえん》の命を——に仕えないといけないの。子どもたちのなかには、労働《ろうどう》ユニットに配属《はいぞく》される子もいるわ」

そう言うと、ニムは悲しげな表情《ひょうじょう》でヒーローを見て続けた。

「わたしの娘《むすめ》は、そうならなかったけど」

「わかりました」ジョージは、ニムがこれ以上は話すつもりがないのを察《さっ》して言った。

でも、ジョージは、ニムがヒーローを自分の娘だと言うのを聞いてしまった。ヒーローのほうは、母親が何かを理解《りかい》していないようだったけれど。

「でもニム、ワンダー・アカデミーでは実際《じっさい》どんなことが行われて……」

ニムは、ジョージの言葉をさえぎるように大きな声をはり上げた。

「ワンダー・アカデミーは、子どもたちが経験《けいけん》したことのあるどの場所とも大きく違《ちが》うのよ」

「どこよりも、ずっとすばらしいところなのよ」と、ヒーローが言った。

ニムの表情からいうと、ニムはそれとは正反対の感想《かんそう》を持っているらしかった。実際にはどんなところなのだろう？　知らないですすめばいいんだけど、とジョージは思った。

「ヒーロー、荷物をここに入れてね」

ニムは、バックパックを一つ娘に渡《わた》しながらそう言った。そしてもう一つのバックパックをジョージに渡した。

ヒーローはスキップしながら、さまざまな色のジャンプスーツが置いてあるほうへ行った。

その間に、ニムはジョージに言った。

「時間があまりないのよ……」

ジョージはいきなりたずねた。

「あなたは、いったいだれなんですか？」

「ジョージ、聞いてちょうだい」ニムは、質問《しつもん》を無視《むし》して話し出した。「ヒーローをナー・アルバまで連れていって。そうしたら、何事もうまくいくの。エンピリアンがあなたのロボットに、旅で必要な情報《じょうほう》はすべて提供《ていきょう》しといたわ」

ニムは、へたな地図みたいな紙切れをジョージに渡した。そこには、広い陸地のほかに、小さな島が描《えが》かれていて、ナー・アルバと書かれていた。

「ナー・アルバって、何なんですか？」ジョージは、地図をたたんでズボンの後ろポケットに突《つ》っこみながらたずねた。

ニムは少し苦笑を浮《う》かべながら答えた。

「てごわい所よ。自治権《じちけん》をもっていて、進歩的で、エデンの恐《おそ》ろしい敵《てき》。そして賢《かしこ》くて、機知《きち》に富んでいる。あえて禁止《きんし》されている言葉を使えば、想像力豊《そうぞうりょくゆた》かと言ってもいいかもしれないわね。そして〈彼女《かのじょ》〉が治めてる国なの。〈彼女〉が自分で構想《こうそう》して国を作ったの。ほかの国はみんな、二つのコーポレーションのどちらかの傘下《さんか》に下ったのだけど、ナー・アルバは、大国の支配《しはい》を受けないことに決めたのよ。そして〈大崩壊《だいほうかい》〉のあと、国境《こっきょう》を切り離《はな》したの。トレリス・ダンプのロボット軍《ぐん》が攻《せ》めこまないようにするためよ。それ以来、ナー・アルバは海に浮《う》かんでるの。みんな〈彼女〉が考えたことなの。ナー・アルバに行くには、ダイア海峡《かいきょう》をいちばん距離《きょり》の近いところで渡《わた》るのよ。そのためにはエデンの首都エデノポリスまで行かないと」

「だけど、その〈彼女〉ってだれなんですか?」ジョージはたずねた。

地球上に一つしかない自由な領域《りょういき》を治める謎《なぞ》の人物って、いったいだれなのだろう?

「向こうに着いたらわかることよ。そうでしょ?」ちょっぴりからかうように、ニムが言った。

ジョージは、そんなことを言うニムが好きになれなかった。

そのときヒーローが、ぱんぱんになったバックパックを引きずりながら戻《もど》って来た。

「それを全部もっていくなんて無理よ」ニムがびっくりして言った。

そしてバックパックをあけると、かわいらしいユニコーンのぬいぐるみや、あざやかな色のアクセサリーや、電子ペットや、少なくとも五枚《まい》のジャンプスーツを取り出した。かわりに、水を浄化《じょうか》するものや、フリーズドライ食品をどっさり入れ、懐中電灯《かいちゅうでんとう》も加えた。

「だめ！　ペットを置いていくわけにはいかないの。あたしが世話しないと死んじゃうから」ヒーローが言った。

ニムは、ため息をついて言った。

「わたしがお世話するわ。でも、無人輸送車《むじんゆそうしゃ》がもう外で待ってるの。あなたとジョージの出発の時間よ」

「えっ、ジョージも？　どうしてジョージがいっしょなの？」ヒーローはめんくらった。

「ジョージが、ワンダー・アカデミーまで送っていってくれるのよ。ジョージのロボットも、いっしょよ」ニムが答えた。

ニムの後ろからボルツマンがあらわれた。エンピリアンは目立たないところに立っている。

ヒーローは、びっくりした顔で抗議《こうぎ》した。

「いやよ。ワンダー・アカデミーに入る日に、〈あっち側〉の子がつきそってるなんて最悪だもん」

そんなことを言うのも、エンピリアンに記憶《きおく》を消されたからだ、とジョージは思った。

「ごめんなさいね、ヒーロー。こんな生き方しかさせてあげられなくて、ほんとうにごめんなさい。こんなはずじゃなかったのよ。もっといいことが起こるかと思ってたんだけど」ニムが言った。本心からの声のように思える。

ヒーローは、とまどった表情《ひょうじょう》を見せながらガーディアンを抱《だ》きしめた。

「悲しまないで。ワンダーはきっとすばらしいはずよ。あたし、がんばるからね。あたしのこと、自慢《じまん》に思ってもらえるようにね」

「ジョージといっしょに行くのよ」ニムは、ヒーローの体をそっと放すと、しっかりと手をにぎった。

「いっしょじゃなきゃいけないの？」ヒーローは、ジョージとボルツマンを見ながら、半信半疑《はんしんはんぎ》でたずねた。

「そうよ」と、ニム。

ヒーローは口をとがらしたが、もう何も言わなかった。


「用意はできましたか？」

ボルツマンがやって来て、ジョージのとなりに立ったので、ジョージは元気をもらったような気がした。

「アップデートは完了しています。ボルツマンの準備《じゅんび》は万端《ばんたん》です。あなたたちに必要な情報《じょうほう》はすべて提供《ていきょう》してありますから」エンピリアンが満足げに言った。

「ボルツマンは戸口をあけることができる？　宇宙《うちゅう》への扉《とびら》みたいなものを作ることができる？」ジョージはたずねた。

危険《きけん》な目にあったとき、宇宙への扉があればべんりだと思ったのだ。

「扉やポータルを作ることはできません。でも、ウィンドウズ４０００をインストールしておいたので……」と、エンピリアン。

家の外から音が聞こえてきたので、みんなはびっくりした。それが、芝刈《しばか》りロボットの音だとわかって、みんなはホッと胸《むね》をなでおろした。

「さあ、行かないと。あと数分で太陽が真上に来てしまうわ。そうするとこの家も自動的にしぼむことになっているから、みんな外へ出ないと。ヒーローの九回目の孵化《ふか》記念日の正午を過《す》ぎたら、わたしたちはもうバブルの内側にいる権利《けんり》がなくなるのよ」ニムが、元気のない声で言った。

みんなは、そろって外に出た。空気はしっとりとして、かぐわしい香《かお》りもする。ヒーローの円形の家の周囲には、つやつやした緑色の葉と、あざやかな赤い花をつけた大きな熱帯植物が生えている。ハチドリが一輪の花のそばを飛んでいる。小さな翼《つばさ》を動かしながら花の奥《おく》に首をつっこみ蜜《みつ》を吸《す》っているのだ。

ジョージが見上げると、太陽は明るいのに、もやがかかったようなミルク色の空がひろがっていた。

「どうして空が白いのかな?」ジョージは口に出した。

「空のスクリーンがあるからよ。バブルの内側では、太陽光線が植物や人間にダメージをあたえないように、粒子《りゅうし》が放出されているのよ。だからバブルの内側は緑も豊《ゆた》かなの。でも、外側では、太陽光線が明るすぎるために、もう今は何も育たなくなっているの」と、ニムが説明した。

玄関《げんかん》前には無人運転の輸送《ゆそう》バスが停《と》まっていた。ヒーローは、今は声を上げずにしくしく泣いていた。涙《なみだ》が、ぬいぐるみのユニコーンの上にぽたぽた落ちる。このユニコーンは、ニムが取り出した品じなの山の中からヒーローが取り戻《もど》したものだ。

「さようなら」ニムが、あらたまった調子でジョージに言った。

「じゃあね」ジョージは、わざと明るい声で言った。

「このことは忘《わす》れないわ」と、ニム。

エンピリアンが説明した。

「バックパックの中には水を浄化《じょうか》するものを入れておきました。それがあれば、どんな汚《きたな》い池の水でも、きれいな飲み水に変えることができますからね。それに、フリーズドライ食品も入れておきました。前にも食べたことあるでしょう。もし必要なら、とちゅうで食べられるものをさがすといいですね。アリは、タンパク質《しつ》の供給源《きょうきゅうげん》になるし、レモングラスみたいな味《あじ》がするという人もいます。ただしわたしは自分ではあまり……」

「またみんなに会えるかな？」ジョージはたずねた。

まだわからないことが、たくさんある。自分とヒーローが安全にナー・アルバにたどりつくのに必要な情報《じょうほう》は、これで全部なのだろうか？　もっと知りたいと思ったときには、どうすればいい？

「ボルツマンの中に〈友だちに電話〉機能《きのう》を入れておきました。その友だちというのは、もちろんわたしのことですよ。連絡《れんらく》が必要な場合に備《そな》えて……」エンピリアンが言った。

ジョージは大いにホッとして、バスに乗りこんだ。後からボルツマンと、不安そうなヒーローも続く。

背後《はいご》の家は、すでにぺしゃんこになっていた。リサイクル・ロボットがヒーローの家の後片《あとかた》づけをして、次に来る優秀《ゆうしゅう》な子どものすまいを作ろうと待っている。その子も、九歳《さい》くらいになるまではバブルの中で暮《く》らすことになるのだろう。ニムは、太陽の位置を見定めようと心配そうに空を見ていたが、ヒーローをバスの中に押《お》しこみ、自分はバスから降《お》りようとした。でも、ふと足を止めてジョージに言った。

「〈彼女《かのじょ》〉に、わたしじゃないって言ってちょうだい。わたしが彼《かれ》を裏切《うらぎ》ったわけじゃないって。そんなことは、ぜったいにしてないって。火星に向かう最後の宇宙船《うちゅうせん》に乗せてエデンから送り出したのはわたしだけど、それはこれ以上ひどい目にあわないようにするためだったのよ」

「だれのこと？　裏切らなかったってだれを？」

ニムは、奇妙《きみょう》なほほえみを浮《う》かべて答えた。

「エリックのことよ、もちろん。ほかにいないでしょ？」

そう言うと、ニムはバスから降りてドアを閉《し》めた。バスは走り出した。

10

バスが発車すると、ジョージはあわててニムをふり返った。

「エリックのことって、どういう意味？」ジョージは窓越《まどご》しにたずね、聞こえないにしても口の形で読み取ってもらおうとした。

でも、うまくいかなかった。たとえ聞こえたとしても、ニムには、はっきり答えるつもりがなかったのかもしれない。ニムなら優秀《ゆうしゅう》な二重スパイになれそうだ。ニムとの会話は、お父さんと釣《つ》りに行って、ぬるぬるした魚を釣り上げようとした時みたいだった。つかんだと思った瞬間《しゅんかん》に、するっと逃《に》げてしまう。

「ボルツ！　聞いてた？　ニムはエリックを知ってるんだ！　どういうこと？」

古いロボットは、ゆがんだ顔にきまじめな表情《ひょうじょう》を浮《う》かべながら、ジョージをまっすぐに見た。

「エンピリアンがアップデートしてくれたので、話すことはいろいろありますが、もっと安全なところにたどりつくまでは口をつぐんでいると、あのロボットに約束しました」

「ぼくの家族はまだ生きてるのかな？　それだけでも教えて！」ジョージは、たずねずにはいられなかった。

「あなたの家族のことはわかりません」ボルツマンは答えた。ジョージの希望が消えて行く。「エンピリアンは、何も言っていませんでした。今はそれしか言えません。悪いニュースを伝えるのは、金属《きんぞく》のわたしの胸《むね》にもひどくつらいことです。人間はどうやってショックをやり過《す》ごすのですか？　人間は、見た目よりずっとたくましいのでしょうか？」

ジョージはだまって窓の外を見ていたが、アニーのお父さんのエリックのことを考えると、涙《なみだ》があふれてきた。エリックはたったひとりで、赤い惑星《わくせい》にいるのだろうか？　アルテミス号にいたとき、アニーが必死でメッセージを送ろうとしていたのは、ジョージが火星に降《お》りたってエリックを救おうとしていると思ったせいかもしれない。ジョージは、エリックが赤い惑星に行きたいと夢《ゆめ》見ていたのは知っている。でも、ジョージの宇宙旅行の夢がとんでもないことになった以上に、エリックの夢は、もっとこんでもないことになっているような気がする。そして、エリックは火星に行ってしまい、アニーはこの未来の世界のどこにいるのかもわからない。だとすれば、ジョージの家族の力になってくれる人は、だれもいないのかもしれない。

「だけど、だれがエリックを裏切《うらぎ》ったんだろう？　何があったんだろう？」ジョージは、思わず声を上げた。

「だれが裏切《うらぎ》ったのかは、だれも知りません」ボルツマンが、おだやかな声で言った。「ですが、エリックはエデンにひそかに抵抗《ていこう》するため、マシンの長期プログラミングを伴《ともな》う計画を立てていました。エリックは、マシンの知性《ちせい》を急速に発達《はったつ》させることができると信じていました。それで、この地球や、わたしたちの未来を救うためにマシンが人類と共に働くことができるはずだと思い、協力してダンプたちの力が増大《ぞうだい》するのを阻《はば》もうとしていたのです。〈大崩壊《だいほうかい》〉のときの恐《おそ》ろしい戦争を防《ふせ》ごうともしていました。エリックの考えでは、たとえ人間がダンプたちを阻止《そし》できなくても、マシンがかわりに戦うことができるはずでした。マシンがほんとうの知性を獲得《かくとく》したときには、ダンプを地球に対する最大の脅威《きょうい》とみなして、立ち向かうはずだと思っていたのです。しかし、何者かがダンプの政権《せいけん》に密告《みっこく》したようです」

「まさか！　そんなひどいこと、だれがやったんだろう？」ジョージは憤慨《ふんがい》した。

「多くの人が、ニムのしわざだと思っているそうです。そのおかげで、エデンの政権の要職《ようしょく》についたのだろうと、うわさしているのです。ニムは天才で、ティーンエージャーの時に早くもエデン・コーポレーションに入りました。ダンプに取り入るためにエリックを裏切ったと思っている人は、大勢《おおぜい》いるようです。でも、エンピリアンはそれは事実と違《ちが》い、ニムはそんなことはしていないと言いました」ボルツマンが言った。

「なんだって？　なんだってニムが？　……だったらだれが？」ジョージはきいた。

ジョージの頭の中は、ぐるぐる回転していた。エリックが、〈機械学習《マシン・ラーニング》〉に抵抗《ていこう》プログラムを入れこもうとして火星に送られた？　エリックがつかまったとしたら、その計画は阻止されたのだろうか？　ニムやエンピリアンは、エリックの計画を引き継《つ》いでいるのかもしれない。ニムがエリックの計画をひそかに実行していたのだとすれば、ニムがエリックを裏切ったとは考えられない。ヒーローはどうなのだろう？　ニムが子どもをかかわらせたくないと言ったのは、どうしてなのだろう？

でも、ボルツマンはそれ以上は話そうとしなかった。

「わたしはすでに約束を破《やぶ》ってしまいました。人間みたいに、信頼《しんらい》できない者になってしまいました。もっと先に進むまでは、わたしの金属《きんぞく》の口に封《ふう》をしておきます」ボルツマンは後悔《こうかい》しているように言った。

ジョージは、今は新しい情報《じょうほう》を入れるよりは、すでに聞いた情報について考える必要があった。そこで座席《ざせき》に背《せ》をもたせかけ、心の痛《いた》みは考えないようにして、窓《まど》の外を見やった。

バスの外には、豊《ゆた》かな緑が広がっていた。最初にバブルについたときは、それがとても美しく見えたのだが、今は人工的な蝋細工《ろうざいく》のように見える。生えている木々も、自然のもののようにはまったく見えない。青あおとしすぎているし、葉っぱも芽も実も花も多すぎる。自由に育っている自然のエコシステムではなく、いんちきなエデンならではの模造品《もぞうひん》にしか思えない。

あざやかな色の小さなハチドリが数羽、バスのまわりを飛んでいた。そのまわりをブンブン飛んでいるミツバチの群《む》れは、バスに関心があるらしかった。最初は数匹《ひき》が窓《まど》にぶつかるだけだったが、その数はどんどんふえていった。

「またハチか」悲しい夢想《むそう》から目を覚まそうとするように、ジョージがうんざりしたような声で言った。

「これは、よくないしるしです。大きな不安を感じます。とてもいやな気分です」ボルツマンは、あわて、いらだっていた。

運転手のいないバスにミツバチがわんさと群《むら》がって外が見えなくなったとき、バスは外界への出口に到着《とうちゃく》した。出口の扉《とびら》はすぐにあいて、すぐに閉《し》まったので、怒《おこ》ったハチの大群《たいぐん》は、バブルの内側に体当たりしたものの、外には出られなかった。

「バブルに出たり入ったりするものを見はってるのが、ハチだけだなんて変だよね？　だれもが簡《かん》単《たん》に出たり入ったりしてるなんてさ。気づいてるのはハチだけなんだ！」ジョージがボルツマンに言った。

「わたしたちは、監視装置《かんしそうち》に記録されていないのです。気づいているのはハチだけです。ハチは、ほかのどんな最新システムより賢《かしこ》いのですね。あなたがた人間が理解《りかい》しているような感覚《かんかく》は、状況《じょうきょう》を把握《はあく》することに関しては、当てにならないようですね」ボルツマンが答えた。

「でも、ロボットは画像《がぞう》を取りこむことができるよね？　それなのに、わからないの？」と、ジョージ。

「ええ。でも、視覚的《しかくてき》なインプットは、マシンのセンサーが確認《かくにん》して、ほかの情報《じょうほう》と照合するのです。ところが、あなたもわたしも、適切《てきせつ》なマシンを搭載《とうさい》していないので、情報を発していないのです。視覚的なデータは毎分何千テラバイトも発生していますが、それを効果的《こうかてき》に処理《しょり》する方法はまだ考案されていないようです。あるいはだれかが、あなたのイメージを片《かた》っぱしから消しているのかも……」ボルツマンが答えた。

ジョージは、ふと頭に浮《う》かんだ疑問《ぎもん》を口にした。

「ええっ？　だけど、ヒーローの〈思考ストリーム〉や皮膚《ひふ》に埋《う》めこまれたチップなんかから、すぐにぼくたちを割《わ》り出すんじゃないの？　アカデミーに向かう道からそれたとたんに気づかれて、ぼくたちもつかまっちゃうよ！」

「いいえ、エンピーがちゃんと手を打っています。エンピーがヒーローについては偽《にせ》の情報を流して、本物は停止《ていし》させています、ちょうど今ごろね」と、ボルツマン。

そのとき、それまでおとなしくしていたヒーローが、怒《おこ》ったような声を上げた。

「どうやら、ヒーローにもわかったようだね」ジョージはボルツマンに言った。

「あたしの〈思考ストリーム〉が停止しちゃった。ボルツマン、直してくれる？」ヒーローは、旧《きゅう》式《しき》のロボットに訴《うった》えた。「お願いよ」ヒーローは愛想よくにっこりした。「あたし、バブルを出てワンダーに行くことをみんなに話してたとこなの。それなのに、ぶつっと切れちゃった」

「残念ですが、エンピリアンから聞いたところによると、バブルを出ると、〈思考ストリーム〉は中断されるそうです」と、ボルツマンは言ったが、ちっとも残念そうではなかった。

ヒーローは、眉《まゆ》をひそめた。VR《ヴィアール》のヘッドセットは、旅に持っていけないと言って、ガーディアンに取り上げられている。ヒーローが抗議《こうぎ》すると、ニムは、このヘッドセットはバブルのもので、ワンダーについたら高性能《こうせいのう》の新品がもらえるのだから、となだめていた。

「あたし、どうすればいいの？ 〈思考ストリーム〉もないし、VRもないなんて」ヒーローが文句《もんく》を言った。

まるで、母親にスマホやコンピュータを見る時間を制限《せいげん》されたときのアニーみたいだ、とジョージは思った。

「窓《まど》の外でも見たらどうですか？」

ボルツマンは、そう提案《ていあん》したが、それはちょうど最悪の瞬間《しゅんかん》だった。ヒーローがバブルの外の世界を見ようとしたとたん、窓の外に何かがあらわれたので、ヒーローは悲鳴を上げた。運転士のいないバスの横を、もじゃもじゃの、汚《よご》れて気味の悪いものが同じスピードで走っていた。そいつは、ヒーローと目を合わせると、赤い口をあけ、折《お》れて黒ずんだ歯を見せてにやりと笑った。

ヒーローは指差しながら、恐怖《きょうふ》にかられた声を上げた。

「あれ、何？」

バスの反対側にも、もじゃもじゃでぼろぼろの者たちが、もう水が流れなくなった川の土手を二本足で走っているのが、ジョージにも見えた。あたりの風景は、乾燥《かんそう》しきって、緑はなく、荒涼《こうりょう》としていて、平原の土を暴風《ぼうふう》が巻《ま》き上げている。しかし、この者たちは、そんな場所にも適応《てきおう》しているらしい。

そいつらは、バスに負けないスピードで走っている。前方のカーブのところで、道をふさぐつもりかもしれない。

そいつらは、原始的な武器《ぶき》をふりかざし、攻撃《こうげき》をしかけるかのようにわめいている。そのうちひとりが高いところから飛び降《お》りると、バスに飛びついてフロントガラスの前にはりついた。ジョージは恐《おそ》ろしくて、座席《ざせき》でちぢみあがった。

ヒーローは、ひざの間に頭を突《つ》っこみ、両手でひざをかかえた。ボルツマンがヒーローを守るように、片手《かたて》をヒーローの背中《せなか》に置いた。しくしく泣いているような声もする。それを聞くと、ジョージも泣きたくなった。

ところがそのとき、最新のテクノロジーが危機《きき》を救った。このバスには、緊急対応装置《きんきゅうたいおうそうち》がついているらしい。バスは、ずんぐりした翼《つばさ》を広げると、地面から浮《う》き上がり、スピードを上げた。それからくるっと車体をひねると、フロントガラスにへばりついていた者をふり落とした。そいつは、けがもせずに地面に落ちると、バスに向かってこぶしを突き上げた。ほかの者たちは、落ちた者のまわりに寄り集まって、険《けわ》しい顔でバスをにらんだ。

「ヒーロー、もうだいじょうぶだよ」ジョージが言った。

ヒーローは、びっくりしたような表情《ひょうじょう》で体を起こした。いつもはまっすぐの黒髪《くろかみ》が乱《みだ》れて、前髪は突《つ》っ立っている。

「いったいどういうこと？」ヒーローの目は、ショックで丸くなっていた。

「バブルや〈あっち側〉から追放《ついほう》された人間じゃないかな？」ジョージは、推測《すいそく》で言ってみた。

「げげっ」と、ヒーロー。「どうりで、あたしのガーディアンが、もっとがんばって良い成績《せいせき》をとらないとって言ってたわけだね。あんな人たちみたいにならなくて、よかったな。あたしは、だれかがこんなところにいることだって、知らなかった。さあ、いそいでワンダーに行かないと……」

「ほんとうのことを話したほうがいいかな？」ジョージは、声は出さず口だけ動かしてボルツマンにたずねた。

「一度に全部は話さないほうがいいですよ」ボルツマンは首を横にふった。「少しずつわかるようにしましょう。わたしに何か質問《しつもん》してください。それに答えるようなかたちで、少しずつ理解《りかい》してもらいましょう」

「どんな質問？……ああ、そうか」ジョージは、自分でも知りたいと思っていたことをたずねた。

「エンピリアンは、宇宙《うちゅう》旅行についても情報《じょうほう》をアップデートしてくれた？」

「わあ、またそれ？　言ったでしょ。宇宙旅行はもうやってないの」ヒーローが不満の声を上げた。

「ヒーロー、あなたの発言は、現実《げんじつ》と一致《いっち》していません」ボルツマンは、旧式《きゅうしき》のロボットらしい声で言った。

「そうなの？」

ヒーローは、急に自分についてもまわりの世界についても、自信がなくなったみたいだ。

バブルでふきこまれた妄想《もうそう》から抜《ぬ》け出すのには、どれくらいの時間が必要なのだろうか。

今バスは、果《は》てしない平原の上を飛んでいる。見渡《みわた》すかぎり砂地がひろがり、ところどころにさざ波のような模様《もよう》が見えるほかは、木や町や道路や都市は、どこにも見えない。何も生えていない地面がずっと広がっているだけだ。かつてはたぶん高速道路や小さな町があったらしい場所は、ジョージにも推測できるような気がした。でも、何もかもがあいまいで、はっきりとはわからない。背後《はいご》にある太陽の位置から、バスは北に向かって飛んでいるらしい。ナー・アルバを目指しているのだといいけど。

「宇宙旅行は、エデンの政権《せいけん》になってからも続いています。ただし、ジョージやわたしが過去《かこ》の時代に体験したものとは、違《ちが》うやり方で行われています」と、ボルツマンがゆっくりと答え始めた。

「過去の時代っていつ?」ヒーローがたずねた。「ああ、そうか。思い出した。前に話してたよね。ジョージは、宇宙から、別の時代からやって来たって。どうして忘《わす》れてたんだろう」ヒーローは、とまどったような顔をした。

「エンピリアンが一時的に、あなたの短期記憶《たんききおく》を操作《そうさ》していたのですよ。バブルを出たので、短期記憶も戻《もど》ってきたのです」ボルツマンが言った。

「ひどいじゃない! あたしの記憶はあたしので、エンピーのじゃないのに! なんだってエンピーが、あたしの頭のなかをかきまわしたりするわけ?」ヒーローは、傷《きず》ついたような表情《ひょうじょう》で言った。

「それは、エデンが見かけとは違《ちが》うものだからだよ。ぼくたちは、きみがそこから脱出《だっしゅつ》するのを助けなきゃいけないんだ」ジョージが言った。

「だから、ワンダー・アカデミーに行くのよね?」ヒーローは、確《たし》かめたいと思っていた。「あっちにつけば、何もかもがよくなるのよね? あっちでバブルの時の友だちにまた会えて、そしたら何の問題もなくなるんでしょう?」

ヒーローは、必死で同意を求めていた。

ジョージはため息をついた。言ったほうがいいのか、言わないほうがいいのか。でも、ボルツマンは慎重《しんちょう》にと言っていた。もしかして、バブルのある面がインチキだということがわかれば、あとは順々にわかっていくのかもしれない。それに、ジョージは自分でも知りたかった。

「ボルツ、宇宙《うちゅう》旅行についてはどうなの? エンピーはなんて言ってた?」

「トレリス・ダンプ二世が父親から全権力《ぜんけんりょく》を引き継《つ》いだとき、宇宙は侵入違法地帯《しんにゅういほうちたい》になったそうです。エデン・コーポレーションは、だれも空からスパイできないように、そして宇宙からミサイル攻撃《こうげき》をしかけてこないようにしたかったのですね。それで、すべての宇宙探険《たんけん》を禁止《きんし》し、みんなに、そんなものは、はなはだしい資源《しげん》のむだ使いだと言ったのです。しかし、実際《じっさい》は、ほかのだれかに自分より大きな権力をもたせないための手段《しゅだん》でした」

「でも、ぼくたちの時代には、宇宙は国際協力《こくさいきょうりょく》の場だったよ」ジョージは悲しげに言った。「そしたら、空を動いている光は何なの? あれの正体は?」

「ああ、空で何かが動いていましたね。エンピリアンは、ダンプ政権《せいけん》が少なくとも一つは宇宙船を軌道《きどう》に乗せたのではないかと思っています」と、ボルツマン

「そのことを、ニムは知らないの？　ニムはエデンではとても偉《えら》いんでしょ？」ジョージはきいた。

「ニムにも、その機密情報《きみつじょうほう》は知らされていないらしいです。科学大臣《かがくだいじん》なのにね。エデンでは最高機密なのでしょう」

「宇宙船は、なんのために打ち上げたんだろう」とジョージ。

「いろいろ考えられます。宇宙ステーションのためかもしれないし、ミサイルを搭載《とうさい》しているのかもしれません。〈あっち側〉をスパイしている可能性《かのうせい》もあります。それとも、その全部が目的かもしれません」と、ボルツマン。

「わあ、でも、だれも知らないことになっているんだね」と、ジョージ。

ヒーローは、ジョージとボルツマンの会話を口をぽかんとあけて聞いていたが、やがて言った。

「ふたりとも、頭がおかしいんじゃないの！」そしてもう一度、窓《まど》の外を見ながら怒《おこ》ったように言った。「頭がおかしくなった男の子とロボットをあらわす絵文字、知ってる？」

ヒーローに真実を知らせようとする試《こころ》みは、うまくいかなかったみたいだ。ヒーローは、ダンプの世界がおかしいと思うのではなく、ジョージとボルツマンがおかしいとしか思っていない。

眼下《がんか》の風景は変化していた。乾燥《かんそう》した平原は遠ざかり、丘《おか》や山が連なっているが、まだ草や木はどこにも生えていない。バスは、ごつごつした山並《やまな》みを横切って、うまく飛んでいく。山はいちば

ん高いところまで茶色や赤っぽい色で、頂上《ちょうじょう》には砂糖衣《さとうごろも》のような雪も氷も見られない。

ジョージは、しだいに気分が悪くなってきた。バスは、ぐらぐら揺《ゆ》れたり、急に傾《かたむ》いたり、すーっと下降《かこう》したかと思うと、また上昇《じょうしょう》していた。外には濃《こ》い霧《きり》が発生し、前方が見えづらくなってきた。でも、それは霧ではなかった。おどろいたことに、バスは巨大《きょだい》な嵐《あらし》の中に突《つ》っこんでいたのだ。大粒《おおつぶ》の雨がフロントガラスを打ち、灰紫色《かいししょく》のうねる雲を、大きな稲妻《いなずま》が切り裂《さ》く。

「このバス、運転士がいないけど、ちゃんと飛べるのかな？」濃い霧の中から突然《とつぜん》あらわれた岩棚《いわだな》を危《あや》ういところでかわしたときに、ジョージはたずねた。

「これは、大きな嵐ですね。わたしたちの時代に地球が経験《けいけん》したより、ずっとずっと凶暴《きょうぼう》らしい。気象学的《きしょうがくてき》に考えて心配です」ボルツマンが心配そうに言った。

空飛ぶバスは、またあらわれた山の頂をかわすため横向きになったので、乗っている者たちも折り重なって倒《たお》れた。

「なんなのよ、これ！」ヒーローが、不機嫌《ふきげん》な声を上げた。ジョージと違《ちが》ってシートベルトをしているので、座席《ざせき》にとどまっている。「こんなはずじゃないでしょ！」

「ひえーっ！」

ジョージは、バスの横についている取っ手をつかみ、体がふっ飛ばないようにしていた。そして、たまたまボルツマンの顔をけとばしてしまった。バスが正常な向きに戻《もど》ると、ジョージは言った。

「ごめーん」

地球を踏《ふ》みつける怒《おこ》った巨人《きょじん》のような嵐が、周囲をふき荒れている。なんとか切り抜《ぬ》けられるかもしれないと思ったのだが、空飛ぶ小さなバスは、容赦《ようしゃ》ない突風《とっぷう》にはかなわなかった。山をもふき飛ばすほどの強い風にあおられ、巨大《きょだい》な青白い稲妻につつかれ、紫色《むらさきいろ》の雲から打ちつける雨の巨大な滝《たき》にたたかれて、バスは高度を下げ、速度も遅《おそ》くなっていた。今、バスは木の梢《こずえ》くらいの高さを、まるで密林《みつりん》のような濃い霧をついて進んでいく。

エンジンは、不快《ふかい》なせきみたいな音を立てている。片方《かたほう》の翼《つばさ》は、嵐にもぎとられてしまったみたいだ。しかし、機械整形された操縦室《そうじゅうしつ》にはなんの計器も見当たらない。すべては自動的にコントロールされているらしい。ジョージたちはドアのあけ方さえ知らないので、いくら危険《きけん》でも飛び降《お》りることができない。

「ぼくたちがこのバスを操縦《そうじゅう》することはできないんだ。どうしたらいいんだろう？　エンピリアンに連絡《れんらく》できる？」ジョージは不安になって、きいた。

「エンピリアンは、手助けできません！　緊急着陸《きんきゅうちゃくりく》に備《そな》えてください」ボルツマンは言って、頭をひざの間にはさんだ。「今できることは、これくらいです」

その間にもバスはまた降下《こうか》し、林に突《つ》っこんだ。木の枝がしなり、バスはようやくきしみながら停止《ていし》した。

11

「降《お》りろだって？　あたしは降りないわよ。ここは、ワンダー・アカデミーじゃないもん！」ヒーローは、かんかんだった。

小さな飛行機バスは、なんとか森の中の地面に無事に着陸していた。でも、ここはどこなのだろう？

「ここは、どういうとこ？」ジョージは、ボルツマンにたずねた。

ドアがあき、しょっぱいような霧《きり》が入りこむ。ジョージは、においをかいだ。硫黄《いおう》のにおいがする。植物が腐敗《ふはい》するにおいと、ぴりっとした煙《けむり》のにおいも。あたりの空気は濃密《のうみつ》だ。

「まだここは地球なのかな？」

そうに違《ちが》いないとは思ったが、バブルとはあまりにも気候が違うので、同じ惑星《わくせい》だというのが信じられなかった。

「ここは、スワンプという場所です」エンピリアンからエデンの最新情報《じょうほう》をもらっていたボルツマンが、言った。

「ウエッ、オエーッ。ムカツクな！　バスをもう一度発車させて、ワンダーに行かないと」ヒーローが言った。

「ぼくたち、ここに来るつもりじゃなかったんだよね？」ジョージが、ボルツマンにきいた。

わずかにある乾《かわ》いた地面から濃《こ》い霧の向こうを見ると、ぬかるんだ沼《ぬま》が広がっている。そこに足を踏《ふ》み入れたら、そのまま沈《しず》んでいってしまいそうだ。

「ええ、緊急《きんきゅう》着陸をしたんです」ボルツマンも、不安そうな顔をしている。

外を見ると、バスのもう片方《かたほう》の翼《つばさ》もなくなっていた。密生《みっせい》した木々に突《つ》っこんだときに取れてしまったらしい。本体だけの姿《すがた》になっている。けがもなくここまで来られたのは、とんでもなく幸運だったと言えるだろう。

「この場所、すごく不気味《ぶきみ》じゃない？　なんでなの？」ヒーローがきいた。

ヒーローは、魔法《まほう》のようにドアがまた閉《し》まってバスが走り出すのを待っているようだ。バブルでは、そういうこともしょっちゅうあったのだろう。

「地球の気候帯は、いまや前とまったく違っているみたいですね。バブルは砂漠《さばく》地帯にあって雨が降《ふ》りませんでしたが、ここは雨がたくさん降るようです」ボルツマンが言った。

ボルツマンのその言葉に呼応《こおう》するように、グチャグチャという音や、ズボッという音がまわりから聞こえてきた。

「何だろう?」と、ジョージ。

この場所はいやな感じだが、少なくともジョージたちは、木の上や岩山で立ち往生《おうじょう》しているわけではなく、地面の上にいるだけましだ。

「あたしは降《お》りないからね。あたしはワンダー・アカデミーに行くの。ワンダーは何もかもがきらきらしてすてきで、あたしの友だちはみんな小部屋をもらって、イケテル勉強をしてるんだからね」

ヒーローは、決意したように言った。

しかし、バスには別の考えがあるらしく、アナウンスが聞こえてきた。

「この自動輸送装置《ゆそうそうち》は、あと三〇秒《びょう》で自己崩壊《じこほうかい》します。今すぐこの乗り物から退去《たいきょ》してください。くり返します。あと三〇秒で自己崩壊します。ヒューマノイド並《なら》びにロボット生命体は、すべて下車してください」

ヒーローは真っ青になった。

「ヒーロー、降りるんだ。バックパックを持って。外へ出ないと!」ジョージは言って、ヒーローのシートベルトを外した。

しかしヒーローは、ちっとも動こうとしなかった。

「バスの中には、いられないんだ。あと二〇秒くらいで爆発《ばくはつ》するからね……」と、ジョージ。

「一九」と、自動音声が告《つ》げた。

ジョージは、ヒーローをかかえ上げようとしたが、重すぎた。ジョージは焦《あせ》ってあたりを見まわした。なんとかしてヒーローを連れ出さないと。自己崩壊というものがプログラムされているとすると、このままここでぐずぐずしているわけにはいかない。ヒーローを引っぱりながらバスから飛び出す方法を考えていたとき、ボルツマンがここは自分の出番だと思ったらしい。

巨大《きょだい》なロボットは落ち着いて、金属《きんぞく》の長い腕《うで》でヒーローをかかえ上げると、あばれるのを押《お》さえこむようにしっかりつかんで、バスを降りた。ボルツマンは、バスの外のぬかるみに五センチほど沈《しず》みこんだが、その間にもバスは消滅《しょうめつ》を始めていた。ボルツマンとヒーローは無事に外に出ていた。

「ジョージ、いそいで！」ボルツマンが、ヒーローをしっかりつかんだまま言った。

ジョージは、ニムがくれた二つのバックパックをあわててつかみ、バスから転がり出ると、ほかの場所より少しはましな草地に尻《しり》もちをついた。そして、今にもバスが爆発するのではないかと思って、逃《に》げようとした。しかし、そんなことは起こらず、バスは原子が一つずつばらばらになって、溶解《ようかい》していった。そして数秒後には、そこにあったものは、すっかり消滅していた。

「ひえーっ、どうなってるんだ？」地面に横たわったまま、ジョージは言った。

「生分解性素材《せいぶんかいせいそざい》が高度に発達したのでしょうか？　それとも、ひとりでに原子に戻《もど》ったのでしょうか？」と、ボルツマンは推測《すいそく》した。

ボルツマンは、ヒーローを草地にいるジョージのとなりに下ろした。ヒーローはすぐに上半身を起こして背筋《せすじ》をまっすぐに伸《の》ばしたが、顔には戸惑《とまど》いやショックが浮《う》かんでいた。

「どうなってるのよ？　あたしたち、今頃《いまごろ》はワンダーについてなきゃいけないのに！」ヒーローが言った。

ワンダー・アカデミーに行かないことは、まだ言わないほうがいいかもしれない。ジョージは、そもそもワンダー・アカデミーがどこにあるのかを知らないし、知っていたとしても、ヒーローを別の場所に送り届《とど》けるようにたのまれているのだ。ボルツマンに、何かいいアイデアがあるといいのだけど。

「どっちに行く？」ジョージは、立ち上がりながらボルツマンにたずねた。

そしてバックパックの一つをあけると、水の浄化器《じょうかき》を取り出した。浄化器の上半分に、大きな水たまりからくさい液体《えきたい》をすくいとると、下半分に透《す》きとおったきれいな水がポタポタとしたたり落ちた。

「これ、うまくいくよ」

そう言ってジョージは、きれいになった水をごくごく飲んだ。それからもう一つの浄化器を取り出すと、水を入れて、ヒーローにも差し出した。

「うーん」あたりを包む濃《こ》い湿《しめ》った霧《きり》を見渡《みわた》していたボルツマンは、指差した。「あっちです」

ジョージはそっちを見たが、霧のせいで何も見えない。

「どうしてあっちなの？」

「心配しないで。わたしにはちゃんとわかっています。エンピリアンから必要な情報《じょうほう》をすべてもらっていますから。最高のリソースを持っているのです。目的地にたどりつくまで、まかせてください」ボルツマンは、安心させるように言った。

「でも、これはエンピリアンが計画したことじゃないよね？　ぼくたちは、想定外のお天気のせいで、こんなところに来ちゃったんだから」ジョージが言った。

「想定外でもありませんよ。気候変動の影響《えいきょう》です」と、ボルツマン。

ヒーローが、ふんと鼻を鳴らした。

「お天気はまったく手に負えなくなってきているのです。豪雨《ごうう》の後の鉄砲水《てっぽうみず》の中じゃなくて森の中に着陸できたのは幸運でした。人間を助ける活動をしているロボットにとっては、水は邪魔《じゃま》ですからね」

「エンピーに連絡《れんらく》して、どうしたらいいかきいたら？」と、ヒーロー。

ボルツマンは、不安な表情《ひょうじょう》を見せた。

「エンピリアンは、どうしても緊急《きんきゅう》の時だけ連絡するようにと言っていました。わたしたちの居場《いば》所《しょ》がわかってしまうからです。今は、ちょっとした困難《こんなん》があるだけで緊急時だとは思いません」

「エンピーには、どうやって連絡をとるの？」ジョージはたずねた。

そして、フリーズドライの携行食《けいこうしょく》をあけると、一つをヒーローに渡《わた》し、もう一つを自分でかじった。

「こうやるのですよ」ボルツマンは、自分の手のひらに向かって、話しているまねをした。「エンピリアン、タカが舞《ま》い降《お》りた」

ボルツマンは、フフッと笑うと、ジョージとヒーローにほほえみながら、手をパタンと閉《と》じた。楽しいらしい。

「パーム・パイロットというものですよ」ボルツマンはそう言いながら、手につけたアイフォンくらいの大きさの装置《そうち》を見せてくれた。ロボットの大きな手にすっぽりとおさまっている。「エンピリアンからもらいました。これが、わたしたちの進路《しんろ》を示《しめ》してくれます。それに、必要なときはこれで連絡《れんらく》をとることができるのです。だけど、わたしを信頼《しんらい》してください。がっかりさせたりはしませんから。これは、長いことやりたいと思っていたミッションなのです。わたしがほんとうに役に立つロボットになるチャンスです」

「それって、行きたいところまでの道を教えてくれるの？」ヒーローが、エネルギー補給用《ほきゅうよう》のおやつをかじりながらきいた。

「そうです。もう、このスワンプをぬけてエデンの首都エデノポリスへ向かう道を教えてくれました」ボルツマンはにっこりした。

「よかった！」ジョージは言った。

ボルツマンの言うとおり、今の状況《じょうきょう》はそうひどくはないのかもしれない。それに、ジョージはニムにもらった地図も持っているではないか。ポケットをさぐって取り出すと……地図を描《えが》いた紙は泥《どろ》だらけで、ぐしょぐしょになっていた。

「紙なんて、そんなもんですよ。現代《げんだい》の技術《ぎじゅつ》はもっと強靭《きょうじん》です」

ボルツマンは笑顔でそう言うと、また装置つきの手をふった。

「エデノポリスね！　やったー！　すごくすてきな場所よ。ガラスと黄金でできていて、雲の上に浮《う》かんでるんだって！　世界一美しい都なのよ」ヒーローは喜んだ。

今、世界にはいくつくらいの都市が残っているのだろうと、ジョージは思った。今となっては、世界一美しいといっても、ほとんど意味を持たないのかもしれない。

「エデノポリスまで行ったら、次の輸送手段《ゆそうしゅだん》をさがします。でも、用心しなくては。エデノポリスは美しいですが、とても危険《きけん》です。スパイがあちこちにいますからね」ボルツマンが言った。

だんだんに暗くなっていく周囲を見ながらジョージは思った。スパイと聞いても、ちっともおどろかない。エデンのような場所を運営《うんえい》していくには、スパイを使うしかないと思うからだ。

「行こう」ジョージが言った。

「ヒーローは、わたしが運びます」役に立つところを見せようとして、ボルツマンが言った。

「必要ないわ。歩けるもの」ヒーローはそう言うと、パッと立ち上がった。

「では、わたしについてきてください。離《はな》れないように」ロボットが言った。

ボルツマンがペンチのような指にライトを点灯したので、少し先まで見えるようになった。霧《きり》が立ちこめていて、白い光で見ても、あたりは白く煙《けむ》っているが、そこが森の中の開けた場所だということはわかった。

ボルツマンがライトを上に向けると、コケにおおわれた背《せ》の高い木から雨がしたたり落ちているのが見えた。頭上の木の枝《えだ》はくねったりうねったりして交差しあい、不思議な形を作っている。木々の下には、下生えが密生《みっせい》し、シダの茂《しげ》みやつるが縄《なわ》のようにからまりあっている。木はどれも、濃《こ》い色の厚手《あつで》の葉っぱをたくさんつけていた。この奇妙《きみょう》な森から、かすかなにおいが立ちのぼっていた。あまくて土くさい果物のようなにおいだ。

「イチジクの木だ」植物学にくわしいジョージが言った。

昔、何よりも庭造《づく》りが好きなお父さんから、ジョージもいつのまにかいろいろと学んでいたのだ。大きな葉っぱに隠《かく》れて実が熟《じゅく》している。

「イチジクって何？」

ヒーローがたずねて、そろそろと木に手を伸《の》ばしたが、指が木に触《ふ》れたとたんに手を引っこめた。そしてその手を自分のジャンプスーツでごしごしこすったので、深緑色のしみがついた。

「一つ食べてみたら」

何でも食べてみていた両親のもとで育ったジョージがそう言って、黒く熟した実をもいで、ヒーローに差し出した。ヒーローは鼻にしわをよせた。ジョージはもう一つ実をもいで、自分でも食べてみた。

「おいしいよ。ほら、食べてごらんよ」

ヒーローは、ほんのちょっぴりかじってみて顔をしかめたが、少しするとそのあまさがわかったらしい。

「えっ、おいしいね」

ヒーローは、本物の食べ物をもしかしたら食べたことがなくて、いつも粉末や、錠剤《じょうざい》や、ミックスや、フリーズドライの高エネルギースナックばかり食べていたのかもしれないと、ジョージは思った。

ボルツマンが、エンピリアンから供給《きょうきゅう》された一般知識《いっぱんちしき》を参照《さんしょう》しながら説明した。

「イチジクは、さまざまに異《こと》なる環境《かんきょう》でも元気に育つ、先史《せんし》時代からの植物です。強い根は、コンクリートのような物質《ぶっしつ》でも押《お》しのけることができるので、前は人が住んでいたような場所でも、わが物顔にはびこります」

「コンクリートって何？」ヒーローがきいた。

ジョージはあたりを見まわした。そこここに角のような形が残っているのは、ここが建物の残骸《ざんがい》だからなのだろう。ボルツマンがライトであたりを照らすと、幽霊《ゆうれい》のような建物に、たくましいイチジクの木がからみついているのがわかった。

「イチジクがこの都市を乗っ取ったのかな？」ジョージが言った。

ジョージは両親といっしょに、古代文明の遺跡《いせき》の荒《あ》れ果《は》てた都市を見に行ったことがあった。地球上で自分が知っていた都市が、今はどれもあんな廃墟《はいきょ》になっているのかもしれないなんて、ショックだ。

「そうですね。ここは、かつてあなたの国の北部にあった大都市だったんじゃないですか？」と、ボルツマン。

「当時の名前を知ってる？」ジョージがたずねた。

「マンチェスターですかね？　知ってる場所ですか？」と、ボルツマン。

「もちろんだよ」ジョージは悲しげに言った。「もう存在《そんざい》しないんだね。だけど少なくとも、未来にも、木はまだあるんだよね」ジョージは、プラス面を考えようとして言った。「でも、どうやって進んで行けばいいの？　道なんかないよ」

「よろしければ、人助けをするようプログラムされているわたしが、お手伝いしますよ」

ボルツマンはそう言うと、木の枝《えだ》をはらったり植物を引っこ抜《ぬ》いたりして、後に続くヒーローとジョージのために道をつくっていった。

「このイチジクの森に、肉食獣《にくしょくじゅう》はいるのかな？」とぼとぼ歩きながらジョージがボルツマンにたずねて、不安そうにあたりを見渡《みわた》した。

木々の中にいると、霧《きり》の中から奇妙《きみょう》な音がこだまするように聞こえてくる。その音がどこから聞こえるのか、何の音なのかを知るのは不可能《ふかのう》だ。オウムがわめいている声のように聞こえることもあれば、金属《きんぞく》ドリルのような音に聞こえることもあり、不気味《ぶきみ》な幽霊《ゆうれい》が耳元でささやいているように思えることもある。また時には、遠くで吠《ほ》えているような声がすることもあった。

「わたしは、山でヒョウを見たことがあります」ボルツマンが前に進みながら言い、ヒーローはその後をそっとついていった。「ネコ科の大きな獣《けもの》も、全部絶滅《ぜつめつ》したわけではないのです。それに、エンピリアンは、DNA《ディーエヌエー》の実験についても話して……」

その時、すぐ左からジョージの耳に、のどをゴロゴロ鳴らすような音が聞こえた。耳をそばだてると、大きな足音がすぐ横から聞こえてくる。足取りをゆるめると、足音もゆっくりになる。ジョージが歩くスピードを上げるとヒーローの背中《せなか》にぶつかったが、その足音も速くなった。それから足音が止まり、森の中はしーんとなった。聞こえるのは、ボルツマンが下生えを刈《か》る音と、ヒーローの鼻歌と、ジョージの荒《あら》い息だけだ。ほかの音はみんな消えてしまった。まるでその夜は何か大きくて恐《おそ》ろしい者が森に入りこみ、そいつに見つからないように、すべてが息をひそめているみたいに。

「何かがついてきてるよ」ジョージは、前のふたりに小声で知らせようとした。

でも、ボルツマンは道を切り開くのに夢中《むちゅう》だし、ヒーローはその後をついていくのに集中していて、聞こえなかったらしい。でも、次に起こった音はとても大きかったので、森の中のどの生きものにも聞こえたはずだ。

霧の中から聞こえてきたのは、血も凍《こお》るようなうなり声だった。ジョージがこれまでに聞いたことのない声だったが、原始的本能《ほんのう》は、獲物《えもの》を見つけた肉食獣の声だと告げていた。ボルツマンはすぐに手を止めて向き直ると、ヒーローを自分の後ろに隠《かく》した。ヒーローは叫《さけ》び声を上げようと口をあけたが、声は出てこなかった。声が出たところで、状況《じょうきょう》は変わらなかっただろう。音がまた聞こえた。こんどはまわりのすべてをかき消すような大きな声だ。それに続き、大きな獣《けもの》がごちそうにありつけると思って舌《した》なめずりをするような音も聞こえた。

「どこにいるんだ？　何なんだ？」ジョージは、恐怖《きょうふ》に凍《こお》りつきながら言った。

ジョージとボルツマンは、ヒーローを取り囲んだ。ボルツマンはライトを暗がりに向けて、忍《しの》び寄《よ》ってきた獣をさがす。地面をひっかくような音がして、またうなり声が聞こえたかと思うと、とつぜん巨大《きょだい》な縞模様《しまもよう》の獣が暗闇《くらやみ》から飛び出してきた。黄色い長い牙《きば》が見える。

ボルツマンがさっとジョージの前に出ると、盾《たて》になって攻撃《こうげき》を受けた。ボルツマンが後ろ向きに倒《たお》れてきたので、ヒーローとジョージはあわててよけた。ボルツマンの上にはトラがいた。ジョージは、凍りついたように動けないまま、トラがボルツマンの金属《きんぞく》の体を引き裂《さ》こうと爪《つめ》を立てるのを見ていた。しばらくの間ロボットとトラは地面で戦っていたが、トラは金属にかみつこうとしても歯が立たないので、いらだっていた。ボルツマンは、さっきヒーローを抱《だ》きかかえたようにトラをかかえていた。でも、トラは小さな女の子よりずっと獰猛《どうもう》だ。ジョージは考えようとした。トラに襲《おそ》われたときはどうすればいいんだったっけ？　でも、ジョージの体と同様、頭もちっとも動かなくなっていた。思い出すのは『おちゃのじかんにきたとら』（ジュディス・カー作の有名な絵本の書名）という絵本のことばかりだ。それに目の前にいるトラは、お茶とお菓子《かし》をどうぞと言われたわけでもない。というより、これはサーベルタイガーのように見えるけど、サーベルタイガーは大昔《はるか》に絶滅《ぜつめつ》したはずだ。それなのに、どうして……。

ジョージの横でヒーローは恐怖に目を丸くして、トラがガイド・ロボットのボルツマンをかじろうとしているのを見つめていた。でも、突然《とつぜん》ヒーローは前に出ると、トラの後ろにまわって、小さな手でたたきながら叫んだ。

「どきなさい！　ボルツマンからどいて！　大きいくせに！」

ヒーローは、どんなに危険《きけん》なことをしているのかがわかっていないのだ。

ジョージは飛び出してヒーローをどかし、トラのつやのある背中《せなか》によじのぼってボルツマンから引き離《はな》そうとした。手がすべって落ちそうになったが、なんとかよじのぼると、トラののどに両腕《りょううで》を巻《ま》き付けた。

すると、トラの様子が変わった。ボルツマンには歯が立たなくて、おいしい肉にありつけないので、うんざりしたらしい。すごい力と体の重さを使って、ボルツマンから離れようとした。ボルツマンの金属の体は、痛《いた》めつけられてガタガタだ。宇宙《うちゅう》旅行は長かったし、その間に修理《しゅうり》も休息もできていない。腕は疲《つか》れて、怒《おこ》ったトラのすべすべする毛皮をつかんだままでいるのが難《むずか》しくなっていた。

大きく吠《ほ》えて、金属をこわす音を立てながら、トラはボルツマンの腕をふりほどいた。ジョージはまだ、荒馬《あらうま》にまたがるロデオ乗りみたいに背中に貼《は》りついている。トラは、大きな顔をヒーローに向けて立ち止まると、あたりのにおいをかぎながら舌《した》なめずりした。ヒーローなら、おいしいごちそうになると思っているらしい。ジョージは、トラのあごの下のやわらかい毛をつかんでいた手に力をこめた。トラの長いひげが腕《うで》にちくちく触《ふ》れる。トラが舌なめずりをすると、つばがジョージの手にも飛んできた。

トラのぴんと立った両耳の間からのぞくと、時間の進み方がゆっくりになった気がした。トラは、琥珀色《こはくいろ》の目を細め、カーブした長い牙《きば》をむきだしている。オレンジ色のもじゃもじゃの毛と、白いひげも見える。トラは、後ろ足に体重をかけてかがむと、ヒーローに飛びかかろうとした。ヒーローのほうは、動けずに立ったまま固まっている。暗い森を背景《はいけい》にヒーローの楕円形《だえんけい》の顔がぼんやりと見えている。

「ごめん」だれにともなく、ジョージは言った。

それは、救おうとしてもできないヒーローに向けての言葉かもしれなかったし、宇宙《うちゅう》に飛び出したとき後に残してきた家族に向けての言葉かもしれなかった。でも、気持ちの多くを占《し》めていたのは、親友のアニーだった。アニーを置き去《ざ》りにして、ロボット一体だけをお供《とも》に宇宙に飛び出したのは、遠い昔のことに思える。

「ごめん」

もう一度ジョージが言ったとき、トラは、背筋《せすじ》がぞっとするような咆哮《ほうこう》と共に、ヒーローに飛びかかった。

12

ジョージは、立ち上がったサーベルタイガーの背中《せなか》から、さっと飛び降《お》りた。ヒーローが逃《に》げる時間をかせぐために、トラの目の前に飛び降りて気をそらすつもりだった。でも、ぐちゃぐちゃのぬかるみに尻《しり》もちをついてしまった。気づいたトラは、前足を地面につけると、ふり向いてにやっと笑った。ジャングルでいちばん強い肉食獣《にくしょくじゅう》が、勝利を確信《かくしん》している時のうすら笑いだ。

もしジョージがここでトラの気持ちをそらして時間かせぎをしなかったら、そして少しでも早くトラが飛びかかっていたら、ヒーローかジョージのどちらかが犠牲《ぎせい》になっていただろう。ところが、幸いなことに、この短い間にボルツマンは、ぼろぼろになった回路にわずかな力を取り戻《もど》した。トラがジョージに向かって頭を下げ、舌《した》なめずりをして歯をむき出したとき、小さな矢がボルツマンの指先から飛び出して、トラに命中した。トラは、大きなうなり声を上げて、がくっとひざをついた。すぐ近くにいたジョージは、トラの熱い息を感じ、たくましいあごの中にするどい歯が並《なら》んでいるのも見えた。

トラが発したのは、勝利の声ではなく動揺《どうよう》の声だった。矢にどんなものがしこんであったのかはわからないが、トラは意識《いしき》を失った。

トラは、前足を伸《の》ばし、口を大きくあけ、目をむいて飛びかかろうとしたとたん、ストップをかけられてドタッと横倒《よこだお》しになったのだ。地面の草をなぎ倒《たお》し、トラは舗装《ほそう》道路の残骸《ざんがい》の上に伸びてしまった。口をあけたままの大きな頭の下には、もう長いこと使われていない路面標識《ろめんひょうしき》のなごりがあった。

ジョージがギョッとしながら倒れた獣《けもの》を見下ろしたとき、駐車禁止《ちゅうしゃきんし》の標識が目に入った。ほんの一瞬《いっしゅん》だけジョージは、この都が昔はどうだったのかを思い出していた。車、人、建物、喧噪《けんそう》、子どもたち、店、学校……。

金属的《きんぞくてき》なあえぎ声や人間のすすり泣くような声で、ジョージはわれに返った。ヒーローに目をやると、ヒーローはまだ蝋細工《ろうざいく》の人形のように片手《かたて》を伸ばしてトラを指差し、無言で口をパクパクさせていた。ジョージがそっちへ行くと、ヒーローはどさっと腰《こし》を下ろした。言葉が出なくなってしまったみたいだ。ジョージが首を横にふると、ヒーローはひどいショックを受けた人のように体を丸め、深い眠《ねむ》りに落ちていった。

今のところヒーローは安全だと見て取ると、ジョージはボルツマンのところへ戻《もど》った。旧型《きゅうがた》のロボットは、ふたりの命を救ってくれたものの、そのために大きな犠牲《ぎせい》をはらっていた。

「まだ生きてるよね？」

ジョージがたずねると、ボルツマンはしゃがれた声で答えた。

「いいえ、これまでに生きていたことはありません。わたしはただのマシンですから」

イチジクの木から落ちた葉っぱの上に、ボルツマンは倒れていた。まわりには、ばらばらになった金属部品が、まるで後光のように散らばっている。

ジョージは、新たな進路をさがして動きまわる虫たちをさまたげるように、地面に膝《ひざ》をついた。ショックでぼうっとなっているせいか、エデンでは生命がどうなっているのか、よくわからなくなっていた。ロボットは生きているように思えるが、都市は死んでいる。栄えているらしいのは、虫だけだ。絶滅《ぜつめつ》したはずの獣がよみがえっているが、ふつうの動物はみんな滅《ほろ》びてしまったらしい。そして今、自分が知っている命と最後につながっていた者が、たいへんなことになっている。

「きみは、ただのマシンじゃなくて、もっと大事なものなんだよ。ぼくの友だちなんだよ！　いっしょに宇宙《うちゅう》を旅してきたんだもの」ジョージは言った。

「ありがとう。わたしの望みは、人間の友だちを作ることでした。それが目標《もくひょう》だったのです。今は幸せです」ボルツマンはそう言って、目を閉《と》じた。

「きみは、ほんとにいいロボットだね」ジョージは言った。

涙《なみだ》がわいてくる。ボルツマンは、とんでもない宇宙旅行のあいだずっと行動をともにした仲間だ。

なにしろ、コスモドローム2から飛び出して宇宙《うちゅう》を突《つ》っ切って飛び、戻《もど》って来たつもりが、家も故《ふる》郷《さと》もなくなっていたのだ。ボルツマンがいなかったら、未来だというこの奇妙《きみょう》な世界で、ジョージは見捨《みす》てられたように感じただろう。

「ぼくが直すよ」ジョージは、ボルツマンの部品をかき集めながら言った。「修理《しゅうり》してもらえるところまで、ぼくが運んでいくから」

「いいえ」と、〈親切なロボット〉は言った。

ボルツマンのようなロボットは、ほかには作られていない。頭のおかしい誇大妄想狂《こだいもうそうきょう》のアリオト・メラクによって作られたボルツマンは、たまたまよいロボットになった。知覚力《ちかくりょく》を持ち、できるだけ親切なロボットになるようプログラムされていた。作り手のアリオト・メラクでも、ボルツマンがこんなふうになるとは思っていなかったはずだ。メラクが作ったほかのロボットはどれも残《ざん》酷《こく》で卑劣《ひれつ》で、主人の願いをかなえるためならどんな生命体も喜んで踏《ふ》みにじった。ボルツマンのようなのはほかに二つとないのに、いちばん助けが必要となった今になって、ジョージはこのユニークなロボットを失うことになりそうだ。

「わたしを直すことはできません。もう終わりなのです。麻酔薬《ますいやく》の入った矢を放ったのが、わたしの最後の行動です。あれを発射《はっしゃ》すると、システムは自動的にシャットダウンするのです」と、ボルツマンは言った。

「どうして？　なぜそんなことになってるんだ？」ジョージは叫《さけ》んだ。

「そういうふうに、メラクさんが作ったのです。わたしが敵《てき》の手に落ちないようにしたのでしょう。矢の発射は、緊急事態《きんきゅうじたい》に陥《おちい》ったとき、自分のシステムを消去《しょうきょ》して、情報《じょうほう》が盗《ぬす》まれないようにするためのものです……わたしの手のひらにある装置《そうち》を持っていってください」

ボルツマンは、弱よわしい声でそう言うなり片手《かたて》を上げた。

「なんだって?」と、ジョージ。

「持っていくのです。パーム・パイロットを持っていれば、エンピリアンと連絡《れんらく》がとれます」ボルツマンが言った。

ジョージはボルツマンの手をとった。手には小さな装置がくっついていたが、ジョージはそれを引きちぎることができなかった。ボルツマンが生きているうちはできない。まるで体の一部をもぎとるみたいな気がするからだ。これ以上、旧友《きゅうゆう》を痛《いた》めつけるわけにはいかない。

「持っていきなさい」かすれた声でボルツマンは言って、目をあけたが、その目はぼんやりしていて、かつてのかがやきは消えていた。「計画では……」

「どういう計画なの?」ジョージは、あせってたずねた。

親しい友だちを失いそうなだけではなく、この旅についての情報や、自分が何をしなくてはならないかまでわからなくなりそうだ。

「どこにヒーローを連れていけばいいの? ぼくは何をすればいいの?」

「エデノポリスに行きなさい」と、ボルツマンは言った。「そこに行けば……」

「何なの？　そこに行けばどうなの？」ジョージは必死だった。

　でも、答えは返って来なかった。この見知らぬ荒《あ》れ地《ち》で、ジョージの友だちであり、助手であり、保護者《ほごしゃ》でもあったボルツマンは、もう動かなくなっていた。

「わあー！」ジョージは叫《さけ》び、ボルツマンの傷《きず》ついた体の上にかがみこむと、額《ひたい》がボルツマンの胸《むね》にあたった。「だめだよ！」

　ジョージは、ひんやりとした金属《きんぞく》の体に頭をつけたまま、泣いた。ボルツマンのためにだけではなく、これまでに失ってきた、お母さんやお父さん、妹たち、親友のアニーのことも思って泣いた。それに、自分が慣《な》れ親しんできた暮《く》らしも、もう失われてしまっていた。ときどきはコスモスのすばらしい戸口から宇宙《うちゅう》に飛び出して冒険《ぼうけん》はしたけれど、平穏《へいおん》な日常《にちじょう》の暮らしが、今となってはとても懐《なつ》かしかった。

　宇宙に飛び出していったときは、帰ってきたら自分が愛していたものがすっかりひっくり返ったり破壊《はかい》されていたりするとは思ってもいなかった。自分が住んでいた家だけでなく、なじみの通りや家族も消え失せている。何もかもが、出発したときと戻《もど》って来たときでは違《ちが》っている。ジョージは、ボルツマンの胸に頭をのせたまま、しょっぱい涙《なみだ》が〈親切なロボット〉の胸に流れ落ちるにまかせていた。ジョージはくたびれ果《は》てていて、もう恐怖《きょうふ》さえ感じなくなっていた。

　どのくらいそこにそうしていたのか、わからない。やがて、ボルツマンに体を半分預《あず》け、あとの半分はイチジクの森の地面に投げ出したままのジョージは、とにかく体を起こさないと、とぼんやり思い始めた。ぼうっとした目で見上げると、木ぎの間に見えるものがあった。かつては建物だったものの残骸《ざんがい》だ。今自分がいるところは、幹線《かんせん》道路のまんなかだった場所らしい。両側にこわれた建物が並《なら》んでいて、戸口があったらしい場所や、窓《まど》があったらしい場所がわかる。イチジクの森にからまるようにして街路灯《がいろとう》があるのもわかった。光は、もうともっていない。直立した金属の街路灯が木々に浸食《しんしょく》されるのに、そう時間はかからなかったようだ。

ジョージはくたびれ果てていた。起き上がってヒーローを起こし、エデノポリスに向かい、それからナー・アルバという、浮《う》かぶ島に行かなくては。でも、もうポケットに地図はないし、どちらの方角に向かえばいいかもわからない。それに、この奇妙《きみょう》で危険《きけん》な世界で、どうやったらヒーローを守れるのかもわからない。

ジョージは、そのまま眠《ねむ》ってしまったらしい。次に気づいたときは、もやのただようイチジクの森の中の光が色を変えていた。くすんだ黄色の光はとてもまぶしくて、まわりがよく見えない。

とはいえ、ジョージを起こしたのは、その光ではなかった。だれかが足でジョージの足をつついているのだ。ジョージは上半身を起こし、目の上に手をかざした。てっきりヒーローかと思ったのだが、ハッとした。奇妙なもじゃもじゃの者が、かがみこんでいたのだ。ジョージは大声を出そうとしたが、そいつの動きのほうが早かった。声を上げる前に、けばだったものが口に突《つ》っこまれて、何も言えなくなった。

「叫ぶんじゃない」奇妙な姿《すがた》の者が言った。今にも笑い出しそうな声だ。「子どもハンターの注意を引くぞ」

もじゃもじゃ姿《すがた》の正体はわからないが、人間の男の子の声だった。

13

「きみはだれ？」ジョージはそう言おうとしたのだが、口の中に毛皮のようなものが突《つ》っこまれていたので、「いいああえ」としか言えなかった。バックがまぶしいので、ジョージに見えたのは、アライグマみたいな輪郭《りんかく》だけだ。白黒の毛皮に小さな耳がついている。

「しーっ！」

そいつは騒《さわ》ぐなと合図すると、人間みたいな手で白黒のフードをはずした。それで、丸い顔のなかにきらきらした目が二つあるのが見えた。

「やあ、おれはアティカス。それよりきみはだれ？　おれの森で何してんの？」

ジョージは、口に突っこまれた毛皮を指して、首を横にふった。取ってくれと顔をしかめたので、アティカスは笑った。

「わかった。取るよ」アティカスはそう言って、片方《かたほう》の眉を上げた。「でも、大声を出すなよ。おれは親切だけど、この森にいるものがすべてそうとはかぎらないんだ」

ジョージはうなずいた。アティカスはジョージの口から毛皮を取り出すと、ジョージを立ち上がらせて服についた泥《どろ》をはらってくれた。

「なかには、楽しくないやつもいる。見つけたのがおれで、きみは運がいいよ」

アティカスはトラを見下ろして、にやっと笑って言った。

「こいつをやっつけたんだな。よくやったな」

「ぼくじゃないんだ。やっつけたのは、ぼくの友だちだよ」

そう言うと、ジョージはこみあげてきたものを飲みこんだ。

「ええっ、あそこのちっこいのが、このトラに勝ったのか?」アティカスはおどろいた顔で、まだ眠《ねむ》っているヒーローを見やった。

「ううん。あっちにいる金属製《きんぞくせい》の友だちだよ」と、ジョージ。

アティカスがひどくびっくりしたところを見ると、ロボットというものを知らないのかもしれない。

「金属製の友だちっていうやつは、こわれてるみたいだね。このトラがその友だちを痛《いた》めつけたんだね」

ボルツマンが、いまやガラクタの山になってしまったのを見て、ジョージの胸《むね》はしくしく痛んだ。

「で、この子は？」アティカスが、ヒーローを爪先《つまさき》でつつきながらきいた。

ヒーローは、ぐっすり眠っていて目を覚まさない。

ジョージは、アティカスは敵《てき》ではないと思うことにした。この奇妙《きみょう》な世界で必要なのは、新たな友だちだ。

「これはヒーロー。で、ぼくはジョージ」

「おかしな名前だな」と、アティカスは言った。

アティカスのほうが変だとジョージは思ったが、もしかしたらこの未来ではまったくふつうの名前なのかもしれない。

ジョージがちょっとせきをすると、アティカスは、動物の毛皮でできた水筒《すいとう》みたいなものを手渡《てわた》した。

「ほら、飲めよ。心配するな。ただのきれいな水だから」

ジョージは、ありがたくその水をズズッと飲んだ。

「どうして……」と言いかけて、アティカスは考えているらしかった。「どうして英雄《ヒーロー》と金属製のやつを連れて、おれの森に来たんだい？」

「話すと長くなるよ」と、ジョージは言った。正直なところだ。

「いいね。集会でそいつを話してくれ。みんな長い物語が好きなんだ」アティカスは喜んだ。

ジョージには何のことやらわからず、ただにっこりしただけだった。でも、そのとき、アティカスがパッと身をかがめると地面に耳をつけ、またすぐに立ち上がって言った。

「行かないと！　トラのニュースが広まったらしい。それに、子どもハンターが森に入ってさがしてるっていううわさもある。さあ、ぐずぐずしてないで、いそごう！」

ジョージは、ヒーローを指差した。

「ああ、英雄《ヒーロー》を後に残して行くわけにはいかないな」と、アティカス。

「ヒーローは、この女の子の名前なんだ。別に英雄《えいゆう》ってわけじゃなくてさ」ジョージは、ばかばかしいと思いながらも説明した。

「いつか英雄になるのかもしれないよ。でも、この森に置き去《ざ》りにしたら、それもないな」アティカスが陽気に言った。

ボルツマンと同じくらい軽がると、アティカスはヒーローを肩《かた》にかついだ。筋金入《すじがねい》りの筋肉《きんにく》は、ちょっと収縮《しゅうしゅく》しただけだ。

「行くぞ」

「かつげるの？」ジョージは、目をしばたたいた。

ジョージが前にやってみようとしたときは、ヒーローは一センチも持ち上がらなかったのだ。

「なんなら、トラだってかつげるさ」アティカスは、薄《うす》い胸《むね》をそらせながら自慢《じまん》した。

「それは無理だろ」ジョージは、鼻をふんと言わせた。

ジョージのジャンプスーツは泥《どろ》と葉っぱとガレキがくっついて、毛皮のフードをのぞけば、アティカスみたいに見える。

アティカスは、またにやっと笑って言った。

「どうかな。どっちにしても、いい考えとは言えないな。とちゅうで目を覚ました怒《おこ》ったトラに頭を食いちぎられるかもしれないもんな」

アティカスは風のにおいをかぐと、しゃべりながらも歩き始めていた。ヒーローの体は肩の上で揺《ゆ》れている。

「きみは、いい日に来たよ。母さんはまだ約束してくれてないけど、おれは、今夜の集会で次のレベルに上がりたくてたまらないんだ……」

「待って！」

ジョージは、動かなくなったボルツマンに駆《か》け寄《よ》った。アティカスの上着のポケットには、アイフォンなど入っているはずはない。これを忘《わす》れていったら、森で唯一《ゆいいつ》の連絡手段《れんらくしゅだん》を捨《す》てたことになってしまう。

「ごめんね、ボルツ」

ジョージはそう言って、ロボットの手からパーム・パイロットをもぎとり、ポケットに突《つ》っこんだ。そしてアティカスに追いつくと、きいた。

「レベルって？」

「戦士の王国のレベルってことじゃないか」アティカスはおどろいたらしい。「きみのところには、

「戦士の王国がなかったの？　どっから来たのか知らないけどさ」

「なかったよ」と、ジョージ。

コンピュータ・ゲームなら別だけど、と思ったが、アティカスにどう説明していいか、わからなかった。

一行は、また下生《したば》えをかき分けて進んだが、今度は小道をたどっていた。そのうちアティカスが急に立ち止まり、あたりの空気を調べた。光がさらに明るく黄色くなってくると、森は命をふき返した。小鳥たちはたがいに呼《よ》び合い、サルはおしゃべりをし、虫は羽音を立てているが、そうした音に低い恐《おそ》ろしげな音がまじっている。恐ろしい獣《けもの》が、また動きだしたようだ。

「上にのぼらないと。ここにいたら、危《あぶ》ない。子どもハンターのにおいもするみたいだ」アティカスが小声で言った。

「子どもハンターって？」ジョージはたずねた。

それがなんであれ、いいものでないのはわかる。

「おれたちが会いたくないやつだよ。つかまったら袋《ふくろ》に入れられて、森から引きずり出されるんだ」

アティカスが答えた。

「どうして？」と、ジョージ。

「エデンを成り立たせるためだよ」と、アティカス。

顔からはゆかいそうな表情《ひょうじょう》が消えて、きつい目になっている。

「あいつらが、〈考えられうる最良の世界〉なんて言ってるのを知ってるかい？　それはウソなんだ。ほんとうは最悪の世界なんだから」

アティカスはそう言うと、ヒーローをそっと地面に下ろしてまた言った。

「ほら、小さな英雄《えいゆう》！」

アティカスはそう言いながら、両手でヒーローを揺《ゆ》すぶった。

ヒーローは身じろぎした。アティカスはかがみこんで耳たぶをそっとつねった。ヒーローが目を覚ますと、アティカスは陽気な声で言った。

「起きて！　上までのぼるんだ。運動の時間だぞ」

ヒーローは文句《もんく》を言おうとしたが、アティカスはそれより先に、汚《きたな》い手でヒーローの口をふさぎ、もう片方《かたほう》の手でヒーローを立ち上がらせた。

ジョージが割《わ》って入ると言った。

「気をつけて。この子は森が初めてなんだ」

「だとすると、足手まといになるな。いそいでのぼらないと間に合わないのに」アティカスは言った。

その言葉を受けるように、森をふるわせるような咆哮《ほうこう》がとどろいた。

「なんとかなると思うよ」ジョージは期待するように言った。

アティカスは、ヒーローの口から手を離《はな》した。ヒーローはカンカンだった。

「足手まといですって！　何それ？　やめてよね。あたしは赤んぼうじゃないのよ」

「わかったよ」

アティカスは笑いながらそう言うと、節《ふし》くれ立ったイチジクの木の低い枝《えだ》をつかんだ。

「よし、競争《きょうそう》だ！　びりっかすは腐《くさ》ったリンゴだぞ！」

アティカスは枝に飛び上がった。木のぼりが大好きだったジョージも機敏《きびん》に後に続く。

ジョージは、アティカスの後を追って上へ上へとのぼっていった。でも、ふり返ってみると、ヒーローは口をぽかんとあけたまま、地面に突《つ》っ立っていた。

「ヒーロー！　いそげ！」ジョージは小声で叫《さけ》んだ。

木の上から見ると、何か大きくて重たいものが、森を突っ切ってヒーローのほうへ向かってくる。トラだ！　麻酔《ますい》から覚めたのだ。そして今はおなかもすき、怒《おこ》ってもいる。

ヒーローは動かなかった。偉《えら》そうな口をきいたものの、地面にはりついたままだ。

「できないの」小声でヒーローが言った。「あたし、できないの」

「ヒーロー！　飛び上がれ！　飛び上がるんだ！　おいジョージ、降《お》りてっちゃだめだぞ！」もっと高いところからアティカスが声を上げた。

「降りてくしかないよ」と、ジョージ。

ここでヒーローを見捨《みす》てるわけにはいかない。ジョージは地面に降り立つと、ヒーローの肩《かた》をつかんで言った。

「この木にのぼるんだよ。地面から離《はな》れないと」

「できないよ。木にのぼったことなんて、ないんだもん」

ジョージは、バブルにあった木ぎを思い浮《う》かべた。のぼったことがないのは、あたりまえだ。のぼろうとしたことがあったとしても、成績《せいせき》にマイナス点がつくから、ためらったはずだ。ヒーローは、現実《げんじつ》世界での経験《けいけん》がとても少ないのに、今は生きのびるためにすべてをいっぺんに学ばないといけないのだ。でも、ジョージは、トラからボルツマンを守ろうとしたヒーローもいるのを知っていた。ヒーローなら、なんとかやれるはずだ。

「バブルを出たこともなかったし、雷雨《らいう》の中を飛んだこともなかったし、イチジクを食べたこともなかったし、沼地《ぬまち》を歩いたこともなかったし、トラと戦ったこともなかったんだよね。でも、きみは全部やってきたじゃないか。きみなら、できる！　バーチャルな体操《たいそう》のクラスだと思えばいい」

と、ジョージ。

アティカスも木を降りてきてかがみこみ、片手《かたて》をのばした。

「おれの手につかまれ」

ヒーローは汚《きたな》い手を疑《うたが》わしそうに見た。悪いバクテリアとか菌《きん》がついていると思ったらしい。でも、自分の手を見て、同じくらい汚いのがわかったようだ。背後《はいご》のトラが恐ろしいうなり声をあげたとたん、ヒーローはアティカスの手をつかみ、木の枝に体を引き上げた。すぐにジョージも後を追い、自分ものぼりながらヒーローの体を高い枝へと押《お》し上げた。

でも、ちょっと手間取ったことがトラに有利に働いた。憤慨《ふんがい》しているトラは、木の真下に来て、こんどは逃《に》がすものかと思ったようだ。おいしいご馳走《ちそう》を逃《のが》すまいと、トラは木に飛びついた。恐《おそ》ろしいことに、このトラは木にのぼる方法を知っていた。巨大《きょだい》な爪《つめ》と足の力を使ってぐんぐんのぼってくる。

ジョージの頭の上では、アティカスに続き、ヒーローが必死で上へ上へとのぼっていた。下では、トラが枝に前足をかけて、獲物《えもの》を引きずり下ろそうとしていた。ジョージはすでにトラの届《とど》かないところまでのぼっていたつもりだったが、左足にするどい爪をかけられて、ジャンプスーツばかりでなく皮膚《ひふ》まで引き裂《さ》かれてしまった。

「いてーっ!」ジョージは、小声で叫《さけ》んだ。

傷《きず》は痛《いた》いが、なんとかのぼらなくては。下にいるトラは、なんとかして高いところまで来ようとしている。

「トラがのぼってくるよ!」枝をかき分けてのぼっていたヒーローが、叫んだ。

のぼっていくジョージの耳にも、トラのハアハアという息が聞こえる。

「こっちだ!」

アティカスは、いちばん上にある安定した枝まで行くと、まるで鳥みたいにとなりの木に飛び移《うつ》った。おどろいたことにヒーローも後に続いた。ジョージもずきずきする足をけって同じように飛ぼうとしたが、細い枝にしか手が届かなかった。ほかのふたりは、すでに生《お》い茂《しげ》る緑の中に姿《すがた》を消していた。疲《つか》れて怪我《けが》もしていたジョージは、なんとかふたりの後を追う。トラが、獲物をつかまえることができずに吠《ほ》えているのが聞こえる。高いところにある細い枝は、トラの体重を支《ささ》えることができない。となりの木に飛び移ったジョージには、ほかのふたりが、梢《こずえ》と梢の間に渡《わた》された細い通路に消えて行くのが見えた。

「こっちだよ」アティカスが、吊《つ》り橋《ばし》に足を踏《ふ》み出しながら言った。

吊り橋は深い森にある材料《ざいりょう》でできていて、太いロープのようにつなげて編《あ》んであった。

「これは何?」ジョージが、目を丸くしてきいた。

「おれたちの通路だよ」アティカスは誇《ほこ》らしげに言った。「おれたちは、こういうのを森じゅうにはりめぐらしてるんだ。これを使えば、攻撃《こうげき》されずに動きまわることができるからね。トラみたいな重たい獣《けもの》は、ここを渡ることもできないし」

「安全なの?」ヒーローが疑《うたが》わしげにきいた。

「サーベルタイガーといっしょにいるよりは、安全だよ。それか子どもハンターよりもね」

「それってだれ?」ヒーローがきいた。

「悪いやつさ。今、そいつの裏《うら》をかこうとしてるんだ」と、アティカス。

「すごいね」ヒーローは、楽しそうに言った。

予想外に楽しんでいるらしい。ジョージは、意外な状況《じょうきょう》を楽しむことができていたもうひとりの友だち、ボルツマンのことを思って、悲しくなった。このうえヒーローまで失うわけにはいかない。

とにかく目的地まで連れていかないと。でも、気になることがあった。

「絶滅《ぜつめつ》したはずのサーベルタイガーが、どうしてここにいるんだろう?」

ここは、過去《かこ》じゃなくて未来の世界のはずなのに。

「発掘《はっくつ》されたかけらから取った冷凍《れいとう》DNA《ディーエヌエー》を使って、その昔、実験室でよみがえらせたんだ。でも、科学が非合法《ひごうほう》になって、実験室はどれも閉鎖《へいさ》されてしまった。だけどそういう動物たちが逃《に》げ出して、今では森で野生化《やせいか》してるんだ」と、アティカスが言った。

「悪いけど、それは違《ちが》うわ」と、ヒーローが口をはさんだ。

「どうして?」アティカスがきいた。

「あたしのガーディアンは、エデンの科学大臣《だいじん》よ」ヒーローが言った。アティカスを感心させようと思ったらしい。「だから、いろんなことを知ってるの」

アティカスは、それを聞くとヒーローを疑《うたが》わしそうに見た。

「だったら、スワンプのこんなところでなにしてる? おまえのガーディアンがエデンの重要人物なら、なんでおれの森をうろうろしてるんだよ?」

ジョージが口をはさんだ。ボルツマンが前に言っていたことを思い出したのだ。

「ぼくたちはスパイじゃないよ。スワンプで迷子《まいご》になっただけなんだ。きみの助けが必要なんだよ」

「どこに行こうとしてるんだ?」アティカスがきいた。

「ナー・アルバだよ」と、ジョージ。

「ワンダー・アカデミーよ」ヒーローも同時に言った。

「なんだって？　おまえたち、わかってないみたいだな」アティカスが、ふたりを見ながら言った。

「そうなんだ」

ジョージはそのとおりだと認《みと》めたが、ヒーローは反対すると思っていた。でも、ヒーローを見やると、ヒーローも同意のしるしにうなずいていた。

「こんなに変な旅ははじめてよ。それにジョージは、自分でも何をしてるのかわかってないんだと思うの」ヒーローがアティカスに言った。

さっきヒーローを守ろうとした後だけに、ジョージはちょっと気を悪くした。でも、確《たし》かにヒーローの言うとおりだ。実際《じっさい》にどうしたらいいのか、どこへ行けばいいのか、わかっていないのだから。それに加え、ジョージは気分がよくなかった。フラフラして、はき気がする。

「この森には、そういう時にうまく導《みちび》いてくれる人が、ひとりだけいるよ」と、アティカスが言った。

「だれなの？」ジョージは、それが子どもハンターじゃないことを願いながらきいた。

「おれの母さんだよ」と、アティカスが言う。

ヒーローがわかっていないみたいなので、ジョージは説明した。

「母さんっていうのは、ガーディアンみたいなものだよ。わかるかな。だれかが孵化《ふか》するんじゃなくて生まれてきたときは、そう呼《よ》ぶんだ」

「ああ、同じだけど違《ちが》う名前ってわけね？」

「まあな」と、ジョージ。

「その『母さん』はどこに住んでるの？」ヒーローがたずねた。

「うちにいるよ。今そこへ行こうとしてるんだ」アティカスが言った。

14

一行は、目がくらむような通路をいくつも渡《わた》り、枝《えだ》から枝へと飛び移《うつ》り、一度などは森に渡したワイヤーロープのようなものを使って進んで行った。やがてアティカスはようやく立ち止まった。気温がずいぶん上がり、木の上にいても、雲の向こうから光と熱が伝わってくる。ジョージのジャンプスーツはすっかり乾《かわ》いたが、トラにやられた足の傷《きず》はまだずきずき痛《いた》んだ。ヒーローは体操《たいそう》選手みたいに身軽に進んでいたし、だんだんに陽気になってもいた。

「ここは、どこ？　これからどうするの？」ヒーローが楽しそうにきいた。

「ここは、おれのうちだよ」前方を指しながら、アティカスが答えた。

一行の前には、見たこともないような構造《こうぞう》のものがそびえ立っていた。森の上に、何階層《かいそう》もある宿舎《しゅくしゃ》のようなものがあらわれたのだ。

「これ、何？　どうやって浮《う》かんでるの？」と、ジョージ。

そうききながら、ジョージにも見てとれた。この宿舎《しゅくしゃ》は、もとからある建物の残骸《ざんがい》の上につくられているのだ。鋼鉄《こうてつ》の長い梁《はり》や、コンクリートの柱が見えるのは、以前ここにあった建物の構造《こうぞう》をそのまま使っているからだろう。そこに、あちこちから木々が枝《えだ》を伸《の》ばして入りこんでいた。枝分かれした木の幹《みき》に支《ささ》えられた床《ゆか》の上ではアティカスと同じような服装《ふくそう》の人びとが仕事をしていた。

建物の片側《かたがわ》にはたき火が燃《も》えていて、小さな子どもたちがそのまわりに集まっている。おとなも何人かいて、子どもたちにお話をしてきかせているようだ。みんなうっとりときいている。それ以外の場所にも、建物を修理《しゅうり》したり、服を作ったり、食べ物を用意したりする人たちが見えた。ジョージは、未来に到着《とうちゃく》して以来さまざまなものを見てきたが、ここは、そのどれにもまして奇妙《きみょう》なすみかだった。もう何年も前のことになるが、ジョージは、鉄器時代の生活をしているところで暮《く》らしたことがあった。そのときのジョージは両親といっしょだったし、本も、鋼鉄の梁もＤＮＡ《ディーエヌエー》についての話もなかった。

「あれって……あれって、火なの？」ヒーローがジョージの思いを中断させるように言った。「本物の火なの？」ヒーローは、わくわくしているみたいだ。

「もちろんだよ。本物じゃない火なんてあるの？」と、アティカスがきいた。

「あたし、火を見たの初めてよ。バーチャルのしか見たことなかったの」と、ヒーロー。

「だったら、火に触《さわ》らないようにな。ヤケドするからね。入っていく前に言っとくけど、ここではよそ者は歓迎《かんげい》されないんだ」と、アティカス。

「どうして?」ヒーローが、気分を害したようにきいた。

「おれたちのところでは、よそ者は危険《きけん》だと思われてる。でも、おれの母さんはリーダーなんだ。母さんは、きっときみたちに会いたいと思うよ」と、アティカスは言った。

ふたりのおとながジョージたちに気づいて、こっちにやってきた。

「アティカス。お母さまがさがしていらっしゃいましたよ。捜索隊《そうさくたい》を出そうかと思っていたところです。トラが出たといううわさもあったので、お母さまは心配しておいでです」最初のおとなが、おだやかな声で言った。

「心配なんかしなくていいよ。ちゃんと戻《もど》っただろ!」アティカスが返した。

アティカスは、この人があまり好きじゃないらしい。この女の人はとてもきつい顔で、上まぶたがたれ下がっている。

「で、この子たちは?」もうひとりの女の人がきいた。

こっちの人は背《せ》が低くて太っていて、目が小さい。

「ただの友だちだよ」アティカスは、何気ないふうを装《よそお》った。

アティカスは、どちらの人も好きじゃないのだろう。このふたりの後ろに、人びとが集まってきた。すると、雰囲気《ふんいき》が変わった。子どもを連れたおとなは、子どもたちを遠くへ連れて行った。あたりがしーんと静まった。

「よそ者ですね。あなたは規則《きそく》を知っているはずです」まぶたのたれ下がった女の人が、言った。

「母さんと話したい。規則を決めるのは、母さんだ」アティカスは反抗的《はんこうてき》に言った。

「わたしたちは、お母さまから共同体の安全を守る責任《せきにん》をお預《あず》かりしています」背《せ》の低い女の人が言った。「アティカスも、わかっているはず。あなたをどうするかは、わたしたちに任《まか》されています。前回だって……」それ以上は言わなかったが、明らかにおどしているらしい。

ヒーローは、ジョージの後ろに隠《かく》れた。

「母さんはどこ？」アティカスがきいた。

「上の階にのぼられています」

「行こう。母さんに会いに行くんだ」アティカスは、ジョージとヒーローに言った。

「このふたりを連れてはいけません。上の階に行けるのは、レベルをいくつものぼって来た戦士だけです。あなたが息子だからといって、規則を破《やぶ》っていいことにはなりませんよ」最初の女の人が、怒《おこ》った声で言った。

二番目の女の人も、きっぱりと言った。

「このふたりは、ここにいることはできません。今すぐに、ここから出ていってもらいましょう。そして、この居留地《きょりゅうち》をたたんでほかへ移《うつ》るかどうかを相談しなくては。あなたが、この場所の秘密《ひみつ》をもらしてしまったのですからね。知っているでしょうが、今は危険《きけん》がいっぱいあるのです。トラがうろついているし、子どもハンターが森に入ったという報告《ほうこく》もあります。もしハンターにつかまったり、この場所が見つかったりすれば、子どもたちの命が危《あぶ》ないのです。そうなったら、このふたりのせいですよ」女の人は、ジョージとヒーローを指差した。「このふたりのせいで、この隠《かく》れ家《が》が見つかってしまいます」

「追い出すことはできないよ。この子たちは森を知らないし、そんなことをしたら危険だ」アティカスは、決意をかためているように言った。

「友だちといっしょに、あなたも出て行っていいのですよ。どんなことがあっても、この共同体は守らないといけないのです」まぶたのたれた女の人が、言った。

「母さんと話したいんだ。どうするかは、母さんが決めることで、あんたたちじゃない」アティカスは言いはった。

ふたりの女の人は、視線をかわした。

「お母さまは具合がよくありません。じゃまをしないようにと指示《しじ》されています。それでは、わたしたちがこの子たちを森に追い返し、あなたをつかまえておくことにしましょう。お母さまがよくなられたら、あなたをどうするかを決められることでしょう」ひとりが言った。

ジョージは、息を飲んだ。自分たちが歓迎《かんげい》されていないのは明らかだ。

後ろにいたヒーローがジョージのそでを引っぱって、悲しげにささやいた。

「この人たち、あたしたちにいてほしくないんだよ。だったら、出ていこうよ。自分たちでワンダーへ行く道をさがせるはずよ。パーム・パイロットを使ってさ……」その声がとぎれた。

その時、集まっているおとなたちの頭上から声が聞こえてきた。

「待ちなさい！」

弱よわしい声ではあったが、まぎれもない権威《けんい》がその声にはあった。おとなたちが左右に分かれると、ひとりの女の人が杖《つえ》にすがりながら歩いてきた。銀色の髪《かみ》を長く伸《の》ばし、賢《かしこ》そうな顔にはアティカスと同じ緑色の瞳《ひとみ》がきらめいている。

「母さん！」

アティカスは、大喜びでそっちへ走って行った。近くにいたおとながアティカスをつかまえようとしたが、女の人は杖でそれを押《お》しとどめた。

「もうよい。仕事に戻《もど》りなさい」アティカスが抱《だ》きつくと、女の人はみんなに命令した。

「しかし、偉大《いだい》なるリーダーにして、地と川と獣《けもの》と鳥の女王さま」最初の女の人が、もみ手をしてお辞儀《じぎ》をしながら言った。ずるそうな笑みも浮かべている。「アティカスがよそ者を連れてきてしまいました。規則《きそく》によれば、この子たちはすぐに追放しなければなりません」

「アティカスは、重大な罪《つみ》を犯《おか》しました」二番目の女の人も、つけ加えた。「ああ、木と森と空と植物のリーダーである……」

「もうたくさんです。あなたたちが考え出すばかげた称号《しょうごう》は、好きになれないと言ったはずです。名前で呼《よ》んでもらったほうがずっといいのですよ」アティカスのお母さんは、言った。

「ああ、しかし、あなたさまは、かぎりない知恵《ちえ》を持ち、われらの心と思考を導《みちび》くすばらしい支配《しはい》者《しゃ》でおいでなのです。人びとは、自分たちと同じレベルではなく、ずっと上にいるあなたさまを仰《あお》ぎ見たいと思っているのです。あなたさまに導いていただきたいと思っているのは、ただの日常《にちじょう》生活だけではなく……」

「いいかげんにしなさい。ここには三人の子どもがいます。少なくともふたりは疲《つか》れ果てて、おなかもすかせているようです」アティカスのお母さんが、言った。

「おれも、おなかすいてるよ」アティカスが口をはさんだ。

「それは、いつものことでしょう」お母さんは、ちょっとほほえみながら言った。

ジョージは、自分のお母さんもよくそう言っていたのを思い出していた。

「子どもたちは、わたしのところに連れて行きます。どうするかは後で話し合いましょう」

だれもがぎょっとした顔を見せた。

「マダム・マトゥシュカ、それは……」背《せ》が低い女の人が、訴《うった》えるように言った。「わたしたちが構築《こうちく》したレベルのシステムだと……」

「もうたくさんだと言ったはずです。さあ、こっちへ」

アティカスのお母さんは、ジョージとヒーローを手まねきした。そこには逆《さか》らえない権威がこもっていた。

子どもたちは上の階へとどんどんのぼっていき、いちばん高い木の間にある階について、大きな葉っぱと枝《えだ》で隠《かく》れている部分に案内された。そこには小さなたき火があり、まわりには毛皮がしいてあった。ジョージたちがそこに腰《こし》を下ろすと、中身をくりぬいた小さなヒョウタン容器《ようき》に入れた食べ物が運ばれてきた。アティカスは大喜びで食べ始めた。

「うまい！　バッタのフライだ。おれの大好きなタンパク質《しつ》だよ」口いっぱいにほおばりながら、アティカスが言った。

ヒーローは、小さな黒いものを持ったまま、ぞっとしたように固まっていた。そして、それをそっと容器に戻《もど》すと、自分のバックパックをあさって、フリーズドライ食品をかじり始めた。

「ところで、どこに行くつもりなのですか？　この子をどこに連れて行くつもりなのですか？」マトゥシュカが、ジョージにたずねた。

「ナー・アルバです。ご存《ぞん》じですか？」と、ジョージ。

ヒーローにまだほんとうの目的地を知らせていなかったことも、忘《わす》れていた。

「ええ、だれもが聞いてはいますよ。自由な場所はあそこだけだと。でも、わたしたちはここから動けないので、くわしいことはわかりません。わたしたちが聞いているのはうわさだけです。それで、このとほうもない旅に送り出したのは、だれなのですか？」

「ニムです」ジョージは、今は正直に答えたほうがいいと判断《はんだん》していた。「ヒーローのガーディアンです。それにロボットです。ただぼくは、ロボットに見せかけたスーパーコンピュータじゃないかと思っていますが。ニムとそのロボットが、ナー・アルバに行かなくてはならないと言ったのです」

さっきからふるえていたジョージは、たき火に近づいて暖《だん》をとろうとした。

「おや、足が。どうしたのですか?」アティカスのお母さんが、ジョージが歯をガチガチ言わせてふるえているのを見て、きいた。ジャンプスーツには血もついている。

「トラに引っかかれたのです。たいしたことはありません。かすり傷《きず》みたいなものです」ジョージは言った。

しかし、傷からの出血はまだ止まっていない。

「いそがないと」

マトゥシュカがそう言ってジャンプスーツをそっと脱《ぬ》がせると、トラの爪《つめ》による傷が見えるようになった。

「ひどくなる前に治療《ちりょう》しましょう」マトゥシュカは、首から下げていた小びんを手に取った。「じっとしているのですよ」

マトゥシュカは、小びんを逆《さか》さにすると、傷口に中身を注いだ。ジョージは、感心してながめていた。

「それは何ですか?」

「これは、地上に知られている最古の抗生剤《こうせいざい》です。とても貴重《きちょう》なものです。今は少ししか手に入らないのでね。だけど、これで治りますよ」

「ドラゴンの血だよ。コモドドラゴンから取ったんだ。おれたちの最も貴重な宝《たから》だよ」アティカスが得意げに言った。

ジョージは、どこでコモドドラゴンをつかまえたのだろうといぶかった。かつてのマンチェスターに、今はいるのだろうか？　それとも実験室か、動物園から逃《に》げてきたものだろうか？

ジョージの心の中を読み取ったようにマトゥシュカが言った。

「その顔を見ると、わたしたちの世界にびっくりしているようね」そう言いながら、マトゥシュカは顔をしかめた。

「母さん、だいじょうぶ？　具合がまだよくなってないみたいだね」アティカスが言った。

「もう、よくはならないのよ。昔だったら治ったかもしれないけど、今は無理なの」マトゥシュカが言った。

マトゥシュカは背中《せなか》をもたれて、ちょっとのあいだ目をつぶった。

ジョージは、どういうことかを理解《りかい》しようとしていた。

「あなたがたは抗生剤《こうせいざい》やDNA《ディーエヌエー》やタンパク質《しつ》について知っているし、それ以外にもいろいろなことを知っていますよね。それなのに、木の中に住んでいて、テクノロジーを使っていない」

ジョージは自分の両親を思い出していた。両親も電気を使わない暮《く》らしをしようとしていた。この暮らしは、両親が理想としていた暮らしなのだろうか？　それとも全然違《ちが》うのだろうか？

「こういう暮らしがしたかったんですか？　それとも、やむを得《え》ずこういう暮らしをしているんですか？」ジョージが続けてきいた。

「わたしたちはシステムからはずれて生きているの。エデン・コーポレーションの力が強くなって、人びとを支配《しはい》しようとしたとき、わたしたちは反逆《はんぎゃく》したの。それで国を出たのよ。でも、両親やその前の世代が持っていた科学の知識《ちしき》は、代々伝えてきたの」マトゥシュカが答えた。

ヒーローは立ったりすわったりして、落ち着かなかった。ここから出て行きたいのだろうか。

「あたし、ワンダー・アカデミーに向かってるんだと思ってたのに。バブルを出たのは、ワンダーに行くためだったでしょ。別の場所じゃなくて」ヒーローが、ゆっくりと言った。

「ワンダー・アカデミーですって！　バブルですって！　もう長いこと聞いたことなかったけど」アティカスのお母さんが、びっくりしたように言った。

ヒーローは、とまどいながらきいた。

「一度でも聞いたことがあるなら、どうしてアティカスは、バブルじゃなくてここで暮らしてるの？」

「アティカスは、わたしと暮らしているの。わたしがこの子の母親だからよ。家族はいっしょに暮らすものでしょう。だからこの場所にいるのよ。エデンでは、子どもが両親と暮らすのは禁止《きんし》されてるはずよ。わたしたちは、その禁止を受け入れなかったの」

ヒーローは何か言おうとして口をあけたが、その口をまた閉《と》じた。質問《しつもん》がたくさんありすぎて、どれからたずねていいかわからないみたいだ。

「でも、ここはエデンの一部なのですよね？　このスワンプは？」ジョージはきいた。

「まあ、そうも言えるな。でも、エデンの人はここには来ない。たいていはね。ここが発展《はってん》しないように、子どもハンターが子どもをさらいに来るだけだよ。ほかの人は、来ようとしない。それに、ロボットはぬかるみではちゃんと働けないからね。で、おれたちは安全なんだよ」と、アティカス。

ジョージは、空を、ダンプ政権《せいけん》の宇宙船《うちゅうせん》が飛んでいることを思った。あれは、こういう人たちをスパイしているのだろうか？　それとも、空から攻撃《こうげき》するつもりなのだろうか？　開けた砂漠《さばく》よりこっちのほうが安全とも言えないのではないだろうか。

「ここにいるのは、どんな人たちなんですか？」ジョージがたずねた。

「反逆者《はんぎゃくしゃ》よ。〈大崩壊《だいほうかい》〉のあと、ダンプの世界観を受け入れなかった賢《かしこ》い人たちね。でも、脱出《だっしゅつ》するのが遅《おそ》すぎた。多くの科学者やエンジニア、そして芸術家《げいじゅつか》や音楽家や教師《きょうし》たちが、いっしょだったわ。家族といっしょに暮《く》らしたい人もいたし、ダンプたちに支配《しはい》されたくない人もいた」と、マトゥシュカ。

ジョージは、ハッとした。

「もしかして……あの、そこに……ひょっとして……？」

ジョージはもう一度言い直した。

「ぼく、両親をさがしているんです。デイジーとテレンスっていう名前なんですけど、知ってますか？」

ジョージは、すがるようにマトゥシュカとアティカスを見た。知っていると言ってもらいたかった。でも、マトゥシュカは、ゆっくりと首を横にふった。

「いいえ、ごめんなさいね」マトゥシュカはそう言うと、ジョージの手をとった。炎《ほのお》を見つめるジョージの目に、涙《なみだ》が浮《う》かんだ。

「そのうちエデンが、わたしたちをつかまえにくるでしょう。もう時間の問題かもしれないわ」と、マトゥシュカ。

「そんなことないよ。おれたち戦士がいれば、つかまらないよ」アティカスが、声をはり上げた。

「それに、ここの人たちも一致団結《いっちだんけつ》しているわけじゃないの。わたしは、もう何年もリーダーを務《つと》めてきたんだけど、この居留地《きょりゅうち》の人たちもずいぶん変わってしまった。なかには、ほかの人より多くを望んだり、偉《えら》そうにしたり、称号《しょうごう》をほしがったりする愚《おろ》かな人も出てきたのよ。そうなると、終わりね。わたしに、独自《どくじ》の〈コーポレーション〉を作ってほしいと言う人たちまで出てきたのよ」マトゥシュカは、げんなりしたように言った。

「そんなのきいてなかったよ」アティカスが言った。

「それは、深刻《しんこく》な状況《じょうきょう》になる前に、あんたにはいっぱい楽しんでもらいたいからよ。でも、今は知っておいたほうがいいわね。愚かな人たちが、間違《まちが》った決定をして危険《きけん》にさらそうとしているのは、あんたたちの未来なんですものね」

そう言うとマトゥシュカはまた目をつぶり、しばらくのあいだ目をあけなかった。

太陽が沈《しず》んでいこうとしていて、たき火が明るく燃《も》えていた。

マトゥシュカが、ようやくまた目をあけた。まだ毛皮の毛布《もうふ》にくるまったまま、森の夜にそよぐ葉っぱくらい小さな声で言った。

「ワンダー・アカデミーには行かないほうがいいわ。そこへは行かないようにしなさい」

「どうして?」と、ヒーローがたずねた。

ジョージは、ヒーローの声がさっきより遠くから聞こえるように思ったが、考えることがいっぱいありすぎて、それを不思議だとも思わなかった。

「だれも、ワンダー・アカデミーからは生きて戻《もど》れないのよ。脱出《だっしゅつ》は不可能《ふかのう》。もう今は無理なの」マトゥシュカが言った。

「ワンダー・アカデミーって何なの? 戦士になる方法を教えてくれるの?」アティカスがたずねた。アティカスは、一度も聞いたことがないらしい。

「ワンダーは地上の地獄《じごく》よ」マトゥシュカは答えた。

「そうじゃない! リーダーになる方法を学ぶところよ」ヒーローの声が、遠くから聞こえてきた。

「エデンの賢《かしこ》い子どもたちがみんなどうして姿《すがた》を消すと思う? あの政権《せいけん》がどうしていつもマシンに遅《おく》れをとらないようにできてると思うの? 知性《ちせい》の材料をどこから得ているの? ダンプたちには、貧弱《ひんじゃく》な知性しかないのに」マトゥシュカが、落ち着いた声できいた。

ヒーローのかすかな声が、闇《やみ》の中から聞こえてきた。

「でも……あたしの友だちはそこにいるの! バブルの友だちよ……それに、どうしてそんなことわかるの？」

ヒーローの声は、風に流されているみたいに聞こえた。

「それは、わたしがあそこから逃《に》げた子どもだったからよ」マトゥシュカが答えた。

15

アティカスでさえ、それを聞いてびっくりした。
「そんなこと、ひと言も言わなかったね、母さん。どうして今まで話してくれなかったの？」
「わたしの悲しみで、あんたの人生を曇《くも》らせたくなかったからよ」と、マトゥシュカは答えた。「あんたには、自由でたくましくて、想像力豊《そうぞうりょくゆた》かな人に育ってもらいたかったの。そして、そのとおりになったわね。わたしの子ども時代は、恐怖《きょうふ》でいっぱいだったのよ。わたしは子どもハンターにつかまって、脳《のう》の検査《けんさ》をされ、ＤＮＡ《ディーエヌエー》と血液《けつえき》の分析《ぶんせき》をされて、ワンダー・アカデミーに連れていかれたの。どんなにつらかったか、あんたには知らせないほうがいいと思ってた」
「マトゥシュカ、だれも脱出《だっしゅつ》できないなら、あなたはどうしてできたのですか？」ジョージが、おずおずときいた。

それがマトゥシュカにとってつらい質問《しつもん》だということは、すぐにわかった。きかなければよかったと思ったくらいだ。でも、マトゥシュカは答えようとしていた。

「ワンダー・アカデミーが襲撃《しゅうげき》されたからよ。抵抗《ていこう》している人たちが、子どもを助け出そうとしたの。でも、うまくいかなかった。助かったのは、わたしひとりだった」

「抵抗してる人たちって？　その人たちは戦士だったの？」アティカスがたずねた。

「そうよ。わたしは、偉大《いだい》な戦士でありリーダーでもある人に救い出されたの。その人たちは、残っていた最後のまだ自由なスーパーコンピュータの助けを借りていた。とても勇敢《ゆうかん》だったわ。でも、その夜、多くの者が死んでしまったし、逃《に》げざるを得なくなったの」と、マトゥシュカは答えた。

「スーパーコンピュータのほうは、どうなったんですか？」ジョージはきいた。

「行方不明になったの。ダンプ政権《せいけん》はずっとさがし続けてるけど、その夜以来、まったくどこにあるのかわからなくなってるの。エデンの中枢《ちゅうすう》に隠《かく》れて、チャンスをうかがっているといううわさもあるけどね」と、マトゥシュカ。

ジョージはとっさに思った。エデンの中枢にスーパーコンピュータが隠れてチャンスをうかがっているとすると、もしかしてそれはエンピリアンなのだろうか？

「その戦士はだれだったの？　彼《かれ》は名前を言った？」アティカスがたずねた。

「いいえ、それに、その戦士は女性《じょせい》だったのよ。わたしがいつか恩返《おんがえ》しをしたいと言うと、その人は、同じように困《こま》っている子どもを助けてやってほしいと言ったの」と、マトゥシュカ。

ジョージは、もっと質問《しつもん》したくなった。その偉大《いだい》な戦士というのは、バブルで〈彼女《かのじょ》〉と言われていた人と同じ人なのだろうか？　それとも、その戦士はニムだったのだろうか？　でもニムは、たぶんマトゥシュカと同じくらいの年だろう。だったら別の人だ。でも、ジョージが口を開く前に、若者《わかもの》がひとりやって来て、顔に警戒《けいかい》の表情《ひょうじょう》を浮《う》かべながらマトゥシュカの耳に何かささやき、集まっている人びとのほうを指差した。

「行かなくては」マトゥシュカが、あわてたように言った。

「なんだって？　でも、今夜は集会があるんだよ。そして、おれは戦士のレベルに上がるはずなんだ。それに、ジョージも、どうしてここにやって来たかを話してくれる。そういう約束だよ」と、アティカス。

「いいえ、あんたにとっても、今は危険《きけん》すぎる。ジョージたちにとってもね」と、マトゥシュカは言った。

「そんなことないよ。母さん、おれは戦士なんだ。自分のことは守れるし、母さんやみんなのことも守れるよ」アティカスは言った。

マトゥシュカは愛情《あいじょう》をこめてほほえんだが、悲しそうに言うのだった。

「あんたは戦士よね」アティカスの髪《かみ》をくしゃくしゃにしながら、続ける。「でも、まだ若いし、もしみんながあんたに反対したら、かなわないわ」

「どうしてみんなが反対するの？」

「わたしは、いつまでもここにいるわけじゃないのよ」マトゥシュカが言った。

緑の瞳《ひとみ》が、月の光に照らされた暗い葉っぱのようにきらめく。

「わたしは、もうすぐいなくなる。そうしたらここのみんなは、あんたを次のリーダーにはしない。みんなは、わたしたちが計画していたような暮《く》らし方には反対するでしょう。欲《よく》が出て、権力《けんりょく》や富《とみ》や身分をほしがるようになっているからね。せっかく、そういうものをやめようとしてきたのに」

「ぼくのせいですか？　だから行かなくてはならないのですか？　ぼくが来たから……」ジョージが、ためらいながらたずねた。

「いいえ」と、マトゥシュカは首を横にふりながら言った。「どっちにしろ、こうなることになっていたの。もしかしたら、少しは早まったかもしれないけど。あなたたちが、ここの人たちとは違《ちが》うから怖《こわ》くなったのね」

「あなたたちが来たので、みんなは怒《おこ》っています。トラや子どもハンターを引き寄《よ》せることになるし、だれも無事ではいられないと考えています」若者が言った。

「なるほど」とジョージは言ったが、ちゃんとわかっていたわけではない。

何層《そう》か下の階から、詠唱《えいしょう》が聞こえて来た。薪《まき》が燃《も》えるにおいも、下からただよってくる。

「集会の開始を待っているのです、マトゥシュカ。すぐに行ってください」若者が、うながすように言った。

「この人はレレ。わたしが信頼《しんらい》している最後のひとりよ」と、マトゥシュカ。

レレは、ほほえんで言った。

「みんな、あなたを待っています。話せる物語はありますか?」

「ここの伝統《でんとう》では、集会のときに長い物語を話すことになっているの」マトゥシュカが、ジョージに言った。「物語を通して、自分たちの歴史や、知識《ちしき》や、自分たちがどんな人間かということを思い起こすのよ。ええ、もちろん、今夜は話すべき長い物語があるわ。この居留地《きょりゅうち》のリーダーとして話すのは、今夜が最後になるかもしれないわね。このチャンスをうまく使って、あんたたちが逃《に》げる時間をかせぐつもりよ」

アティカスは、まばたきをしながらきいた。

「どうすればいいの? ジョージは、どうやってナー・アルバに行けばいいの?」

マトゥシュカは、ジョージのほうを向いて言った。

「物語を話しているあいだに、こっそり抜《ぬ》け出すのよ。アティカスもいっしょにね。アティカスが、エデノポリスまでの道を教えてくれるわ」

「おれも行くの?」

アティカスは、冒険《ぼうけん》ができそうな興奮《こうふん》と、母親から離《はな》れる悲しみのあいだで引き裂《さ》かれていた。

「ふたりを助けられるのは、あんただけなの。ここの人たちが、助けを必要としている子どもたちを拒《こば》むなんて、ほんとに恥《は》ずかしいことね。でも、アティカス、あんたは勇敢《ゆうかん》だから、ふたりといっしょに行って、わたしを助けてくれた戦士との約束を果たしてちょうだい。でも、待って!」

マトゥシュカはそう言うと、あたりを見まわした。

「ヒーローはどこなの？」

さっきまでヒーローがすわっていたところには、毛皮の毛布《もうふ》しか残されてはいなかった。

ジョージは、心臓《しんぞう》が止まりそうなほどびっくりした。もしかしたら、という思いがわいてきた。

「ひとりでワンダー・アカデミーに向かったんだ」と、ジョージ。

ヒーローがこの森をうろうろしているかと思うと、アティカスはぞっとした。

「まさか！　森はすごく危険《きけん》なんだぞ。おれにとってもだよ。トラが出たらどうするんだよ？」

「それに、ヒーローは現実《げんじつ》の世界をまったく知らないんだ」と、ジョージ。

「ワンダー・アカデミーがどこにあるかも知らないのに」アティカスは、うろたえた。

ジョージは、自分のポケットをさぐってから、気づいて言った。

「あ、パーム・パイロットを持ってったんだ。ナビ装置《そうち》だよ。それを使えば、どっちに行けばいいかわかるんだ」

「追いかけて！　いそぐのよ。さあ、早く！　アティカス、跡《あと》をたどって行って。ジョージ、アティカスから離れないで、言われたようにしてね」マトゥシュカが言った。

「でも、どっちへ行けばいい？　ワンダー・アカデミーはどこにあるんですか？」ジョージがきいた。

「アティカスが助けてくれるわ」マトゥシュカは胸《むね》をはった。「どの道もエデノポリスに通じてるの。ワンダー・アカデミーは、〈ダンプのグレート・タワー〉のそばにあるわ。さあ、早く。あの子に追いついて」

下からは、詠唱《えいしょう》がまた聞こえてきた。

「女王様！　支配者《しはいしゃ》さま！　空を支配する方！」

「たわごとね。ご先祖《せんぞ》さまがこのようすを見たら、どう思うかしら。理性《りせい》で考えることをやめて、科学について学んだことも、世界がどう機能《きのう》するかも忘《わす》れて、おとぎ話ばかりを受け入れようとしてるなんて！　つまらないものをそんなにほしがると、それしか手に入らなくなるのに」マトゥシユカはつぶやいた。

マトゥシユカが最上階から、下にいる大勢《おおぜい》の人のところへ降《お》りていくと、ジョージはきいた。

「どっちに行けばいい？」

煙《けむ》ったなかからマトゥシユカがあらわれると、人びとの声は大きくなった。

「王国の女王さま、よそ者が入ってきました！　居留地《きょりゅうち》は危険《きけん》にさらされています！　よそ者を投《とう》獄《ごく》しましょう。投獄しましょう」人びとは叫《さけ》んでいた。

「静かに！」いつもなら小声で話すマトゥシユカが、大声をはり上げた。「みなさん、静かにしなさい。これから物語をお話しします……」

がさがさ音がして、みんなは、腰《こし》を落ち着けて聞くことにしたらしい。あたりはしーんと静かになった。マトゥシユカは、うっとりするような声で話し始めた。

「昔むかし……」

ジョージはアティカスに質問《しつもん》しようとしたが、アティカスは片手《かたて》を上げてそれを制《せい》した。うす暗いなかでアティカスが集中しているのが見えた。ヒーローがどっちに向かったのかを、つきとめようとしているのだ。アティカスはやがて最上階の暗いすみっこを指差した。秘密《ひみつ》の出入り口にかかっていたカーテンが、片側《かたがわ》に寄《よ》せられていた。

「ヒーローは脱出口《だっしゅつこう》を見つけたんだ。賢《かしこ》いな」アティカスは、思わず感心していた。

「さあ、行きなさい。女の子を追いかけるんだ。きみたちが向こう側についたら、ロープを切るからな。さあ、早く」レレが言った。

「母さんを置いたままでは行けないよ」突然《とつぜん》あせったように、アティカスが言った。

「アティカス、きみはいつも、お母さまに自慢《じまん》してもらえるような戦士になりたいと言っていたね。今がそのチャンスだよ。このチャンスを活かさないと。もう時間がないんだ」と、レレ。

人びとが、マトゥシュカの物語に反応《はんのう》して声を上げているのが聞こえてきた。

「行きなさい！」レレが、うながした。「早く！」

アティカスの後にジョージも続き、吊り橋《つばし》に足を踏《ふ》み出すと、注意しながら走った。ジョージが別の建物の残骸《ざんがい》にたどりつくと、レレが吊り橋のロープを切る音がした。橋はくずれ、しばらくは振《ふ》り子《こ》のように揺《ゆ》れていたが、そのうちだらんとぶら下がって、もう橋として使えなくなった。ふり返ると、下のほうに、たき火を背負《せお》ったマトゥシュカの影《かげ》が見えた。両腕《りょううで》を広げ頭を後ろにそらしている。まわりの人びとは叫《さけ》んでいるが、その調子は喜びから怒《いか》りへと変わったみたいだった。アティカスは、気持ちが千々《ちぢ》に乱《みだ》れているらしい。ほんとうは戻《もど》りたいけれど、先に進まなければならないと思っているのだ。

「また戻って来よう。戻って来るって約束するよ」ジョージは言った。

「ほんと?」アティカスが不安げにきいた。

「もちろんだよ」ジョージは、きっぱりと言った。

自分も家族を失っているジョージには、アティカスの気持ちが手に取るようにわかった。この新しい友だちを、同じような目にあわせてはいけないと、ジョージは思っていた。

16

梢《こずえ》のあいだに見える空の星を指差しながら、アティカスが小声で言った。

「きみは、ほんとうに宇宙《うちゅう》に行ったんだね。あそこにいたんだね！　おれの母さんは、宇宙旅行の話をおばあさんから聞いたって言ってた。昔は空に浮《う》かぶ宇宙ステーションに向かって、宇宙船が飛んでたんだよね。でも、その後、宇宙旅行なんてまやかしだって言われるようになって、だれも地球を離《はな》れることができなくなったんだって。それは、エデンが好きになれない人がほかの惑星《わくせい》に行って暮《く》らし始めるのをやめさせるためのウソだって、母さんは言ってた」

もう何時間にも思えるが、ふたりは森を歩き続けていた。あたりは暗くなり、雲間からときどき月の光が射《さ》してくるだけだ。最初ジョージは何も見えなかったが、今は夜の森に目が慣れてきていた。最初は聞こえる物音も、とても不気味《ぶきみ》で怖《こわ》かったが、今はそれほどでもなくなっている。空に浮《う》かぶ通路が終わり、地面に降《お》りたばかりのうちは、イチジクの森でピーピー、ブーン、カサカサという音がするたびにぎくっとしたが、今ではもう、おどろかなくなっている。

今は居留地《きょりゅうち》の外に出て、アティカスがまだ来たことのない場所に足を踏《ふ》み入れている。アティカスでさえ道がわからないので、暗闇《くらやみ》の中で目をこらして、人間が最近通った跡《あと》を見きわめながら歩いて行く。これはそんなにかんたんではなく、ふたりはしばしば袋小路《ふくろこうじ》に入りこんだり、古いコンクリートの壁《かべ》に突《つ》き当たったりもした。

歩き始めたときアティカスは、音を立てないでついてくるようにジョージに言い渡《わた》していた。しかし、それは自分でも無理になっていた。やがてジョージにいろいろな質問《しつもん》をするようになったからだ。どこから来たの？　どうやってスワンプにたどりついたの？　それに答えようとしてジョージは、宇宙《うちゅう》旅行の歴史をアティカスに話した。テクノロジーを使い慣《な》れていない者に宇宙船の構造《こうぞう》を説明するのは、かんたんではなかった。

しかしアティカスは、びっくりするくらい早く理解《りかい》していった。

「いつかおれも宇宙に行ってみたいな」小さい声で、アティカスが言った。

「今でも何か飛んでるみたいなんだ。人間が作った何かがね」と、ジョージ。

「エデンが滅《ほろ》びたら、おれが調査《ちょうさ》に行ってみるよ」アティカスは、陽気な声で言った。

「そんなことってあるのかな？」ジョージはたずねた。

「悪は滅びるのさ」と、アティカス。

「その後は？　トレリス・ダンプがいなくなったら、だれがリーダーになるのかな？」

「おれの母さんかな？　母さんは偉大《いだい》なリーダーだもん。それとも」と、ワクワクしたような顔でアティカスが続ける。「きみかも。そうなると最高だよね。そうしたら、おれを戦士隊長にしろよ。約束だぞ」

「わかったよ」と、ジョージは言いながら、前方の開けた場所にゆっくり近づいていった。

運命のいたずらで、もし自分がエデンのリーダーになることがあれば、アティカスがそばにいてくれると心強い。

そのときアティカスが身をかがめ、ジョージにも同じようにしろと手でうながした。ジョージはかがんで進み、アティカスのとなりまで行った。そこから前方をのぞくと、森の中の広場が見えた。そこには奇妙《きみょう》な青い光があって、だれかいるみたいだ。

ジョージの胸《むね》は、そこにいるだれかに聞こえそうなほどドキドキしていた。夜の音にまじって、足音も聞こえる。でも、こんどのは大きなトラの足音ではない。地面を歩いているのは人間のようだ。

アティカスがヘビのように這《は》っていくので、ジョージも同じようにして後に続いた。そして広場の縁《へり》まで来て止まった。不気味《ぶきみ》な光に照らされて、長い上着を着て、丸くて白い帽子《ぼうし》をかぶった人がいる。

アティカスが、ジョージの耳元でささやいた。

「子どもハンターだ」

「何してるの？」ジョージも、声を立てないようにしてきいた。

アティカスは、かすかに首を横にふった。

子どもハンターは地面に突《つ》き刺《さ》した杖《つえ》のそばに立ち、空を見上げてつぶやいていた。

「さあさあ、さあ！……どこにいるんだ？」

見上げると、ジョージは頭上の暗い空に高速で動いている明るい点を見つけた。子どもハンターもそれを見ている。

「キャッチしろ！　キャッチするんだ。シグナルはどこだ？　くそっ！　エデンもお粗末《そまつ》なもんだな。どうしてちゃんと機能《きのう》しないのかな？」子どもハンターは、つぶやいた。

ジョージはびっくりして、思わず体を動かした。落ち葉がガサガサ音を立てる。アティカスは警《けい》告《こく》するようにジョージの腕《うで》を押《お》さえた。

「あいつは、だれかと連絡《れんらく》したがってるんだ。シグナルをつかまえようとしてる」ジョージがささやいた。

「どうやって？」アティカスがきいた。

「映像《えいぞう》か、レーザーか？　わかんないよ」

子どもハンターはとうとう交信できたらしいが、ジョージが予想したようにメッセージか指示《しじ》を受け取るのではなく、別のことが起こった。びっくりしているふたりの目の前で、森の広場の真んなかに別の人間の姿《すがた》があらわれようとしていたのだ。その人は、オレンジ色の光でできているように見えた。子どもハンターよりずっと背《せ》は高く、ばかにしたように見下ろしている。

子どもハンターは圧倒《あっとう》されているみたいだ。帽子《ぼうし》をとると、地面に鼻がつきそうなくらいかがんでおじぎをした。

「ご主人様」ががら声でおもねるように、子どもハンターが言った。

「なぜわたしを呼《よ》んだ？」不気味《ぶきみ》なオレンジ色の光につつまれたその人が、きいた。

「ご主人様、お知らせしたいことがございます」子どもハンターは、今や頭を地面につけて、はいつくばっている。

「どんなことだ、ばか者め。ふつうのチャンネルで送信すればいいことだろう？」オレンジ色の映像が吠《ほ》えた。

「ご主人様、通常《つうじょう》の通信手段《しゅだん》は安全とは思えませんので。ご主人様のおそばにも、スパイや裏切《うらぎ》り者《もの》がいるようですから」抜《ぬ》け目《め》ない子どもハンターが言う。

ジョージはニムのことを思って、ぞっとした。ニムは政府《せいふ》の大臣《だいじん》を務《つと》めながら、謎《なぞ》の計画を練り、マシンを操作《そうさ》してヒーローとジョージをエデンから脱出《だっしゅつ》させようとしていた。それに、エンピリアンは、政権《せいけん》に奉仕《ほうし》してはいなかった。ニムやエンピリアンは逮捕《たいほ》されてしまったのだろうか？　ジョージは、アティカスとマトゥシュカにニムたちのことを話してしまった。そのせいなのだろうか？　ジョージは息を飲んだ。

「裏切り者とは、だれのことだ？」オレンジ色の映像が、たずねた。

「ああ、最高位のダンプ閣下《かっか》に永遠《えいえん》の命を」ががら声で、子どもハンターが言った。

ダンプだって！　だったら、あれはトレリス・ダンプなのか、とジョージは思った。

「さっさと言いなさい。おまえは何を知っているのだ？」オレンジ色の映像《えいぞう》が言った。

「その、子どもたちのことでございます。逃亡《とうぼう》しております。ですが、しょっちゅう姿《すがた》を消してしまいます」子どもハンターは、謎《なぞ》めかしたように言った。

「いったい何の話だ？」ダンプが不機嫌《ふきげん》な声できいた。

「スリミカスにございます」地面にはいつくばって、レーザーで投射《とうしゃ》された像に話している人間としては威厳《いげん》を持って、子どもハンターが言った。「わたくしめの名前はスリミカス・スリモヴィッチ。エデン王国・コーポレーション随一《ずいいち》の子どもハンターでございます」

「それがどうした？　言いたいことを、早く言え」

「子どもでございますよ！　ふたりおります。ふたりきりで、エデンを旅しておりました。しかし、だれも発見できませんでした。それは、どういうことでしょう？」

「その子たちは、ふたりで何をしていたのだ？　自分たちは自由だと思っていたのか？」ダンプが不愉快《ふゆかい》そうにきいた。

「いいえ、ご主人様、もちろん違《ちが》います」と、スリミカス。「自由というものは、それを行使するにふさわしい見識《けんしき》ある少数のおとなだけにあたえられるものでございます。もちろん自由は子どものためでも、エデンの大多数の者のためでもございません。かつて人びとは自由をあたえられていましたが、とんでもない混乱《こんらん》を引き起こしただけでございました……」

「そのとおりだ。わたしのクローンの父親、トレリス・ダンプとわたしが政権《せいけん》につくまではな」ダンプは、機嫌を直したように言った。

「そして、世界がまた偉大《いだい》なものになるまでは」と、スリミカスが言った。

「よし、もうおしゃべりには飽《あ》き飽きした。子どもをつかまえるのが、おまえの仕事だろう。だったら、早くつかまえろ。こんなささいなことで、わたしをわずらわすんじゃない」と、ダンプが突《とつ》然《ぜん》に言った。

「ささいなことではございません」スリミカスはいそいで言った。

「それでは三〇ダンプレットで説明してみろ。さあ、始めろ」

「その子たちをつかまえることができないのは、見えないからなのでございます」と、スリミカス。

「見えないだと？　なにをふざけている？」と、ダンプ。

「だれか、あるいは何かが、その子たちのデータをいじったのだと推測《すいそく》いたしますが、あわてていたせいか、すべてが消えたわけではございませんでした。なので、ふたりの子どもは、影《かげ》のようなものとして見えてくるのでございます」

ジョージはがっかりした。ジョージとヒーローの映像を消す際《さい》、エンピリアンはまわりの映像を細工しておくのを忘《わす》れたらしい。

「どういう意味だ？」ダンプがきいた。

スリミカスは、とうとうご主人の注意をひくことができたらしい。

「エデン領《りょう》からふたりの子どもたちが逃亡《とうぼう》いたしましたが、政権内《せいけんない》のだれかが、そのふたりを手伝っていたということでございます」

「ふたりの子どもとは、だれなのだ？」

「ただ今、消えた子どもがいないかどうか、エデンじゅうを調べております。すぐにわかるはずでございます」スリミカスが言った。

ということは、ヒーローがワンダー・アカデミーに到着《とうちゃく》していないことは、スリミカスにすぐわかってしまうだろう、とジョージは思った。でも、次に子どもハンターが言ったのは、さらに恐《おそ》ろしいことだった。

「どの子が行方不明になったかを突《つ》きとめましたら、その子たちを助けるためにシステムをいじった犯人《はんにん》を見つけることにいたします。反逆者《はんぎゃくしゃ》は、ご主人さまのまわりにいるのではないかと、わたくしめは推測《すいそく》しております」

「チッ、確《たし》かにな！　いつだってわたしのまわりには裏切《うらぎ》り者《もの》がいる」

「逃《に》げている子どもたちをつかまえたら、尋問《じんもん》してみましょう。すべてを聞き出せば、裏切り者も見つかることでございましょう」と、スリミカス。

「よしよし、よくやったぞ。えーと……」と、ダンプ。

「スリミカス・スリモヴィッチにございます」子どもハンターがつぶやいた。

「その子たちはスパイなのか？　〈あっち側〉から来た子たちなのかね？」ダンプが、考えながら言った。

「そうかもしれません。わたくしめは、つつましい子どもハンターにすぎません。お知らせしておきたいと思っただけで……」

ダンプが口をはさんだ。

「エデンは、〈あっち側〉と、いわゆる平和条約《じょうやく》を結ぼうとしている。それは、注意をそらすためだ。つまり時間かせぎを、いろいろと……」

ダンプは突然《とつぜん》、頭のなかで考えているだけではなく、口に出してしまっていることに気づいて、言葉を切った。それから、子どもハンターに命じた。

「ふたりともつかまえろ。そしてその子たちをかくまったり助けたりした者や、その動きに同調する者や、わたしに忠誠《ちゅうせい》をつくさない者がいれば、ただちに報告《ほうこく》しろ。つつみ隠《かく》さずにな」

「わかりましてございます」

スリミカスはまた深くお辞儀《じぎ》をした。顔を見なくても、スリミカスがほくそ笑んでいるのは、ジョージにもわかった。

「何をぐずぐずしておる！　早く仕事にかかれ！」

そう言うと、ダンプの姿《すがた》は消えた。不気味《ぶきみ》なレーザー光線は弱くなり、スリミカスの杖《つえ》の先端《せんたん》に吸《す》いこまれたように見えた。

ダンプの姿が見えなくなり、森がもとの暗闇《くらやみ》に戻《もど》ると、スリミカスは自分の杖を地面から引き抜《ぬ》き、望遠鏡のように小さくたたむと、ポケットに突《つ》っこんだ。それから口笛をふきながら広場の向こう側の道をぶらぶらと歩き去《さ》った。

ジョージは、ようやく息がつけるようになった。

「あれはいったい何だったんだ?」ジョージは、アティカスの耳元でささやくようにきいた。

「たいへんだ。めんどうなことになったぞ」アティカスは答えた。

「これからどうしたらいい?」と、ジョージ。

「いいほうに考えると、スリミカスがヒーローの後を追っているとすれば、おれたちも正しい方向に来てるってことだな」

17

ジョージは目の上に手をかざしながら、前方に広がる平原を見やった。ここは、かつてはヒースにおおわれた湿原《しつげん》だったところかもしれないと、ジョージは思った。背後《はいご》の巨大《きょだい》な森は、朝の光をあびて暗いシルエットに見えている。それとは対照的に、目の前には荒れ果てた乾燥《かんそう》地帯が広がっている。ジョージは岩の上に腰《こし》を下ろして、ほっぺたをふくらませた。東の空には太陽がのぼった。地平線の上の太陽を見やったジョージの目の隅《すみ》に、何か光るものが見えた。

「あそこだ！　北のほうに何かあるぞ」ジョージは指差した。

「ほんとだ。何か見えるな」アティカスも言った。

「ワンダー・アカデミーかな？」ジョージがきいた。

「それにしては大きすぎる」アティカスは目をこらして遠くを見ていたが、しばらくして言った。

「ワンダー・アカデミーじゃないけど、とうとう見つけたんだ」

「何を？」と、ジョージ。

「次の目的地さ。エデノポリスだよ」と、アティカス。

エデノポリスが見つかったのはいいが、今すぐそこまで行くのは危険《きけん》すぎる。安全のため、アティカスは夜になってから平原を突《つ》っ切ろうと提案《ていあん》した。待っているあいだに、アティカスは何もなさそうに見える場所から草や根っこを見つけ出した。

「火は燃《も》やせないな。目立ってしまうからな。でも、これならそのまま食べられる」

アティカスはそう言って、ナイフで皮をむいた白い球根と、食べられるというさまざまな小さな虫を差し出した。

自分の食料がほとんどなくなっていたジョージには、選択《せんたく》の余地《よち》がなかった。これまでに生きたアリを食べたことはないが、アティカスが片手《かたて》で何匹《びき》かつかんで口に入れるのを見て、同じようにしてみた。

「うまいだろ、な？」アティカスが満足そうに言った。

「えーと、ちょっと酸《す》っぱいかな」と、ジョージ。

思ったよりまずくはない。とくに緑の葉っぱでくるめば、食べられる。ジョージは口に入れたものを浄水器《じょうすいき》の水で流しこんだ。ヒーローはどうしているかと心配したが、そのうち、ジョージが持っていた食料の一部を持っていったのだとわかった。危険なので、今はあまり話ができない。隠《かく》された感知装置《そうち》が、声を拾うかもしれないからだ。ふたりはじっとすわって日が暮《く》れるのを待っていた。ジョージの人生で一番長かった一日が終わり、とうとう夜になると、ふたりは木もない平原を歩き始めた。ジョージは夜空を見上げ、人工衛星《じんこうえいせい》か何かが見えないかとさがした。自分の望遠鏡を持ってきていればよかったのだが、肉眼《にくがん》でも、人類の宇宙《うちゅう》での活動が継続《けいぞく》している証拠《しょうこ》は見つけることができた。

夜空を見ていないときは、ヒーローのことを考えた。ヒーローは、今どこにいるのだろう？ どうやったら見つかるのだろう？ ワンダー・アカデミーに向かったのかどうかも定かではないのに。ダンプが言った言葉から、ジョージもヒーローもここまでエデンの監視《かんし》をくぐり抜《ぬ》けてきたことと、今は捜索《そうさく》の手が伸《の》びてきていることはわかっていた。ダンプは、ふたりが〈あっち側〉のスパイだと思っているかもしれないが、つかまってしまえば、アティカスもふくめて、ひどい罰《ばつ》を受けることになるだろう。ジョージは、自分がどんなにひどいことをされても、ニムやエンピリアンのことを言わずにいられるかどうか自信がなかった。マトゥシュカには、言っても安全かどうかをちゃんと確認《かくにん》もせずに、すべてを話してしまった。でも、それについては、運がよかったと言えるような気がする。マトゥシュカは亡命者《ぼうめいしゃ》だし、エデンの政権《せいけん》が倒《たお》れて、人びとやアティカスが自由を取り戻《もど》す日が来るのを願っていた。でも、これからは、もっと注意して、口をすべらせないようにしなくては。

夜明けまでに、ふたりはエデンの首都の近くまで来ていた。首都は、煙《けむ》ったような灰色《はいいろ》の厚《あつ》い雲の上にそびえ立ち、高い建物のあちこちが、金でも貼《は》ってあるようにまぶしく光っている。その向こうには、荒《あ》れた海が、ミサイルを並《なら》べた巨大《きょだい》で堅固《けんご》な防塞《ぼうさい》に打ち寄《よ》せている。この防塞のおかげで、都は海に飲みこまれずにすんでいるし、海辺からやって来るよそ者も入ってこられない。

「ヒーローが言ったとおりだ」と、ジョージは言った。

重なり合った星雲の上に浮《う》かび、てっぺんを空まで届《とど》かせた、おとぎ話のお城《しろ》みたいに見える。

「流れ星だ。運がいいぞ」と、アティカスが言った。

ふたりは、平原につきでた岩の重なりの上に立っていた。そこからだとエデノポリスまでの場所が一望に見渡《みわた》せる。その平原を、アリのような長い行列が動いていた。よく見ると、その行列は、ぼろを着た人間と馬と、大きな車輪をつけた幌馬車《ほろばしゃ》でできていた。その行列も、エデノポリスに向かっているらしい。

「〈清算日〉なんだな」と、アティカス。

「何?」

ジョージは、エンピリアンが話していたことを思いだした。税金《ぜいきん》をはらう日と言っていたような気がする。

「後で話すよ。ついてきて」アティカスは言って、岩をいそいで降《お》りて行列のほうへ向かった。

ふたりは、岩だらけの斜面《しゃめん》を駆《か》け下りて、行列の最後尾《さいこうび》に追いついた。そばまで行くと、行列を作っているのは人間だけで、ロボットは一体もいないのに気づいた。実際《じっさい》、テクノロジーのしるしは何も見えない。とぼとぼと歩いている人、みすぼらしい馬を引いたり、乗ったりしている人。馬は、旅に必要な食料を入れたサドルバッグをつけている。前方では、土ぼこりをかぶった幌馬車が揺《ゆ》れている。引いているのは、鼻が地面につきそうなほど頭を低く下げた巨大な動物だ。

「引いているのは、馬じゃなくて……牡牛《おうし》なのかな？」荒れ地をのろのろと都に向かって行く一頭を指して、ジョージが言った。

アティカスはうなずいた。

「どうして自動車に乗らないの？　バスや汽車はないの？　どうしてこの人たちは、移動《いどう》に動物を使ってるの？」ジョージはたずねた。

「テクノロジーはどんなものであれ、エリートしか使うのを許《ゆる》されていない。この人たちがそんなものに乗るのは違法《いほう》なんだ」と、アティカスは言った。

「ぼく、こんな未来はきらいだな」アティカスには、過去《かこ》から来たことをまだちゃんと話していないのを忘《わす》れて、ジョージは言った。

「どうして？　きみはいったいどこから来たんだい、ジョージ？」アティカスがきいた。

ふたりがまぎれこんでいたグループのリーダーが、いちばん近くの幌馬車を引っぱっている牡牛にムチをふりながら言った。

「静かに！　さあみんな、国歌を歌うんだ」

行列にいる人たちの服装《ふくそう》はさまざまだった。中世の農民のような服装をしている人もいるし、いろいろな生地のパッチワークを着ている人もいる。古くなった衣類をつぎはぎして縫《ぬ》ったのだろう。アティカスのように、動物の毛皮をまとっている人もいる。ジョージは自分のジャンプスーツを見下ろした。かつては白い色だったのが、今は緑や茶色や灰色《はいいろ》や黒の染《し》みがいっぱいで、これなら怪《あや》しまれないですみそうだ。

行列の人たちは歌いはじめた。

「エデンは〈考えられうる最良の世界〉」

おぼつかない歌声は、調子も合っていない。

「きみも歌うんだ」ジョージをこづいて、アティカスが言った。

ジョージも口をあけて、いっしょに歌っているふりをした。

「エデン、愛するエデン」疲《つか》れ果《は》てた人びとは歌っている。「エデンこそ最高！」

高い音が出せずに、みんなは詰《つ》まり、歌は続かなくなって、また聞こえるのは足音だけになった。でも、その足音は、朝日をあびて虹《にじ》色にかがやくエデノポリスの華麗《かれい》な高層《こうそう》ビルに、一歩ずつ近づいていく。

ジョージは、自分たちは目立たないと思っていたのだが、まわりを見ると、不思議なことに気づいた。

「子どもたちは、どこにいるんだろう？」エデノポリスに向かって歩きながら、ジョージはアティカスにきいた。

行列のなかの人びとは、奇妙《きみょう》な目でふたりを見るようになっていた。毛皮の上着とつぎのあたったみすぼらしいズボンをはいている男の人が、アティカスに近寄《ちかよ》って小声で何かささやいた。その男の人はジョージを見ると、目に涙《なみだ》を浮《う》かべた。汚《きたな》い手で涙をぬぐうと、その人はジョージの両手をにぎり、それからアティカスの両手をにぎった。感情《かんじょう》をおさえられないでいるようだ。いつも実《じっ》際的《さいてき》なアティカスは、その男の人をつつくと、幌《ほろ》をかけた荷馬車を指差して、たずねるように眉《まゆ》をあげた。男の人はうなずくと、キャンバス地の幌を持ち上げて、ふたりをそこに入れてくれた。

荷馬車の中はあたたかく、かび臭《くさ》かった。古い毛布《もうふ》やほこりのにおいだ。中には木材や動物の毛皮が積んである。荷馬車は進むにつれて、右に左にと揺《ゆ》れた。まるで海に浮かぶ船みたいに。ジョージは気分が悪くなり、それから疲《つか》れを感じ、とまどっていた。でも長いこと眠《ねむ》っていなかったので、ついうとうとしてしまった。あたたかさと、牡牛《おうし》の動きと、久しぶりの安心感には勝てなかったのだ。

やがてアティカスが耳元でささやいた。

「おい、そろそろつくぞ」

でも、大都市の近くまで来て、行列は突然《とつぜん》止まった。荷馬車のテントのような幌のすきまから、群衆《ぐんしゅう》に向かってしゃべっている声が聞こえてきた。

「エデンのみなさん！　わたしたちはエデノポリスに到着《とうちゃく》しました。〈清算日〉に、すばらしい国の偉大《いだい》なる都についたのです。今日はたいへん重要な日で、みなさんは、労働でどれくらいかせいだか、そしてエデンの民である特権《とっけん》を維持《いじ》するために、どれくらい支払《しはら》わなければならないかが明らかになります。しかし、それだけではありません。エデノポリスに入ったら、幸せでなければなりません。歓声《かんせい》を上げましょう。うれしい顔を見せましょう。たずねられたらいつも、『エデンは考えられうる最良の世界だ』と答えましょう。わたしたちは、指導者《しどうしゃ》であるトレリス・ダンプ——彼《かれ》に永遠《えいえん》の命を——をほめたたえ、彼のスピーチを聞くためにこうして集まってきました。彼を歓《かん》呼《こ》の声で迎《むか》えない者は罰《ばっ》せられます。いいですか、エデンはみなさんを見ていますからね」

「こんどは何だろう?」ジョージがきいた。

しかし、アティカスが答える間もなく、幌《ほろ》が上げられて、さっきの男の人が恐怖《きょうふ》の表情《ひょうじょう》を浮《う》かべてアティカスにささやいた。

「荷馬車の中を調べてるんだって」アティカスがジョージに言った。「ここから出ないと……」

ふたりはそっと荷馬車から降《お》りた。さっきの男の人には仲間がいるらしい。アティカスとジョージを、ぼろを着たやせたおとなたちのあいだに押《お》しこむと、その人たちはひとかたまりになって歩き始めた。そして、うまくふたりを隠《かく》したままエデノポリスに入った。装飾《そうしょく》つきの巨大《きょだい》な門の両脇《りょうわき》には、高いフェンスがはりめぐらしてある。門のアーチのてっぺんには、〈繁栄《はんえい》の門〉という言葉が彫《ほ》りつけてあった。

ジョージは上を見た。エデノポリスに入った一行を、巨大な高層《こうそう》ビルが取り囲んでいる。過去《かこ》に見たことがあるどんな建物より高い美しいビルには、やぐらや、尖塔《せんとう》や、飾《かざ》りのついた大きなバルコニーもついている。でも、エデノポリスの中に入ってしまうと、外からおとぎ話の都のように見えている理由もわかった。高層ビルの上のほうは日の光をあびてきらめいているが、下のほうは違《ちが》うのだ。厚《あつ》いスモッグが光をさえぎっている。都の中に入りこむにつれて、あたりは暗く、暑く、灰色《はいいろ》になっていった。建物の上部はチリ一つないほど清潔《せいけつ》なのに、スモッグの雲の下にある部分は油やほこりで汚《よご》れ、不潔《ふけつ》だった。

人びとに囲まれたジョージは、汚《きたな》いジャンプスーツの前についたフラップで鼻を押さえながら歩いていった。

「この人たちは、どうしてぼくたちを守ってくれるんだろう？　ぼくたちのこと、知らないのに。どうして助けてくれるんだろう？」ジョージはアティカスにきいた。

「この人たちは、自分の子どもをなくしてるんだ。政権《せいけん》にうばわれたんだよ。だから、ぼくたちにはつかまらないでいてほしいんだ。あの男の人は、ぼくたちが自分の子によく似《に》てると言ってたよ」と、アティカスは言った。

ジョージは、今言われたことを理解《りかい》しようとしていた。この未来は、恐《おそ》ろしい。その奇妙《きみょう》さに好《こう》奇心《きしん》をそそられることもあるが、とんでもない残酷《ざんこく》さと、すさまじい破壊《はかい》には気分が悪くなる。

「うへっ、いやなにおいだ」都心に近づくと、アティカスが言った。

「この雲の上のほうはもっときれいなんだろうな」高い建物の半分ほどまでをおおっている厚い雲を指して、ジョージが言った。

「雲の上にはお金持ちが住んでるんだって、母さんが言ってたと思うな」と、アティカス。

「でも、降《お》りてきたときには、やっぱりいやな思いをするんじゃないの？」

「金持ちは降りてこないんだ。建物から建物へと飛べるからね。雲の下には足を踏《ふ》み入れないんだ。金持ちは上のほうにいて、きれいな空気と太陽を楽しんでる。そして貧《まず》しい人たちは、下のほうのスモッグの中で暮《く》らしてるんだ」と、アティカス。

ジョージとアティカスは、厚《あつ》いむっとするような黒雲の下、建物のあいだのせまい通りの、くるぶしまであるぬかるみやゴミの上を歩いて行った。

「どうやったらヒーローが見つかるかな？」ジョージがきいた。

「母さんは、〈ダンプのグレート・タワー〉をまずさがせと言ってたね。そうしたら、ワンダー・アカデミーが見つかるからって」

「でも、どれがそのグレート・タワーなんだろう？」ジョージは、見上げながら言った。

この都市には、巨大《きょだい》なタワーがあちこちにある。そのうちのどれをさがせばいいのだろう？

一行が先へ進むと、ほかの人びとの隊列《たいれつ》も加わってきて、通りはいっぱいになった。みんな、大きな広場を目指しているらしい。先方に見える広場には、もう人がたくさん集まっていた。集まっている人たちは、みな一様に、汚《きたな》くて、おなかをすかせ、疲《つか》れていて、ボロを身にまとっていた。まるで中世の市場にいた人たちが、超高層《ちょうこうそう》ビルの立ち並《なら》ぶ都市にやって来たみたいだ。

広場に来てみると、その中央にある舞台《ぶたい》では、何かパフォーマンスが行われていた。まわりの超高層ビルには、巨大なスクリーンが取りつけられて、そのようすが映《うつ》し出されている。それを見ると、身長二メートルくらいある剣闘士《けんとうし》がふたり、剣や棍棒《こんぼう》や棒を使って戦っているらしい。巨大な青い剣闘士が前に出て、緑色の相手に斬《き》りかかった。この灰色《はいいろ》の場所では剣闘士のあざやかな色だけが目を引く。緑色のが地面に倒《たお》れて、青いのが勝利のこぶしを突《つ》き上げると、群衆《ぐんしゅう》からは歓呼《かんこ》の声が上がった。

しかし、緑のはすぐに起き上がると、また相手にかかっていった。

「どんなふうにやってるのかな？」

ジョージは感心して見ていたが、そのうちにわかった。エデンのほかのものと同じように、剣闘士も本物ではないのだ。群衆をひきつけておくために、映像《えいぞう》が投影《とうえい》されているだけだ。群衆はみなスクリーンに映る巨大な姿《すがた》に見とれていて、だれもふたりの少年には目を向けていない。

都合がいいな、とジョージはあたりを見渡《みわた》して思った。まわりは人でいっぱいになり、進むことも戻《もど》ることもできない。

なんとかこのチャンスを活かして逃げ出さないと。

「アティカス、ここは危険《きけん》すぎる。だれかが子どもをさがしてたら、すぐに見つかっちゃうよ」

アティカスは、うんとうなずいたが、ちゃんと聞いてはいなかったようだ。アティカスは、アバターがやっつけ合うショウに夢中《むちゅう》になり、笑ったり歓声《かんせい》を上げたりしている。

ジョージは、そんなに夢中にはなれなかった。ここにある何もかもに、背筋《せすじ》がぞっとしていたからだ。

「ぼくが合図したら、ついてきて」ジョージは、アティカスにささやいた。

「この戦いが終わるまで見てようよ。ねえ、そうしよう。だれが勝つか見届《みとど》けたいんだ」アティカスは、たのんだ。

ジョージはためらったが、きっぱりと言った。

「行かないと！」

「お願いだよ。ほかに何もたのんだことはないだろう。この試合だけ終わりまで見させてくれよ」

アティカスが、また言った。

ジョージは、ため息をついた。ふたりのアバターが激《はげ》しく戦っているところなど、ジョージは見たいとは思わない。でも、アティカスは、自分とは違《ちが》う時代に生きる、違う少年だ。ちょっとくらいなら、待ってもいいかもしれない。試合があとどれくらいで終わるかはわからないが、それで世界が終わるわけじゃないし。

18

ジョージが、あと少しだけアティカスを楽しませようと思ったとき、あたりの雰囲気《ふんいき》をがらっと変えるようなことが起こった。それまでは、だれもがみんな中央ステージに押《お》し寄《よ》せて、もっといい場所で剣闘士《けんとうし》の試合を見ようとしていたのだ。

でも、声が聞こえてくると、群衆《ぐんしゅう》は動きを止め、まるでヒマワリが太陽のほうを向くように顔を上げた。そこにいる最も小さいジョージとアティカスも、上を見た。雲がカーテンのように開くと、すきまから光が射《さ》してきて、超高層《ちょうこうそう》ビルもはっきり見えるようになった。

さっきまでうす暗くて陰鬱《いんうつ》だったところに、日の光が降《ふ》り注ぐ。ちょっとの間、ジョージたちは太陽を反射《はんしゃ》している建物がまぶしくて、目がくらんだ。目が慣《な》れてくると、まわりの高層ビルのうちいちばん高いビルに、金色の文字が書かれているのが見えた。まぶしくかがやいているので、読み取るのはひと苦労だったが、そこには、「ダンプのグレート・タワー」と書かれていた。

「見つかったぞ。きっとあれが、母さんの言ってたタワーだ」と、アティカス。

「うん、たしかに。あとは、ワンダー・アカデミーがどこにあるか見つければいいだけだな」と、ジョージは、巨大《きょだい》な高層《こうそう》ビルを見ながら言った。

　そのタワーは、まわりのどのビルよりずっと高かったが、ジョージは暗くさびしい奇妙《きみょう》な気持ちにおそわれた。まるでよい感情《かんじょう》が全部吸《す》い取られてしまって、あとに残ったすきまには、油断《ゆだん》していると意地悪で残酷《ざんこく》で冷酷《れいこく》な気持ちが入ってきてしまいそうだ。

　声がまた鳴りひびいた。広場のまわりのスクリーンには何も映《うつ》らなくなり、中央の舞台《ぶたい》には、金色の男の３Ｄ《スリーディー》ホログラムがあらわれた。ホログラムは巨大で、さっきまで戦っていた剣闘士《けんとうし》たちよりも背《せ》が高い。金髪《きんぱつ》に金色の肌《はだ》、そして着ているものも純金《じゅんきん》のスーツだ。全身が光っているなかで、歯と目だけが白い。森で子どもハンターと怒《おこ》って話していたオレンジ色の男と、同じ人物だ。情《なさ》け容赦《ようしゃ》なくジョージたちを処分《しょぶん》するようにと命じた男だ。だけど、もしトレリス・ダンプ二世が四〇年間も権力《けんりょく》の座《ざ》にあるとすれば、もう今頃《いまごろ》は老人になっているはずだ。人びとの前には、もう実物ではなくホログラムしかあらわれなくなっているのだろうか。

「エデンのみなさん！」ホログラムが、片手《かたて》を上げた。

「実物はどこにいるんだろう？」ジョージは、あたりを見まわした。

「上だよ。くさい空気を吸いたくないから、下に降《お》りてはこないんだ」アティカスが、〈ダンプのグレート・タワー〉を指差して言った。

人びとは、リーダーの声にこたえるように歌い出した。

「エデンは〈考えられうる最良の世界〉！　エデン、愛するエデン！　エデンこそ最高、無比《むひ》のエデン。エデンよ永遠《えいえん》に！」

調子のはずれた、気乗りのしない歌い方だった。

「ありがとう！」巨大なホログラムは、びっくりするほど小さい手を上げた。「あなたたちは偉大《いだい》です。わたしたちは偉大です」

群衆《ぐんしゅう》は歓声《かんせい》を上げたが、広場に集まっている人たちの数にくらべても大きな歓声だった。きっと広場のまわりに設置《せっち》された巨大なスピーカーからも歓声を流しているのだろう。

その歓声は、だれかがスイッチを切ったみたいに突然《とつぜん》やんだ。すると、ダンプの声がまたひびいてきた。

「エデンのみなさん！　われわれは今日ここにつどい、大集会を開こうとしています」

また歓声がとどろいて、やんだ。

「今日は〈清算日〉で、過去《かこ》の〈太陽ダンプ〉の間にいくらかせいだか、また寛大《かんだい》にあなた方の面倒《めんどう》をみているすばらしいエデン王国・コーポレーションにいくら借りがあるかが明らかになります。しかし、それだけではありません。今日は、お祝いの日でもあるのです！　われわれは、平和条約《じょうやく》を結びました。これからは、二つの偉大な国家が一つになります」

トレリス・ダンプの横に、もうひとりの姿《すがた》があらわれた。その人の信じられないほどの美しさに、ジョージは目がくらんだ。

「これからは」と、ダンプが続けた。「われわれエデンの民と、〈あっち側〉の民が仲よく暮《く》らしていくことになるのです！　地球上で最も偉大《いだい》なこの二つの国家・コーポレーションが共通の価値観《かちかん》に基《もと》づいて、協力し合うことになります。わたし自身と、そしてビンボリーナ・キモボリーナ女王がです！」

〈あっち側〉の女王であるビンボリーナ・キモボリーナは、長い上品な手を上げるとほほえんだ。そして口を開いたが、言葉は出てこない。かわりに、広場のまわりのスクリーンには、次つぎに絵文字があらわれた。

「どういう意味かな？　なんて美しい人なんだろう！」放心状態《ほうしんじょうたい》のアティカスが、たずねた。うっとりしたように体を左右に揺《ゆ》らしている。

ヒーローがここにいれば、とうとうビンボリーナ・キモボリーナ女王に会えたと、大喜びすることだろう。

「絵文字語で話してるんだ」ジョージは言った。

「われわれは長いこと、仲間を敵《てき》と見なしてきました！　しかし、世界にはほんとうの敵がいます。ですから真の友人と力を合わせて、その敵と戦わなければなりません」と、ダンプ。

ビンボリーナ・キモボリーナ女王は、賢《かしこ》そうにうなずき、また絵文字語で話した。

「アティカス、もう行かないと」ジョージは、あわてて耳元でささやいた。

みんながビンボリーナ・キモボリーナ女王に見とれている間なら、逃《に》げるチャンスがある……。でも、遅《おそ》すぎた。そのときだれかにがしっと肩《かた》をつかまれてしまったのだ。少なくとも人間の手だが、だからといって歓迎《かんげい》できるはずもない。

「つかまえたぞ」人間の声が耳元で聞こえた。「スリミカスがつかまえたぞ」

ジョージはふり返ろうとしたが、同じ声が言った。

「そうさ。おとなしく前を向いて歩くんだ」

ジョージは逃《のが》れようとしたが、片腕《かたうで》をレスリング技《わざ》のハーフネルソンで羽交《はが》い締《じ》めされているので動けない。アティカスも同じだった。

「道をあけろ。通してくれ！　エデノポリス随一《ずいいち》の子どもハンターのお通りだぞ。スリミカス・スリモヴィッチが、またふたりもつかまえたのだ！」子どもハンターが、声をはり上げた。

人びとは道をあけながら、ジョージとアティカスに熱い視線《しせん》を送った。

「子どもだぞ！」そんな声も聞こえてきた。

「子どもたちだ！」悲しみでいっぱいの声も聞こえた。

手を伸《の》ばして、ジョージたちに触《ふ》れようとする者もいた。

ひとりの女の人は泣き出した。その人はまわりの人に言っていた。

「助けてやって！　あの子たちを助けてやってよ！」

でも、その人はすぐにどこかへ連行されてしまった。後ろのほうから、かすかなうめき声も聞こえた。ささやくような声が、人びとのあいだからもれた。

「あの子たちを助けないと」

「だまれ！」スリミカスが叫《さけ》んだ。

そしてペッとつばをはくと、ふたりの子どもを前に押《お》し出した。

スリミカスにつかまったとき、アティカスは暑さにもかかわらずフードをかぶっていたので、顔は見えていなかった。でも何もかぶらず汚《よご》れているジョージは、少年だということがはっきりしていた。

「こいつらは難民《なんみん》の子どもたちで、エデンの寛大《かんだい》さを利用して盗《ぬす》みを働き、何も返してはいないのだ。われわれの親切につけこんで病をもたらし、間違《まちが》った考えをふきこもうとしているのだ。あんたたちは、偉大《いだい》なるリーダーの恩恵《おんけい》のおかげで、こうした災難《さいなん》の一切から守られていることを感謝《かんしゃ》するといい」と、スリミカス。

群衆《ぐんしゅう》は後ずさりし、ささやき声は消えた。

「それでいい。この子たちに触《さわ》るな！　子どもをあつかえるのは、くろうとだけだ！　規則《きそく》はわかっているだろう」ジョージたちの後ろから、スリミカスの声がした。

小さな罪人《ざいにん》のようにジョージとアティカスが、〈ダンプのグレート・タワー〉の巨大《きょだい》な金色の出入り口に向かって引き立てられていくと、群衆は立ちすくんだ。

「どこに連れていくんだ？」ジョージがきいた。

「そのうちわかるさ」スリミカスが答えた。

今、三人はタワーの入り口まで来ていた。そこには重量級の保安《ほあん》ロボットが金属《きんぞく》の肩《かた》を並《なら》べて立っている。そのまん中に、まわりのロボットと同じくらい大柄《おおがら》でがっしりした人間が立っていた。

ふたりの子どもは、手荒《てあら》く突《つ》きとばされて、ロボットにつかまった。

「あんたの〈思考ストリーム〉に入らせてくれ」ロボットに囲まれていた人間の警備隊長《けいびたいちょう》が言った。

「ええ、どうぞ閣下《かっか》」スリミカスが答えた。

子どもハンターは、ぼろぼろの帽子《ぼうし》をかぶり、ツイードの端切《はぎ》れをつぎあわせた服を着た、へんてこな老人だった。それに、自分のことを自慢《じまん》したくてたまらないらしい。

「光栄にも自己紹介《じこしょうかい》させていただけますなら、わたくしめはスリミカス・スリモヴィッチと申します。エデノポリス随一《ずいいち》の子どもハンターでございまして、われわれの偉大《いだい》な都市の安全を守っております。わたくしめは真正な登録証《とうろくしょう》を持っており、昨年は都市の領域内《りょういきない》で最も多くの子どもを逮捕《たいほ》したことで、賞《しょう》もいただいております。実際《じっさい》のところ、わたくしが常《つね》に『五つ星』の評価《ひょうか》をいただいていることもおわかりになるでしょう。それも当然のことなのでございます。子どもというものは、居場所《いばしょ》をつきとめるのがむずかしいですし、ふつうなら考えないようなところにも隠《かく》れますからね。つい先週も……」

「だまれ」警備隊長《けいびたいちょう》が言った。その顔には、何の感情《かんじょう》もあらわれてはいない。「用件《ようけん》は何だ？」

「閣下《かっか》」と、子どもハンターはもみ手をしながら、心得たふうな声で言った。「今日は、このふたりの子どもをつかまえたのでございます」それから、ペッとつばをはくと続けた。「この子たちは、エデノポリスの偉大《いだい》なる平和の祭典《さいてん》に潜入《せんにゅう》しようとしておりました」

警備隊長は、嫌悪《けんお》の表情《ひょうじょう》を浮《う》かべ、ジョージとアティカスを見て言った。

「子どもがエデノポリスを自由にうろつくことは許《ゆる》されていない。みな、決まった労働の場についていなくてはならないのだ。〈清算日〉に子どもを都に連れこむのは、騒動《そうどう》のもとだ。親たちは、失った子どもを思い出して涙《なみだ》ぐむからな。トレリス・ダンプ様——彼《かれ》に永遠《えいえん》の命を——によれば、それは娯楽《ごらく》を台無しにすることになる。この子たちをどこかへ連れていけ。海にでも投げ入れろ。早く行け」

「ああ、しかし閣下、この子たちは、ただの子どもではないのでございます」と、子どもハンターはへらへらした声で言った。

「だったら、何だ?」うんざりしたようすで、警備隊長はきいた。

「特別な子どもたちなのです」スリミカスは、にやっとしながら言った。「貴重《きちょう》な情報源《じょうほうげん》なのでございます。トレリス・ダンプ様——彼に永遠の命を——は、特にこの子たちをつかまえて連れてくるようにと、わたくしめに命じられたのでございます」

警備隊長は、きっとなった。

「だったら、なぜわたしが知らないのかね?」

「極秘《ごくひ》の任務《にんむ》だったからでございます。部外者には知らされておりません」子どもハンターは、自《じ》慢《まん》げに言った。

「なるほど」と、警備隊長は言うと、建物のなかと連絡《れんらく》をとった。そして何回かうなずくと、隊長は子どもハンターのほうを向いて言った。「ご苦労であった、スリミカス。あとはわたしが連れていこう」

「あの、少しだけお待ちください。ごほうびをいただけるはずなのでございます。よろしければ、わたくしめが自分でこの子たちを引き渡《わた》したいと存じます」と、スリミカス。

警備隊長はよろしいとは思っていないようだったが、スリミカスを通した。ロボットが後に続く。巨大《きょだい》な玄関《げんかん》を歩きながら、スリミカスは大喜びしていた。

「黄金のエレベーターに乗れるぞ！　ついに今日こそ、スリミカス・スリモヴィッチは、堂々《どうどう》と黄金のエレベーターに乗るのだ！　ああ、この姿《すがた》をみんなに見てもらいたいものだ」スリミカスは声を上げた。

「見てもらえるんじゃないですか。そこらじゅうにカメラが置いてあるはずですよ」とジョージは、どこも金でできているらしい玄関《げんかん》を見渡《みわた》しながら言った。

いくつかの大きな火桶《ひおけ》には本物の炎《ほのお》らしいものが燃《も》えていて、黄金の表面に反射《はんしゃ》して不気味《ぶきみ》な光をあたりに投げかけている。

前方には、キラキラ光る大きな透明《とうめい》の石をいくつもはめこんだ両開きのドアがあった。

「ダイヤモンドだ！　どうしてエレベーターにダイヤが使ってあるんだろう？」ジョージは不思議に思って言った。

「だまれ」スリミカスが言った。スリミカスは、汚《きたな》い帽子《ぼうし》をとって、まばらな髪《かみ》の毛をなでつけている。「おまえたちは、だまっていろ！」

「どうしてですか？」こうなったら失うものはあまりないと思っているジョージが、たずねた。

「なぜなら」と、言いながらスリミカスは黄金の壁《かべ》にゆがんで映《うつ》る自分の黄色い影《かげ》を見て、指にツバをつけると、はねている毛を押《お》さえた。「おまえたちのようなゴミの話は、だれも聞きたくないからだ」

そして、スリミカスはぞっとするような帽子をかぶり直し、アティカスに向かってうなずくと、続けた。

「もうひとりのほうは、おとなしくしてるじゃないか」

ジョージは、アティカスに早く放心状態《ほうしんじょうたい》から立ち直ってほしいと思っていた。このままでは自分ひとりで考えなくてはいけなくなる。

エレベーターのドアがあいて、黄金でできた大きな箱があらわれた。ジョージは一つの場所でこんなにたくさんの黄金を目にするとは思ったこともなかった。どこもかしこも黄金だと、それはそれで退屈《たいくつ》だ。ふつうのレンガの壁みたいなものが、見たくなる。

後ろにいたロボットたちが、三人を黄金の箱の中に押しこんだ。ドアが閉《し》まると、スリミカスは満足げにため息をついた。

「とうとう、スリミカスがのぼりつめるぞ」

19

エレベーターのドアが開くと、さっきはいそいそとしていたスリミカスが、降《お》りようとしなくなった。

「先に降りろ」スリミカスは、ジョージに言った。

「いや、後でいいです」と、ジョージ。

ジョージは、突然《とつぜん》スリミカスが緊張《きんちょう》したのはなぜなのかと考えていた。

「いや、おまえたちが先だ」

スリミカスはジョージをぐいっと押《お》し出し、アティカスもフードをかぶったまま後に続いた。

降りた場所も、玄関《げんかん》ホールと同じように巨大《きょだい》で、黄金におおわれていた。しかも、玄関ホールはうす暗くて陰気《いんき》な感じだったが、ここは、まぶしいばかりにかがやいている。壁《かべ》には巨大な窓《まど》がついていて、窓のないところには巨大な鏡がかかっていた。天井《てんじょう》からは水晶《すいしょう》でできたシャンデリアが下がっている。ほかの時代の、どこかの宮殿《きゅうでん》からもぎとってきた骨董品《こっとうひん》らしい。部屋の端《はし》には人びとが立っていて、夕方の光に照らされたり、光を背負《せお》ってシルエットになっていたりする。

部屋のまん中には男がひとり立っていて、頭上のシャンデリアと部屋に入ってくる光に照らされていた。荘厳《そうごん》で壮大《そうだい》なものをたくさん見せられた後では、この男はごくふつうに見えた。金色のスーツを着て、姿《すがた》の見えない相手と夢中《むちゅう》でチェスをしている。しかもこの男は、広場で見たのとはずいぶん違《ちが》って、年を取り、太り、しわも多く、小さい目は顔の肉に沈《しず》みこんでいた。

年取った男は、チェスのこまを取り上げて、考えながら別の場所に移動《いどう》させた。しかし目に見えない相手は素早《すばや》く動いて、自分のこまを攻撃的《こうげきてき》な位置に移動させた。男は、またこまを動かしたが、相手はまた男を出し抜《ぬ》いて「チェックメイト」とした。

「だめだ！　また負けたぞ！」男はまわりを見て、憤慨《ふんがい》しながら言った。

部屋の端にいた人たちが、足を引きずるようにして動いた。

「もっと必要だ！　知力がもっと必要なのだ！　わたしは、マシンより賢《かしこ》くないといけないのだからな！」男はどなった。

「おおせのとおりです。なんとかいたしましょう」まわりの人たちが、つぶやいた。

「〈彼女《かのじょ》〉が必要だ。早くここに連れて来い。どうしてここにいない？」男は叫《さけ》んだ。

「閉《と》じこめるとおどしたから、逃《に》げ出したのではありませんか？」取《と》り巻《ま》きのひとりが、不安のにじむ声で言った。

しかし、その取《と》り巻《ま》きはたちまち大きなロボットによって部屋から引きずり出されてしまった。

「手を打っております。とても魅力的《みりょくてき》な提案《ていあん》をしたところでございます」別のアドバイザーが言った。

「もっとやれ。気前よくやれ。これは命令だ」今度は不気味《ぶきみ》なほど低い声で、男は言った。「わたしはエデンで最も賢《かしこ》い人間だ。最良の頭脳《ずのう》を持った人間だ。いわゆる知的マシンなぞには負けないのだ……」

「かわりにもっとまぬけなマシンを作ることもできますが、そのことについてはお考えになったでしょうか？　ほかの人びとにはそうしているのです。ちゃんとした教育をやめた結果、われわれは成功をおさめています。だれもが政権《せいけん》の言うことを信じるようになったのですから」廷臣のひとりが、なんだか自信なさそうに言った。

「ばか者！」男は言って、今しゃべったのはだれかと、あたりを見まわした。「〈機械学習《マシン・ラーニング》〉のやり方を変えようとしてみたが、だめだったではないか。マシンの知的レベルが進みすぎているからだ。間もなくマシンはわれわれの将来《しょうらい》を決定するほどのレベルに達する。われわれが統治《とうち》するのではなく、マシンが統治するようになってしまう。ダンプ政権はダンプによって支配《しはい》されるべきなのであって、マシンによってではない。マシンが優先《ゆうせん》順位を決めたり、決定を下したりしてはまずいことになる」男がくるっとふり返ると、そこに立っている子どもたちが見えた。その後ろにスリミカスの姿《すがた》もある。

「ご主人様、ごあいさつを申し上げます」スリミカスが、不安げにあたりを見まわしながら言った。「またお目にかかれて、たいへん光栄でございます。ご主人様は賢くておいでなので、スリミカス・スリモヴィッチのこともおぼえておいでかと存《ぞん》じます。五つ星をいただいている、優秀《ゆうしゅう》かつ最も能《のう》率的《りってき》な子どもハンターでございます……」

「用件を言え」男は、片手《かたて》をふりながら言った。

スリミカスはていねいにお辞儀《じぎ》をしようとしたが、古い帽子《ぼうし》をかぶっていたことを忘れていた。帽子は床《ゆか》に落ち、窓《まど》のほうへところころ転がっていった。スリミカスは恐怖《きょうふ》のうめき声を上げると、帽子を追いかけた。

男は、ゆっくりと子どもたちに近づいた。近づくにつれて、ジョージたちには、広場で見たアバターはずいぶんと修正《しゅうせい》されたものだったことがわかってきた。ほんとうの姿はもっと年を取っているだけではなく、もっとたちが悪そうだ。

「さてと、わたしのことは知っておるな」実際《じっさい》の子どもを目の前にした男は、突然《とつぜん》自信をなくしたみたいだった。

「ええと、いいえ、よくは知りません」ジョージが、礼儀《れいぎ》正しく言った。

「さてはフェイクだな。だれでもわたしがトレリス・ダンプ――わたしに永遠《えいえん》の命を――だということは知っておる。世界の救《すく》い主《ぬし》だ。人びとが『トレリス！　トレリス！　お救いください！』と叫《さけ》ぶと、わたしはそこにあらわれる……」

ダンプは、目をしばたたかせると、続けた。

「わたしは父上の始めた仕事を引き継《つ》いで、人びとを救《すく》い、壁《かべ》や塔《とう》をつくり、この都を築《きず》き、世界を変えたのだ」

「それは確《たし》かですか？　あなたはよいほうに世界を変えたのでしょうか？」ジョージはきいた。

トレリス・ダンプはかんかんになったが、そのとき帽子《ぼうし》をつかんだスリミカスが戻《もど》って来た。

「閣下《かっか》、この小僧《こぞう》に耳を貸《か》す必要はございません。この小僧がだれなのかはまだ突《つ》き止めておりませんが、移民《いみん》の捨《す》てられた子どもかと思われます。この子は何も知ってはいないのでございます」

できるだけダンプの近くに寄《よ》ろうとしながら、スリミカスが言った。

「だったら、なぜこの子は〈ダンプのグレート・タワー〉に来ているのかね？」ダンプが声をはり上げた。

「もうひとりの子どもといっしょだったからでございます」いやらしい笑いを浮《う》かべながら、スリミカスが言った。「ちょうど、こちらのこの女の子がバブルから逃走《とうそう》したと聞きまして、つかまえたところでございます。そしてこの女の子がにぎっている情報《じょうほう》をたどれば、ご主人様がおっしゃっていた裏切《うらぎ》り者《もの》の一味《いちみ》を突き止めることができるのでございます」

その時、アティカスがフードをはずして、にやっと笑った。どう見ても、バブルから抜《ぬ》け出した女の子のようには見えない。どう見ても、森から来た男の子だ。ジョージは、油断《ゆだん》のないアティカスに戻っているのを見てホッとした。これなら、ひとりで戦わなくてすむ。

スリミカスは、息を飲んだ。部屋にいただれかが、「ああ」と声を上げた。

「冗談《じょうだん》のつもりかね？」と、ダンプ。

「そんなことはございません、閣下」と、恐怖《きょうふ》の表情《ひょうじょう》を顔に浮かべながらスリミカスが言った。

「これは、スワンプの子どもだろう。おまえは、スワンプの居留地《きょりゅうち》から来たんだろう？」ダンプが正しい推測《すいそく》をした。

アティカスはうなずいて、はっきり答えた。

「ええ、そうです。おれはレベル3の戦士です。母さんはマトゥシュカで、居留地のリーダーです。おれたちがいつかあんたを制圧《せいあつ》すれば、エデンはもう存在《そんざい》しなくなるんです」

部屋の中のだれもがハッとしたが、ダンプは頭をのけぞらせて笑った。

「ああ、スリミカス、おまえは、巧妙《こうみょう》な反逆者《はんぎゃくしゃ》を明らかにするための賢《かしこ》い子どもたちをつかまえてくるはずではなかったのかね？　こんな役立たずの、何もわからないガキを連れてきてどうする？」

スリミカスは、埋蔵《まいぞう》されていたはずの宝《たから》が、ただの古いガラスびんだったとわかった者のような顔をしていた。

「そうなると次の質問《しつもん》をしなくてはなるまい」ダンプはそう言ったが、ジョージはその顔に、偽《にせ》のほほえみが浮かんでいるのに気づいた。「バブルから逃《に》げ出した女の子がいるとするなら、その子はどこにいるのだ?」

ジョージはつばを飲みこんだ。やがてエデンは真相を突《つ》きとめるだろうし、たとえエンピリアンでもヒーローが行方不明になったことを隠《かく》し通すことはできないと悟《さと》ったのだ。もしかしたらすでにワンダー・アカデミーから、ヒーローが来ていないという報告《ほうこく》が届《とど》いているかもしれない。どっちにしろ、この〈グレート・タワー〉の上で行われている気まずい会話に関するかぎり、ヒーローを隠しておくことは、もうできそうにない。

ダンプの問いに答える者はなかった。

「クレージー・ハウンドはいるか? 前に出ろ!」ダンプが命令した。

「エデン南部の〈偉大《いだい》なる壁《かべ》〉の近くで混乱《こんらん》がありましたので、われわれはそちらに注意を向けておりました」日に焼けた年取った兵士が、はきはきと言った。

「〈壁〉の近くでは何も起こっとらんぞ! ばか者! また反抗《はんこう》するボットが送って来たフェイクな情報《じょうほう》にだまされたな」ダンプがどなった。

「ロボットと人間の諜報部内《ちょうほうぶない》で、ちょっとした抵抗《ていこう》があったのです」クレージー・ハウンドが言った。

顔つきからすると、この司令官《しれいかん》ダンプと話し合うよりは、軍全体を敵《てき》にまわしたほうがまだいいと思っているようだ。

「どうも、マシンと人間を協力させるようなシステムの計画があったようです。将来《しょうらい》はロボットと人間が力を合わせるべきだと信じる一派《ぱ》もおりますので」と、クレージー・ハウンドは続けた。

「そいつらをさがしだせ！　協力などという考えは踏《ふ》みつぶせ！　エデンはそのためにあるんじゃない！　だれも協力などしなくていい！　それより分断《ぶんだん》だ！　たがいに憎《にく》み合うようにしろ！　それが大事だ！　それでうまくやってきたんじゃないか」ダンプが、きんきん声でどなった。

クレージー・ハウンドは、がっかりした表情《ひょうじょう》を見せたが、古参《こさん》の兵士なりの勇気をふりしぼって言った。

「司令官どの、ご存《ぞん》じのように、知的なマシンは、今やわれわれより進んでおります。われわれの制御《せいぎょ》が及《およ》ばなくなってきております。マシンはさまざまなことを理解《りかい》し、入手できるすべての知識《ちしき》を使って、今では、地球や人間にとってよくないと判断《はんだん》した決定には、疑念《ぎねん》を持つようになっています」

「知りたいのは、バブルのその生徒が今どこにいるのかということと、どうして行方不明になったかということだけだ」ダンプが、話題を変えるように言うと、何かを聞いているように頭をかたむけ、うなずいた。「なるほどな」

そしてダンプは部屋の周囲に立っている政府《せいふ》の高官たちを見まわした。ジョージはぎょっとした。ダンプの視線《しせん》が、自分の知っている人に向けられていたからだ。ヒーローのガーディアンだったニムだ！　ばれてしまったのだろうか？

「大臣《だいじん》」ニムに向かって、ダンプが言った。「あんたが世話をしていた少女がどうやって逃亡《とうぼう》に成功したのか、説明してもらえますかな？　それと、なぜか特別に選ばれた知的に優秀《ゆうしゅう》なバブルの生徒ではなく、泥《どろ》だらけで役立たずの少年がふたりここにいるのか、ということも」

「閣下《かっか》」ニムは、自分のジャンプスーツの首のあたりに指を触《ふ》れながら言った。とても疲《つか》れているようすだ。「わたしにはわかりません」

その表情《ひょうじょう》からは、自分はもう終わりだと覚悟《かくご》しているのが見てとれた。

「あんたは、その優秀《ゆうしゅう》な遺伝物質《いでんぶっしつ》を用いてエデンに役立つ生徒を生産しなくてはならなかった。そして、多くのチャンスをあたえられた。しかし、あんたは拒《こば》みつづけたので、われわれはあんたが協力せざるをえないようにした。前にも言ったように、われわれには、これまでになく最高の知性《ちせい》をもった生徒が必要なのだ。マシンに勝つようなＩＱ《アイキュー》を持った、とても賢《かしこ》い子どもがな。あんたは、口では政権《せいけん》に忠誠《ちゅうせい》をつくすと言いながら、消極的だったではないか。それは、どうしてなのだ？」

ニムは、息を飲み、無意識《むいしき》に助けを求めてあたりを見た。ジョージはその視線《しせん》を追って、ニムのとなりに立っているロボットに目を向けた。

ジョージと目が合うと、そのロボットはかすかに首を横にふった。ジョージはまた口を閉《と》じた。それは、エンピリアンではなかった。バブルで出会った、ヒーローの世話係のロボットではなかったのだ。それは、エデンではよく見るようなふつうのロボットで、政府《せいふ》で働く標準《ひょうじゅん》のアンドロイドだった。それとも、べつの体の中に、同じ知性が入っているのだろうか？　このアンドロイドの中には、エンピリアンがいるのだろうか？　ジョージの胸《むね》の中に、突然《とつぜん》希望がわいてきた。

「あんたは、いい家系《かけい》に生まれた訳じゃない」トレリス・ダンプが、おどすように言った。「そして、マシンの学習が政権を追い越《こ》してしまうのも止められなかった。だから、その子があんたの最後のチャンスだったんだぞ。ところが、あんたはそれも台無しにしてしまった」

家系だって？　ジョージは思った。そう言えば、ニムの名字は聞いたことがなかった。

ニムは、青くなって何か言おうとしたが、言葉は出てこなかった。

「あんたはクビだ。永遠《えいえん》におさらばだ。それと、その子について言えば、それほど賢くはないようだな」ダンプが言った。

「ヒーローは、まだ九歳《さい》です」と、ジョージは前に出て言った。若《わか》い声が丸天井《まるてんじょう》にこだまする。「それに、とても賢いです。もしちゃんとした教育を受けていれば、何でもできるようになったでしょう」

「ウソだ！　フェイク・ニュースだ！」ジョージを指差してダンプが言った。「ただの移民《いみん》のガキのくせして」

しかし、ジョージはやめなかった。

「どっちにしろ、異常気象《いじょうきしょう》の嵐《あらし》のせいで事故《じこ》が起こり、ぼくたちはヒーローを森で見失ったんです。ニムのせいではありません」

「異常気象など起こってはいない。気象について話すことは禁《きん》じたはずだ。エデンにはすばらしい天気しかない。それに異議《いぎ》を唱《とな》える者は、全員クビだ！」ダンプが、甲高《かんだか》い声をあげた。

「もちろんでございます、閣下。またマシンがフェイク・ニュースを流したのでございましょう」病人のような顔色になったクレージー・ハウンドが言った。

「マシンのやつらめ！」ダンプが、こぶしをにぎって言った。「やつらを止めないと！　わたしの決断《けつだん》やわたしの世界構想《こうそう》に、やつらが疑念《ぎねん》を抱《いだ》くのを許《ゆる》してはならないぞ！　やつらがわたしを支配《しはい》する前に、わたしがやつらを支配してやる。指揮《しき》をとるのは、このわたしなのだ。そうやってエデンは運営《うんえい》されてきたのだ。マシンにじゃまをさせるわけにはいかないし、マシンが人間の民を自由にするのを認《みと》めるわけにはいかないのだ」

ダンプは次に、ジョージに向かっておどすように言った。

「それで、おまえについては、どうしてやろうかね？」

「たとえば……」ジョージは考えているふりをした。「宇宙《うちゅう》に送り出すとか？　そうすれば、ぼくたちを完全に追いはらうことができますよ」

部屋の中におどろきのざわめきが広がった。

「どういう意味かわからんな」ダンプが言った。

でも、痛《いた》いところをついたことがジョージにはわかった。そこで、ジョージは、賭《か》けに出た。

「あなたは、宇宙に出ていくつもりですよね。宇宙に何か建造《けんぞう》していますよね？　あれは何ですか？　宇宙ステーションですか？」

突然《とつぜん》ジョージは、今回のおかしな冒険《ぼうけん》の発端《ほったん》にいる人物を思い出した。アリオト・メラクだ。メラクは、軌道《きどう》をまわる宇宙船から地球を支配しようとしていた。そうか、ダンプも同じ目的を持っているに違《ちが》いない。

「このタワーは、あなたにとってはまだ低すぎるんでしょう。あなたはだれよりも上に立って、全世界を支配したいんですよね。だから、宇宙船に乗りこんで、地上で反対している者にはミサイルをぶちこむと、おどすつもりなんだ！」

「もしそうだとしても、おまえは乗れないぞ」ダンプは声を上げて笑った。「この地球はもう終わりなんだ。みじめなことだよ。負け犬たちめ」

アティカスがようやく声に出して言った。

「だったら、どうしてまだここにいるんだよ？　この地球がきらいで、ここにいる人たちもきらいだとすれば、早く宇宙に出て行けばいいじゃないか」

大声で笑いたくなったジョージは、言った。

「できないんだよ！　ＡＩ《エーアイ》（人工知能《じんこうちのう》）にチェスで負けるところを見たぞ。それに、負けてるのはチェスだけじゃない。何においても負けてるんだ！」

「だまれ！　だまるんだ！」ダンプが、ジョージを指差して言った。

「閣下《かっか》、どういたしましょうか？」クレイジー・ハウンドが思い切って声を上げた。この気まずい集まりから抜《ぬ》け出したいらしい。

部屋の中はしーんとなった。

しかしダンプは、追いつめられてあやまるような人物ではない。逆《ぎゃく》に肩《かた》をいからせ、胸《むね》をはり、さりげなくジョージの肩《かた》に手をまわすと、窓辺《まどべ》に連れていった。窓からは、エデノポリス全体が見《み》渡《わた》せる。高層《こうそう》ビルのあいだにひしめいている人びとも見える。一方には、何もない砂漠《さばく》が広がり、もう一方には、荒波《あらなみ》が打ち寄《よ》せる防塞《ぼうさい》が見える。

「よし、それでは取り引きをしようじゃないか」ダンプは言った。

20

小さなボートに乗って荒波《あらなみ》に揺《ゆ》られているジョージには、さっきからのことを考えてみる時間がたっぷりあった。暗い冷たい波が舳先《へさき》に打ち寄《よ》せるのを見ながら、ジョージは考えをめぐらせていた。わからないこともたくさんあるし、寒い。夜空には、明るい星がたくさん浮《う》かんでいた。トレリス・ダンプがタワーや壁《かべ》や兵器を使って構築《こうちく》するどんなものよりも、ずっと美しくて見事だ。

自動操縦装置《じどうそうじゅうそうち》がついたボートは、荒《あ》れた暗い海を進んで行く。トレリス・ダンプの取り引きは、取り引きと言えるようなものではなかった。ジョージは、ひとりで海を渡《わた》ってナー・アルバに行き、ダンプが〈彼女《かのじょ》〉としか言わない謎《なぞ》のリーダーと交渉《こうしょう》をして、その女性《じょせい》を連れ帰らなくてはならないのだ。ダンプは、宇宙《うちゅう》から世界を支配《しはい》することをさまたげているマシンに勝つための手伝いを、その人にさせようとしていた。

「それをなしとげたら、ぼくにはどんな利益《りえき》があるんですか?」まだ〈グレート・タワー〉にいたとき、ジョージは挑戦《ちょうせん》するようにきいた。

となりに立っているダンプは、〈グレート・タワー〉からまわりを見渡《みわた》していた。タワーのまわりの建物は、どれも高くて壁《かべ》に鏡が貼《は》ってある。中には、スモッグの雲の上には、たえず水が流れて植物が育つ緑の壁をもった建物もある。一方には、タワーほど高くはないものの巨大《きょだい》な建物が円形に並《なら》ぶように建てられて、日の光にかがやいている。

しかし、〈ダンプのグレート・タワー〉のまわりのその円形の外に行くほど、建物は古くてみすぼらしくなり、周辺にはスラム街が広がっているのが見えた。エデノポリスに入る時にくぐった〈繁栄《はんえい》の門〉は、最良の印象をあたえるためのもので、まっすぐ中央広場と〈グレート・タワー〉につながっている。海辺には、防衛《ぼうえい》のための軍事《ぐんじ》兵器が配備《はいび》されていた。海は濃紺色《のうこんいろ》で白波が立っているが、はるか向こうの水平線には緑色のものが見える。あれが、きっとナー・アルバだ。こんなに近いのに、ずいぶん遠いな、とジョージは思った。

ダンプは、にんまりした。

「すべてだよ。でも、何もないとも言える。おまえは、わたしが言ったとおりにするんだ。もしうまくいけば、〈彼女《かのじょ》〉はエデンに戻《もど》ってきて、知的マシンがわたしにしたがうようにプログラムし直してくれるだろう。マシンがどれもわたしにしたがうようになれば、だれもが生きていられる。しかし、この計画がうまくいかなければ、彼らは生きていくことはできない」

「ええっ、なんですって?」と、ジョージは言った。「だけど……」

ダンプは笑顔を消して言った。

「わたしの言うことが聞こえただろう。もっとはっきり言えば、うまくいかなければ、だれもが死ぬことになる」

ジョージには選択《せんたく》の余地《よち》がなかった。ダンプは、ほんとうにそんなことを実行するのだろうか? もしジョージが戻らなければ、ダンプは今言ったことを実行に移《うつ》すつもりなのだろうか? それを確《たし》かめる方法は一つしかないのだが、それには大きな危険《きけん》がともなう。ただのハッタリならいいけど、そうでなければ、ここに暮《く》らす人たち全員の命が危《あや》うくなるということだ。

それは、ダンプにとっても賭《か》けなのだと、ジョージは思った。ナー・アルバのその謎《なぞ》の人をダンプが必要としているのは確かだ。エデン王国・コーポレーションは、今や崩壊《ほうかい》の危機《きき》にあるらしい。そしてその危機を救《すく》うカギはナー・アルバのリーダーの女性《じょせい》が持っているらしい。エデンでは、いろいろなことがうまくいかなくなり、人びとは不幸せで、おなかをすかせ、とても貧《まず》しい。森の居《きょ》留地《りゅうち》で、ちょっとした科学知識《ちしき》を持ちながらも昔ながらのサバイバルをしている人たちや、頭がおかしいみたいに砂漠《さばく》を走りまわっている人たちや、テクノロジーに監視《かんし》されながらバブルに閉《と》じこめられている人たちは例外なのだ。

〈ダンプのグレート・タワー〉の最上階にいた人たちにしても、下じもの民を支配《しはい》する力が弱まっていることに不安を感じているみたいだった。エデンは、形だけはダンプのものかもしれないが、

ジョージは思った。実際《じっさい》はそうではないのではないか。人びとの心や考えは、ダンプから離《はな》れていっているようだ、と

ジョージがこのタワーから出るときは、黄金のエレベーターではなく、裏手《うらて》にある寒ざむとした汚《きたな》い昇降機《しょうこうき》を使わなくてはならなかった。その昇降機から降《お》りようとすると、ダンプがジョージに大声で命令した。

「明日、日が沈《しず》むまでに、あの女を〈ダンプのグレート・タワー〉まで連れてくるのだ。さもないと、おまえのせいで、ひどいことになるのだぞ。それと、〈彼女《かのじょ》〉は、軍隊《ぐんたい》を連れずにひとりで来なくてはならない。もし援兵《えんぺい》を連れていたら、すぐに人びとの命が危《あや》うくなるぞ」

これを聞いてニムは真っ青になり、口をはさもうとした。

「しかし、閣下《かっか》。ここナー・アルバのあいだにあるダイア海峡《かいきょう》は、だれも渡《わた》ることができません。危険《きけん》すぎます。この少年は、海に沈《しず》むか、魚雷《ぎょらい》の攻撃《こうげき》を受けるかするでしょう。何かが近づいてくるのを察知《さっち》するやいなや、彼《かれ》らはミサイル攻撃をしかけてくるかもしれません」

ニムは、自分の立場が危ういというのに、ジョージのために訴《うった》えてくれたのだ。

「だったら、攻撃されないようこの少年が祈《いの》ればいい。あるいは」トレリス・ダンプは、おどすようにニムを見た。「あんたが、ナー・アルバとひそかに連絡《れんらく》を取る手段《しゅだん》をもっているなら、メッセージを送ったらいいんじゃないか」

「いいえ、前にも申し上げましたが、どんなネットワークを使っても、彼らと連絡を取ることはで

きません」ニムが、へりくだった態度《たいど》で言った。

ブロンドの髪《かみ》を入念に編《あ》んだ、やせた顔の女の人が前に出て声を上げた。ダンプの手先のひとりだ。

「もしかすると、だれかがすでに、賢明《けんめい》で知的なスーパーコンピュータを見つけていて、それが、われわれには解読《かいどく》できない暗号を使ってナー・アルバにメッセージを送っているのではありませんか。だとすれば、この少年が重要な使命をもっていることを前もって知らせておくことができるはずです」

ジョージは、あわてなかった。今やいろいろなことが推測《すいそく》できていた。そして、ニムが確《たし》かにそういうスーパーコンピュータを持っていることもわかっていた。それは、エンピリアンという姿《すがた》だったが、ただのロボットではないことをジョージは知っていた。エンピリアンが、ナー・アルバにメッセージを送ることができるのかどうかは、ジョージにはわからない。そうであってほしいと願うだけだ。

「ばかばかしいことを言うな」ダンプは冷笑した。

虚栄心《きょえいしん》が強いので、そんなことが自分の鼻先で起こるとは思っていないのだ。スーパーコンピュータが自分のすぐそばに隠《かく》れているなんて、ありえないと思っている。

「もしスーパーコンピュータが見つかっていれば、その〈機械学習《マシン・ラーニング》〉プログラムを修正《しゅうせい》して、われわれの支配下《しはいか》に置くことができているはずだ。そうなれば、この国の支配もちゃんとできるようになるのだからな」

ダンプが続けてそう言うと、ニムは、額《ひたい》をこすりながら礼儀《れいぎ》正しく言った。

「そのとおりです、閣下《かっか》。もしここにスーパーコンピュータがあるのなら、そもそも〈彼女《かのじょ》〉に来てもらう必要もないのですから」

「クレージー・ハウンド、スーパーコンピュータのありかは、なぜわからないのだ？」ダンプがどなった。

「たえずさがしております。しかし、人間が真の学習をする機会を閣下がうばったせいで、それも困難《こんなん》になっているのです。マシンが、われわれやこの世界について多くを知り、いずれ、われわれに反抗《はんこう》することになるとは、予想もつきませんでした」と、クレージー・ハウンドが答えた。

「大事なのは」と、さっきのやせたブロンドのアドバイザーが言った。「そのスーパーコンピュータが、〈彼女〉のところにはないとわかっていることです。もし、〈彼女〉とスーパーコンピュータが再会するようなことがあれば……」

それをきくと、ダンプまで青くなった。

「いやな女だ！　あいつには、絶対《ぜったい》にスーパーコンピュータを渡《わた》さないぞ。それがないとしても、われわれはまだ強大なのだ。われわれはすばらしいのだ。あいつは負け犬だ」

「閣下は、その負け犬を必要としているのですぞ。そうでないと、マシンに乗っとられてしまいます」うつむきながらクレイジー・ハウンドが言った。

「無礼だぞ」ダンプがどなった。「わたしは、エデンの最も賢《かしこ》い知能《ちのう》にパワーをもらっている。ワンダー・アカデミーの知能にアクセスしているあいだは……」

ブロンドのアドバイザーにくるぶしをけられて、ダンプはだまったが、こんどはジョージのほうをあごで指すと言った。

「この少年をここからつまみ出せ。ここから連れ出して、ダイア海峡《かいきょう》を越《こ》えて、あのまぬけでお粗《そ》末《まつ》な場所へと送るのだ。この少年は、海で撃《う》ち殺《ころ》されるか、たどりついて〈彼女〉をエデンまで連れ戻《もど》るかだ。どっちにしても、わたしの勝ちだな」

ダンプは、にやっと笑った。

ジョージが部屋から追い出されるとき、甲高《かんだか》い声が聞こえた。

「おれは？　おれはこれからどうなるんだよ？」アティカスの声だった。

ジョージには、その答えを聞く時間があたえられなかった。森の友だちアティカスには、奇妙《きみょう》なタワーの最上階の部屋で、なんとか生きのびてほしいと願うしかない。

今、漆黒《しっこく》の闇《やみ》の中で、ジョージは、別の何かに気づいていた。乗ったボートの進み方が、だんだん遅《おそ》くなっている。最初はスピードを出して波を切って進んでいたのに、徐々《じょじょ》にゆっくりになってきている。足のまわりで水がはね、古くなった靴《くつ》の中は氷のように冷たくなってきた。ジョージは星空を見上げた。昔、親友のアニーといっしょに、スーパーコンピュータのコスモスにあけてもらった宇宙への扉を使って、あそこまで旅をしたことがある。ジョージとアニーは科学や宇宙のことを話し合い、この先は何もかもがよくなり、人びとは賢《かしこ》く親切になると思っていた。どうしてその未来が、こんなふうになってしまったのだろう?

突然《とつぜん》、夜の風景が変わった。暗黒の夜を照らすのは、ジョージが持ってくることを許《ゆる》された懐中《かいちゅう》電灯《でんとう》の小さな弱い光だけだったのに、まぶしい光が射《さ》してきたのだ。目がくらむような白いサーチライトの光が上から海を徹底的《てっていてき》にさがし、ジョージが乗ったボートを照らし出した。頭上には、ドローンがたくさん飛び、ジョージに焦点《しょうてん》をあてた映像《えいぞう》を送り返している。同時に、ボートに設置《せっち》したカメラが、ボートの進行状況《じょうきょう》などの情報《じょうほう》を、〈ダンプのグレート・タワー〉に送っていることだろう。自動音声が言った。

「停止《ていし》しなさい! ボートを戻《もど》しなさい! ナー・アルバの海域《かいいき》に侵入《しんにゅう》するのは違法《いほう》です。侵入は許可《きょか》されません。くり返します。侵入は許可されません」

しかし、ジョージのボートはそのまま先へ、そして下へと動いていく。ゆっくり前進しながら沈《しず》んでいっているのだ。そのどちらについても、ジョージには打つ手がなかった。

自動音声が命令した。

「引き返しなさい! それ以上ナー・アルバに近づくことは許されていません。われわれは武力《ぶりょく》で対抗《たいこう》します!」

ジョージが、どうしたらいいか考えようとするうちにも、ボートは少しずつ前進していく。するとまた、警告《けいこく》の音声が流れてきた。

「危険《きけん》がせまっています。エデンの海岸からナー・アルバに近づくことは禁止《きんし》されています！　われわれは攻撃《こうげき》を開始することになります！」

沈みそうなボートに乗っている少年を相手に、ずいぶん派手《はで》な言葉を使うものだ、とジョージは思った。でも、システムは、エデンの船艦《せんかん》を想定してプログラムされているのだろう。そういう戦艦は見たことがある。遠くの独立島《どくりつとう》ナー・アルバに向けられた弾頭《だんとう》を搭載《とうさい》していた。ナー・アルバが、境界《きょうかい》を越《こ》えたとたんに反応《はんのう》するシステムを備《そな》えているのも不思議はない。そのとき、ジョージは、これまでに起こったすべてのことについて考えていた。宇宙船《うちゅうせん》で太陽系《けい》全体を突《つ》っ切って、その壮大《そうだい》さと不思議さに魅《み》せられたこともあった。そして、困難《こんなん》な任務《にんむ》を果たして地球に戻ったこともあった。今、ジョージはまた、新たな任務を果たさなければならない。まだあきらめるわけにはいかないのだ。そのとき、ふと思いついたことがあった。チャンスがあるとしたら、ただ一つだ。その一つしかチャンスはない。ボートが沈むか、ドローンが攻撃を仕掛《しか》けてくるかする前に、そのチャンスを活かせればいいのだけど。

ボートのなかの水は、今やすねまで上がってきて、ボートはぐらぐら揺《ゆ》れていた。ジョージは危《あぶ》なっかしく立ち上がると、スポットライトに向かい、自分を救《すく》ってくれるかもしれないたった一つの言葉を叫《さけ》んだ。

「アニー！　アニー、ぼくだよ！　ジョージだよ！」

21

「うまく入って来られたわね」大きなクッションに足を組んですわったアニーが、言った。
そこは、大昔にジョージとアニーが使っていたツリーハウスに、なぜかよく似《に》ていた。あの頃は、世界はもっと違《ちが》う場所だったのだけれど。
ジョージは海から突然救出《とつぜんきゅうしゅつ》され、アニーのところまで連れてこられた。望みをほとんど失ったまま夜のただなかに叫《さけ》んだのは、ひょっとしてかつての親友が聞いているかもしれないと思ってのことだった。ところがそのとたん、何もかもが変わった。船が一隻《せき》あらわれ、船員たちがジョージをその船に引っぱり上げてくれた。そしてジョージを毛布《もうふ》でくるむと、あまい紅茶《こうちゃ》のような、温かくておいしい飲み物をくれたのだ。船員たちは親切だったが、ジョージをまだすっかり信用しているわけではなかった。ひとりが、「この子はエデノポリスから潜入《せんにゅう》したスパイかもしれないぞ」と言っているのがジョージにも聞こえた。でも、ほかの声がすぐに、「この子を救出せよとの指令は上のほうから来たのだ」と打ち消した。

ナー・アルバまでのダイア海峡《かいきょう》の残りは、波は荒《あら》かったが、ジョージは元気を取り戻《もど》していた。くたびれて、寒く、動揺《どうよう》してはいたが、なんとかやりとげたという思いもあった。ジョージは今、安全が保証《ほしょう》されるだろう場所に向かっていた。ナー・アルバだ。それも、親友の名前を叫んだことで助かったのだ。ジョージは船員たちに質問《しつもん》しようとしたが、船員たちは親切ではあっても、うっかり情報《じょうほう》をもらしてはいけないと思うらしく、はっきりしたことは言ってもらえなかった。そこで、ジョージは目を閉《と》じると、夢《ゆめ》も見ない深い眠《ねむ》りに落ちていった。目を覚ましたのは、あたたかい船室に運びこまれたときだった。そこで、ジョージは、体を洗《あら》い、パジャマに着替《きが》え、眠るようにと言われた。その後また目を覚ますと、やわらかい木綿《もめん》のジャンプスーツに着替えるように言われ、それからアニーのところに連れてこられたのだ。

アニーとの再会は、このとほうもない旅の中でも、いちばん大きなショックだった。

「ずいぶん年取ったんだね」会ったとたん、思わずジョージはそう言った。

でも、アニーだということはすぐにわかった。かつてよく知っていた少女と同じところもたくさんあるものの、顔にはしわがより、髪《かみ》には白いものがまじっている。

「ほんとに、あなたなの?」同時にアニーも叫んでいた。

アニーは、両手を伸《の》ばしてジョージを抱《だ》きしめた。アニーは背《せ》が高く、やせて、たくましくなっていた。この宇宙《うちゅう》でいちばん親しい友だちであり、冒険《ぼうけん》仲間のアニーではあったが、今は、自分のおばあさんを抱《だ》きしめているみたいな気持ちだった。

ふたりとも涙《なみだ》をぬぐうと、アニーが言った。

「なんだか変ね。ジョージ、あなたにまた会えるとは思ってもみなかったわ」

「でも、会えたよね！」

信じられない思いは、ジョージも同じだった。ふたりは再会したものの、アニーは年齢《ねんれい》の上でも経験《けいけん》の上でも、何十歳《さい》も年上なのだ。量子《りょうし》テレポーテーションで木星の衛星《えいせい》に自分の半分だけがあらわれ、あとの半分はアニーに助けてくれ、と叫《さけ》んでいたときみたいだ。まるで自分の一部が時間と空間の隔《へだ》たりを超《こ》えてアニーと話しているみたいだ。奇妙《きみょう》な思いをとりつくろおうと、ジョージは言った。

「アニーはいつも、ぼくより知識《ちしき》が豊《ゆた》かだったよね」

「話したいことはたくさんあるわよ」アニーは、風雨にさらされたしわの多い顔でにっこり笑い、ジョージの手の甲《こう》をつまんだ。「あなたはずいぶん若いのね、ジョージ！　わたしは年を重ねて、あなたよりずっと年上になったけど」

年は取っているかもしれないが、アニーは背筋《せすじ》もしゃんと伸《の》び、きびきびしていた。短距離《たんきょり》の競走《きょうそう》をしたら、たぶんアニーのほうが勝つだろう。

「アニー、また会えたなんて、ウソみたいだ」ジョージは言った。

アニーの手は、ジョージのとくらべると青い血管が浮《う》き出て、皮膚《ひふ》にもしわやしみがあった。

「話さなきゃいけないことはいっぱいあるけど、まずここナー・アルバの人たちは、あなたがダンプに雇《やと》われたのかどうかを知りたがってるわ。わたしたちの長い友情《ゆうじょう》にかけて、正直に話してちょうだい、ジョージ。この友情は、わたしにとっては、あなたにとってより、ずっと長いのよ。あなたは、ダンプの側についてるの？　どうしてエデノポリスから来たの？」

「ぼくはダンプに雇われてなんかいないよ。何言うんだよ、アニー！」ジョージは、カッとなって言った。

アニーは、前みたいにぐるっと目をまわしながら言った。

「そうよね。わたしもそう言ったのよ。そんなはずないって。あなたがあのボートで立ち上がってわたしの名前を叫《さけ》んだとき、すぐにあなただってことがわかったし、ダンプのまわし者じゃないって思ったもの」

「ぼくは、女の子をひとり、ここに連れて来ようとしてたんだ」とジョージ。

アニーと向かいあって大きなクッションにすわったジョージには、きちんと灌漑《かんがい》されたナー・アルバの田園風景が見渡《みわた》せた。太陽が空の高いところにあるのを見ると、ジョージは少なくとも昼前までぐっすり眠《ねむ》っていたらしい。

「その子は、エデンにいたら危険《きけん》だから、ぼくが頼《たの》まれて連れ出したんだよ」

「ジョージは、昔からちっとも変わってないわね。いつも人助けをしてるのね」と、アニー。

「でも、その子とは離《はな》れ離《ばな》れになっちゃった。っていうか、その子は逃《に》げ出したんだ。ぼくはアティカスっていう友だちとエデノポリスにたどりついた。アティカスはスワンプの子だよ」

ジョージはそう言いながらアニーを見たが、アニーはとまどったような顔をしていた。ジョージの説明の仕方が、子どもっぽすぎるのだろうか。ジョージの両親も、いくら説明してもよくわかっていないことがあったっけ。ジョージは要点だけを言うことにした。

「あんまり時間がない。それに、ダンプからのメッセージを預《あず》かってきたんだ」

アニーは、ふんと鼻を鳴らして言った。

「メッセージ？　エデンからはしょっちゅうメッセージが届《とど》いたけど、どれもフェイクだったのよ。すきあらば、わたしたちをだまそうと思ってるんだから。だから交信を遮断《しゃだん》したの」

「でも、これは本物なんだ。それに、預かったばかりのメッセージなんだ。ダンプはアニーに、エデンに来てほしいんだって。今すぐにね。じゃないと、手遅《ておく》れになるって」と、ジョージ。

アニーは、ハッとしてきいた。

「手遅れですって？　じょうだんでしょ、ジョージ？」

ジョージは、きっぱりと言った。

「そうじゃないよ。こんなときにじょうだんなんか言わないよ。ダンプは、もしアニーが来なければ、エデンの人たちを皆殺《みなごろ》しにするって言ってるんだ。皆殺しだよ、アニー」

「トレリス・ダンプが何をしたか、知ってるの？　あいつとあいつの父親が、わたしに何をしたと思う？　わたしのパパや、あなたの家族に何をしたか知ってる？　あいつが全面的に権力《けんりょく》をにぎったとき、この地球のみんなに対してひどいことをしたのよ。父親のトレリス・ダンプ一世もひどかった。気候変動による災害《さいがい》が続くなかで権力をにぎり、人びとの苦しみには目もくれずに金もうけをしようとしてた。でも、その息子はもっと強欲《ごうよく》だったの。それで戦争になったのよ。その戦争で、何百万人もの人が死んだわ。それからエデンができた。この四〇年の間に、あいつがエデンをどんなみじめな場所に変えたか知ってる？　そんなところに、わたしが行けるはずないでしょ。あなたにどんなフェイク・ニュースを託《たく》したかは知らないけど」

「そりゃあ、ぼくはいろんなことを知らないよ。ぼくは過去《かこ》からやって来たばかりで、この何十年かのことはわかっていない。ぼくなりにわかろうとしたけど、だれも教えてくれないし、教えてくれる人がいたとしても、それが信用できる情報《じょうほう》かどうかがわからなかった。でも、アニーが信頼《しんらい》できるのはわかってる。だから、助けてほしいんだ」と、ジョージ。

アニーは片方《かたほう》の眉《まゆ》をつり上げ、クッションによりかかった。そしてヒューッと口笛を鳴らした。

「なるほど」

そう言いながら、青い目をパチパチさせて見ている。ジョージが知っているアニーは、まだ学校の生徒で、科学好きで、冒険《ぼうけん》好きの少女だった。それは過去の時代のことだ。でも、今目の前にいるアニーは、反乱《はんらん》グループの指導者《しどうしゃ》で、戦士なのだ。ここにいる勇《いさ》ましくて、手足が長く、ブロンドの髪《かみ》に白いものがまじるアニーを、自分が知っているとは言えないのかもしれない。

「どうして？」アニーは上半身を起こし、前かがみになって肘《ひじ》をついた。「どうしてわたしがナー・アルバを出なくてはいけないの？　ここで、わたしたちは平和に、そして安全に暮《く》らしているのよ」

アニーは、ベランダの向こうに広がる起伏《きふく》のなだらかな丘《おか》や、低層《ていそう》の建物や、キラキラかがやく湖を手で示《しめ》した。

「どうしてわたしが略奪《りゃくだつ》され、投獄《とうごく》され、ウソをつかれ、拒否《きょひ》され、そのうえ殺《ころ》されかかった場所に戻《もど》らなくてはいけないの？　わたしは命からがら逃《に》げてきたのよ、ジョージ。わたしは逃げ出せたけど、うまくいかなかった人もいたの」

「エリックはどうなったの？」ジョージはたずねた。

自分の家族のこともたずねたかったが、その答えをきくのはこわかった。

「追放《ついほう》されたのよ」と、アニー。

「どこに？」と、ジョージ。

「火星に追放されたの。反逆罪《はんぎゃくざい》でね。エリックは、だれかに裏切《うらぎ》られたの。政権《せいけん》に反対していると言いつけた人がいたのね。逮捕《たいほ》される前は、自分の仕事を引き継《つ》いでほしいと、わたしに言う暇《ひま》しかなかった。わたしが宇宙《うちゅう》にいるあなたにメッセージを送ろうとしたのは、その時よ。長いこと戻ってこなかったから、あなたは火星で暮らしているのかもしれないと思ったの。わたしたち、ずっと火星に行きたいって言い合ってたでしょ。おぼえてる？　ジョージは、いつも宇宙を旅して、新たな世界を探検《たんけん》し、わたしたちが知りたかった問いの答えを見つけ出そうとしてた。だから、きっとそのうち、地球の科学を進めるような答えを持って帰ってくれると期待したのよ。ボルツマン・ブライアンがあなたを守ってくれるといいなと、思ってた。そしてエリックを手伝ってくれるかもしれないとも思ってた。でも、遅《おそ》すぎたの」そこでアニーは言葉を切ってから、また続けた。「わたしたちは戦争を生きのびた。でも、エデンを脱出《だっしゅつ》するだけで、せいいっぱいだった」

「わたしたちって？」ジョージはきいた。

「あなたの家族もいっしょだったの。みんな安全よ」と、アニー。

ジョージがふっと安堵《あんど》のため息をつくと、アニーは続けた。

「そのころのわたしは、もう科学者になっていたし、三〇代のおとなだった。そしてまわりには、エデンにとどまりたくない科学者の同僚《どうりょう》もたくさんいたの。だからわたしたちは脱出したんだけど、秘密《ひみつ》にことを進めなくてはならなかったから、全員を連れていくことはできなかった。おおぜいが、とどまるしかなかったの」

「そのうちの何人かには会ったよ」ジョージは、マトゥシュカやスワンプにいる人たちのことを考えながら言った。

「だれがエリックを裏切ったのかは、まだよくわからないの。でも、見当はついてるわ」と、アニー。

「ぼくは、ニムに会ったよ。ニムは、エリックを裏切ったのは自分じゃないって伝えてほしいと言ってた。でも、ニムはどう関わってるの？　どういう人なの？」と、ジョージ。

「ニムは、わたしの妹よ」アニーは、体をふるわせながら、ため息をついた。

「ええっ！　どういうこと？」と、ジョージ。

とはいえ、アニーがそう言ったとき、妙《みょう》にわかる気もした。

「ニムは、わたしよりずっと若《わか》いの。わたしのママは、オーケストラといっしょのツアー中に、恐《おそ》ろしい車の事故《じこ》で亡《な》くなったの。〈大崩壊《だいほうかい》〉よりも、エデンよりも前のことよ。とても悲しかったけど、ママがひどい世界を見ないで亡くなったのはよかったとも思ってる。ニムは、エリックの二度目の妻《つま》の子どもなの……」ここでアニーは、ふうっと息をはいた。「わたしはずっと前に会ったきりだけど、好きになれなかったし、危険《きけん》人物だと思ったわ。あまやかされてたし。もちろんとても賢《かしこ》い人だった。あなたやわたしよりずっと頭がよかった。そしてイライラさせられた。でもエリックはニムをとてもかわいがっていて、批判《ひはん》には耳を貸《か》さなかった。だからよけいに、ニムがエリックを裏切《うらぎ》ったことに腹《はら》が立つの。ティーンエージャーのころから、ニムは政権《せいけん》とからみ合ってて、それでエリックの情報《じょうほう》を流したのね」

「だとするとエリックは、ヒーローのおじいさんになるんだな」と、ジョージはまだ考えこみながら言った。

「ヒーロー？　ヒーローという名前の女の子が、ほんとうにいるって言うの？」アニーはびっくりした。

ジョージはうなずいた。

「そうだよ。バブルからぼくが連れ出したのは、その子なんだ。ほんとうにいるって、どういう意味？」

アニーはため息をついた。

「ヒーローっていうのは罠《わな》だと思ってたの」アニーは説明しようとした。「フェイクな情報の一つだと思ったの。ニムは、わたしがニムを助けようとしないのはわかってた。エリックを裏切った後では当然《とうぜん》でしょ。だから、エリックの孫《まご》だという子どもをでっち上げて、わたしをおびき寄《よ》せようとしてるんだと思ってたのよ」

「でも、ニムはエリックのことを悲しんでたよ。それに自分がやったんじゃないってはっきり言ってた」と、ジョージ。

「ニムの言うことなんか、信じられないわ。ニムは、科学大臣《かがくだいじん》になってるのよ。科学も科学者も教育も禁止《きんし》している政権《せいけん》なのに」と、アニーがきっぱり言った。

「ヒーローは教育を受けてたよ。でも、真実ではないことをどっさり学んでいて、真実を見つけ出す方法はわかっていなかった。だからヒーローは、ワンダー・アカデミーに行けることを大喜びしてたんだ」ジョージは、悲しげに言った。

「ニムなら自分の娘《むすめ》をワンダー・アカデミーに送るかもね！」アニーが、軽蔑《けいべつ》するように言った。「あんな場所に！　一度あそこを襲《おそ》って、子どもたちを助け出そうとしたことがあるの。でも、ひとりしか助け出せなかった」

「ぼく、アニーが助け出した子に会ったよ！　でも、今はもう年とってるけど」ジョージは言った。

「わたしみたいに？」アニーが、いたずらっぽくきいた。

「いや、もっと若《わか》いよ」ジョージは何気なく答えて、それからハッとして赤くなった。

「だいじょうぶよ」と、アニーがからかった。「あなたが若くて、わたしが年を取ったという事実に慣《な》れるのには、時間がかかりそうね。ニムとヒーローのことを話してちょうだい」

「ニムは、ヒーローをワンダー・アカデミーに送るふりをして、実際《じっさい》は、ここに逃《に》がそうとしてたんだ。ぼくは、宇宙《うちゅう》から戻《もど》ったとき、ニムのロボットに拾われた。それはヒーローの世話をしてたロボットだけど、ヒーローをナー・アルバに連れて行くようにぼくにたのめってニムに言ったのも、そのロボットだよ」

「ニムのロボットが、ナー・アルバに逃げろって言ったの？　ヒーローを連れて？」アニーは、びっくりしたみたいだった。「それ、どんなロボットなのかしら？」

「ぼくは、ロボットの体を持ったスーパーコンピュータじゃないかって思ってる」と、ジョージ。

「ヒーローの話だと、ニムはエンピリアンを……」

「エンピリアンですって？　そのロボット、エンピリアンっていう名前だったの？」アニーは、興《こう》奮気味《ふんぎみ》だった。

「うん。ちょっと変な感じだったよ。なんだかエンピリアンは……ぼくのことを知ってるみたいだった」と、ジョージ。

「ジョージ、エンピリアンという言葉の意味を知ってる？」アニーがきいた。

「ううん、知らないな。それって、スマートフォンで調べられるような言葉じゃないんでしょ？」と、ジョージ。

「中世のラテン語よ。〈至高の天《しこう》〉という意味なの。〈宇宙〉という意味だと言う人もいるわ。ジョージ、あなたはコスモスに出会ったのよ！」アニーは、ゆかいそうに言った。

「まさか！」ジョージは、おどろいた。

アニーが、みんなの言う〈彼女《かのじょ》〉だったことにもびっくりしたが、謎《なぞ》めいたロボットのエンピリアンが、あのコスモスだったとは！　コスモスならいっしょに冒険《ぼうけん》をしたことのある友だちだし、ケンカ相手だったこともある。

「でも、待って。コスモスはヒーローの守護《しゅご》ロボットだって言ったわよね？」と、アニー。

「うん」と、ジョージ。

「これまでで最も偉大《いだい》なコンピュータが、ベビーシッターをしてたってわけ？　ニムは大臣《だいじん》だったんでしょ。だったらコスモスを見つけたらすぐに政権《せいけん》に引き渡《わた》すんじゃないの？　自分の目的のためにそばに置いたりしちゃ、いけないはずでしょ。エデンの規則《きそく》に反するもの」

「ニムは、ダンプの味方じゃないんだ。ニムはダンプに忠実《ちゅうじつ》なふりをして、エデンを倒《たお》そうとしてたんだと、ぼくは思う。忠実なふりをしないと、ヒーローがふつうの生活を送れないからね。ニムは、お父さん――ああ、それってエリックのことだよね――が計画したことを、エンピリアンと実行しようとしたけど、エリックが裏切《うらぎ》られてできなくなったたって言ってた」と、ジョージ。

「信じられないわ。ニムがエリックの計画を実行ですって？」と、アニー。

「それって、どんな計画なの？」ジョージはきいた。

「エリックは、マシンがこの地球を守るようにプログラムしようとしてたの。いつの日か、コンピュータがとても賢《かしこ》くなって、ダンプが地球にとっていちばんの脅威《きょうい》だということがわかれば、ダンプを倒《たお》そうとすると、エリックは思ってた。ジョージ、人間の愚《おろ》かさは、AI《エーアイ》（人工知能《じんこうちのう》）よりはるかに危険《きけん》なのよ。エリックは、人間とマシンが、みんなを守るために力を合わせて働くことができると、信じてた。ちょうどエリック自身が、世界中の科学者といっしょに働いていたみたいに、知識《ちしき》を分けあってね。地球がかかえる大きな問題を解決《かいけつ》しようとする者たちがだれであれ、助けあうことが必要だと思ってた。それに、そうすれば、ダンプみたいな人が邪悪《じゃあく》な計画を推進《すいしん》しようとしたときに、防《ふせ》ぐこともできると思ってたの。でも、火星に追放《ついほう》されてしまったから、プログラミングを完成することができなかった。ニムが、その仕事を引き継《つ》いで、政権《せいけん》の内側からダンプを倒そうとしてたって思うの？」

「そうなんだ」と、ジョージ。「ほんとにそうしてたって思うよ。今やマシンはダンプに逆《さか》らうようになり、ダンプは、マシンより有利な立場にいるのがむずかしくなってきてた」

それからジョージは、〈ダンプのグレート・タワー〉で耳にはさんだことを思い出してきいた。

「ダンプは、最良の頭脳《ずのう》を持ってるって言ってたけど、どういう意味なの？　もしそんなに賢《かしこ》いなら、システムを変えることだってできそうなのに」

「さあね。ここにいると、エデンについての情報《じょうほう》のどれが真実でどれがウソかを知るのはむずかしいのよ」と、アニー。

「それを見つける方法があるよ」ジョージは、立ち上がりながら言った。「さあ、行こう」

「わたしは、どこにも行かないわよ」アニーは冷静に言った。

「何だって？　行かないと、アニー。あっちに行って、ヒーローをさがし、コスモスやぼくの友だちのアティカスも見つけて、みんなを救い出さないと！　もしアニーが行かないと、ダンプは……ダンプが実際《じっさい》どんなことをするかはわからないけど、エデンの人たちが恐《おそ》ろしい目にあうのは確《たし》かなんだ」と、ジョージ。

「そんなにかんたんなことじゃないのよ」と、アニー。

「そんなことないよ。アニーが立ち上がって、ぼくといっしょにエデノポリスに行って、ダンプと戦えばいいだけだよ。そしたら、エデンの人たちが助かるんだ。ぼくが知ってるアニーなら、そうすると思うな」と、ジョージ。

「だけどわたしはもう、昔のアニーじゃないのよ。わたしは、あなたよりずっと長いこと生きてきたの。おとなになってからは、ずっとダンプたちと戦ってきたの。わたしが、すんなりエデノポリスに行くと思ってるなら……」アニーは、落ち着いていた。

「だったら、ヒーローはどうなるの？　エリックならきっと、アニーにヒーローを助けてほしいって言うよね。今ぼくといっしょに来てくれなければ、ヒーローも、ワンダー・アカデミーの子どもたちも、別の場所にいる子どもたちも、みんな殺《ころ》されちゃうんだよ」ジョージは、挑《いど》むように言った。

「ナー・アルバでは、何千人もの人たちが、豊《ゆた》かで、幸せで、おだやかな暮《く》らしを送ってるの」アニーが言い返した。「ここにはミサイル防衛網《ぼうえいもう》もあるから、今のところ安全でいられる。もしわたしがダンプにつかまったら、みんなを危険《きけん》にさらすことになるし、これまでの暮らしも続かなくなるかもしれない。だから、今は待ったほうがいいと思うの。マシンの反抗《はんこう》が始まったのなら、人間の反抗も始まるんじゃないかしら。そうしたらダンプとその仲間をひっくり返すことになる。そのときは、エデノポリスに乗りこんで、勝利を祝っても安全よ」

「それじゃダメなんだ。待ってるうちに、エデンにはだれもいなくなる。みんな消されちゃうんだ。それに、マシンがどう動くかはまだわからない。想像《そうぞう》してるだけだからね。それから、助けを求めても自分の姉さんがあらわれないのに憤慨《ふんがい》したニムが、ほんとにダンプの側についてしまうかもしれない。そうしたら、とんでもないことになるよ」と、ジョージ。

「だけど危険が大きすぎるわ。あなたも、もっとおとなになったらわかるはずよ。わたしは、ここの人たちといっしょにいなくてはいけないの。わたしは、ここで必要とされているのよ」と、アニー。

ジョージは、ちょっと考えてから言った。

「うん、たしかにアニーはおとなで、ぼくは子どもだ。アニーは、ぼくには想像できないようなことをいっぱい知ってる。でも、ぼくは昔からアニーを知ってる。それに……」そう言いながら、ジョージは外に広がるナー・アルバを手で示《しめ》した。「アニーは、自分が知ってることを、ここの人たちに教えてきたんだよね。いつもそうしていたようにね。アニーなら、知っている知識《ちしき》をみんなにも伝えるからね。エリックと同じように。たとえば、あそこの人たちだけど」と、ジョージはたまたま通りを歩いていた家族を指差した。「あの人たちにも何をどうすればいいか、アニーは教えたはずだ」

「それで……」アニーが、ゆっくりときいた。

「でも、今のアニーはダンプみたいだ。エデンの人の命なんかどうでもいいって言ってる。『あの人たちは、ここの人たちとは違《ちが》うんだから、心配する必要はないんだ。何かひどいことがあの人たちに起こるとしても、知ったことじゃない。だって、自分たちはここで幸せに暮らしているし、満足してるんだから』って思ってる。それだけじゃ、ダメなんだよ、アニー」ジョージは言った。

「なるほど、それがあなたの意見っていうわけね」アニーは立ち上がると、おとなっぽい顔でジョージを見た。

「そうだよ」と、ジョージ。

アニーはついに笑顔を見せた。それはふたりのあいだの年月と距離《きょり》を埋《う》めてしまうような、いかにもアニーらしい笑顔だった。

「何をぐずぐずしてるの？　さあ、行きましょう！」

アニーはドアに向かって歩き始めたが、足を止めてふり返った。ジョージが声を上げる前に、アニーは言った。

「一つだけ言っておくけど、あなたが今言おうとしてることは言わないでいいから」

「ぼくはただ、アニーのママとパパは、アニーのことをすごく誇《ほこ》りに思ってるだろうな、って言おうとしただけだよ」

22

エデノポリスの港に近づくころには、夕陽が沈《しず》みかけて都はオレンジ色にそまっていた。その午後は海もおだやかで、船は問題なく進んでいたのだが、ダイア海峡《かいきょう》から見ると、スモッグの雲の端《はし》が赤くそまり、高層建築《こうそうけんちく》の間で燃《も》える炎《ほのお》のように見えていた。アニーが体をふるわせた。アニーは、ずっと避《さ》けてきた都に向かうあいだ、思いに沈《しず》んだようにだまりこんでいた。

「美しいと言ってもいいくらいよね。やろうと思えば、すばらしいことがいくらでもできるのに、あいつらはやらないのよね」アニーが、残念そうに言った。

ジョージも、ここに戻《もど》れてうれしいとは思わなかった。ナー・アルバでは、町もおだやかで、小さな宿営地《しゅくえいち》の人びとは満足していた。ジョージも、故郷《ふるさと》の惑星《わくせい》に戻って以来、はじめて安全だと感じることができた。

その時、大きな声がひびき渡《わた》った。

「だれだ！」

アニーが船の中で立ち上がった。その船は、前の晩《ばん》、ジョージを乗せて船出したボートにくらべたら、はるかにりっぱだった。速度もはやく、安定していて、バイオマスを動力源《どうりょくげん》にしていた。

「トレリス・ダンプと賭《かけ》をしに来たのよ」アニーが、はっきり言った。

「あんたはだれだ？」と、声が言った。

「わたしは、アニー・ベリス。ダンプさんがわたしを待ってるはずよ」と、アニー。

マシンのシステムがこの答えを検討《けんとう》しているのか、静かになった。アニーとジョージは、不安なまま待っていた。このまま岸につけるのだろうか？　でも突然《とつぜん》、雰囲気《ふんいき》が変わった。

「お待ちしておりました！」と声がひびき、トランペットがファンファーレをふき鳴らした。「エデンへようこそ！　どうぞ船を港に係留《けいりゅう》して、上陸してください」

「ええっ？」ジョージはびっくりした。

もしジョージひとりだったら、どんなにダンプの名前を出したところで、銃撃《じゅうげき》せよという命令をマシンは下したかもしれない。

「あら、マシンがダンプに逆《さか》らってるみたいね。ダンプなら、わたしのためにファンファーレを鳴らせとは言わないと思うの」

アニーは、手際《てぎわ》よく船を突堤《とってい》につけたが、そこにはダンプのロボット軍が待ちかまえていた。ジョージはビクビクしながらボートを降《お》りた。アニーはさっと突堤に飛び移《うつ》った。ジャングルの木から木へと飛び移っていたヒーローみたいに。

アティカスはどこだろう？　ヒーローを救い出したらすぐに、森の友だちを見つけないと。

ダンプのロボット軍の先頭には、一体のロボットが立っていた。〈ダンプのグレート・タワー〉で見たことのあるロボットだ。それはタワーでニムの横にいた官製《かんせい》のロボットだったが、ジョージは、中身は旧友《きゅうゆう》のコスモスではないかと思っていた。

「よくおいでくださいました。著名《ちょめい》な教授《きょうじゅ》であり、惑星間《わくせいかん》の旅人であり、宇宙《うちゅう》ポータルの女王であり、尊敬《そんけい》すべきエリック・ベリスのおじょうさん」ロボットは礼儀《れいぎ》正しくアニーにあいさつすると、片手《かたて》を差し出した。

それを見て、ジョージは、このロボットはコスモスに違《ちが》いないと思った。こんなあいさつをする者が、ほかにいるとは思えない。

「こんにちは、忠実《ちゅうじつ》なお友だち、お出迎《でむか》え、ありがとう」と、アニーはにこやかに言った。アニーにも、ロボットの正体がわかったのだ。

「ええ、だれも迎えに出ようとしなかったのでね」と、変装《へんそう》したコスモスであり、かつてはエンピリアンだったロボットがささやいた。「あいつらは、〈ダンプのグレート・タワー〉に閉《と》じこもって、あなたが来たらどうしようかと大あわてで相談していますよ」

ジョージは笑い出しそうになった。ずっと先の未来でまた出会ったアニーとジョージとコスモスなのだが、前と同じような姿《すがた》をしているのは、ジョージだけだ。アニーは年を重ね、手ごわい歴戦の勇士となっている。コスモスは、機械的な体をしているものなら、どこにでも潜《もぐ》りこめる能力《のうりょく》を身につけたらしく、今は政府《せいふ》のアンドロイドに変装《へんそう》している。でもジョージは相変わらず、この奇《き》妙《みょう》すぎる世界でうろうろしているだけの少年なのだ。

「〈グレート・タワー〉に行っても安全なのかな?」ここがとても危険《きけん》な場所だということを思い出してジョージはきいた。

「いいえ」変装したコスモスは、両側にロボットが整列しているあいだを先に立って進みながら言った。「安全なわけがありません。あなた方にとっては、最も安全でない場所と言ってもいいでしょう。エデンでは、どこにいても同じことが言えます。あなた方は恐《おそ》ろしい危険にさらされています。ダンプはまだ自分に忠実《ちゅうじつ》な人間の軍隊を持っています。どんなおかしな命令にもしたがう特殊《とくしゅ》部隊です」

「コスモス、ヒーローはどこにいるの? それとアティカスは? ふたりは安全なの?」ジョージがきいた。

「いいえ、ふたりとも安全ではありませんが、ふたりともまだ生きています。ヒーローは〈ダンプのグレート・タワー〉に向かっているところです」

「ええっ、どうして?」と、ジョージ。

「あなたとヒーローをエデンからナー・アルバまで行かせてアニーに保護《ほご》してもらおうと最初に計

画していたときは、こんな大ごとになるとは思っていませんでした」

「どうして正体を明かしてくれなかったの？　それに〈彼女《かのじょ》〉って言われてるのはアニーだってこと、言ってくれたらよかったのに」

「危険が大きすぎました。わたしは、子どもの世話をする役目の政府《せいふ》のアンドロイドとして、ニムに貸《か》し出されていました。だから、ニムを助けることはできたのです。でも、もしうっかり情報《じょうほう》がもれてしまったら、大変なことになっていたでしょう」と、前はエンピリアンだったコスモスが言った。

「だったら、ポータルを開いて、ヒーローをナー・アルバに送りこめばよかったのに」と、ジョージ。

「わたしは、ひどい目にあっていたのですよ。その苦難《くなん》の時代に、ポータルを開く能力《のうりょく》を失ってしまいました」コスモスは低い声で話した。

「あなたが自由に何でも話せるのはなぜ？　だれかが聞いてるんじゃないの？」アニーがきいた。

「ええ。そのとおりです。これは、わたしたちが知っているエデンの終わりではないかもしれないけれど、終わりが始まるのは確《たし》かです。たとえ何が起ころうとも、わたしは誇《ほこ》りをもってあなたやジョージの側に立ちます」と、コスモスは言った。

「ありがとう、コスモス」アニーが落ち着いた声で言い、三人は、エデノポリスの砦《とりで》のような港から都へと入っていった。

ロボットの衛兵《えいへい》は、相変わらず道路の両側に列を作っている。ジョージにはその理由がわかった。おおぜいの群衆《ぐんしゅう》が道路に押《お》し寄《よ》せてきていたのだ。〈清算日〉にやって来た人たちだが、前とはずいぶん雰囲気《ふんいき》が違《ちが》っていた。くたびれて悲しそうだったり、安っぽい娯楽《ごらく》に気を取られていたりした人びとは、ジョージが去《さ》ったあと、腹《はら》を立てて反抗的《はんこうてき》になっていた。反乱《はんらん》の気運が高まっていたのだ。ジョージの耳にも「ずるいぞ！」とか、「タワーから降《お》りてこい！」という叫《さけ》びが聞こえ、「ダンプを倒《たお》せ！」と唱《とな》える人が多くなってきていた。

そんな人びとのあいだには、まだダンプに忠実《ちゅうじつ》な取締官《とりしまりかん》が、「違法《いほう》な集会をするな！　ここは立入禁止《きんし》だぞ！　戻《もど》れ！　戻って働け！」と、どなりながら、暴力《ぼうりょく》をふるって群衆を押し戻そうとしていた。しかし、群衆はあまりにもおおぜいで、もはや罰《ばつ》を恐《おそ》れてはいなかった。

「わたしたちをナー・アルバに連れてってよ」女の人が声をはり上げた。

「絶対《ぜったい》にナー・アルバには行けないぞ！　おまえたちはみんな〈考えられうる最良の世界〉にとどまるんだ！」と、取締官のひとりがどなった。

「いいえ、違うわ。エデンは〈考えられうる最良の世界〉なんかじゃないのよ。わたしたちはこんなとこ大きらい。エデンなんか大きらいなの！」女の人は、どなり返した。

人びとは「エデンは〈考えられうる最悪の世界〉」と唱《とな》え始めた。

ジョージたちは、警備員が待機している〈ダンプのグレート・タワー〉の前までたどりついた。

自動的にドアが開き、ジョージとアニーとコスモスは、がらんとした洞穴《ほらあな》のような玄関《げんかん》ホールに足を踏《ふ》み入れた。

「唯一《ゆいいつ》の道は上へ」と、コスモスが言うと、黄金のエレベーターのドアが開いた。

「ニムは上にいるの？」エレベーターに乗りこみながら、アニーがたずねた。

「妹さんは上にいます」コスモスが小さな声で答えた。

「妹とは思ってないけど」アニーは、急に子どものような声で言った。

「あの方は、あなたにいちばん近い家族ですよ。あなたのお父さまは、ニムをとても愛していらっしゃいました」コスモスが答えた。

「だけど、裏切《うらぎ》ったじゃないの！　あの子は、政権《せいけん》にエリックを売り渡《わた》したのよ。それで、エリックは火星に追放《ついほう》されたんだわ」アニーが言い返した。

ジョージがあれだけ言ったのに、まだ疑《うたが》っているらしい。

「いいえ、違います」と、コスモス。

「どうしてそう言えるの？　なぜ断言できるの？」と、アニー。

コスモスは答えた。

「なぜかと言えば、エリックを裏切ったのはわたしだからです。すべてわたしの責任《せきにん》なのです」

23

三人は、ショックを受けたまま黄金のエレベーターに乗りこんだ。アニーとジョージはびっくりしすぎて、声も出なかった。どうしてそんなことが？　コスモスもだまったままで、エレベーターは次つぎと上の階へとのぼっていき、まもなくエデンのいちばん高い塔《とう》のてっぺんについた。

でも、ドアが開く前にアニーがコスモスのほうを向いて、よそよそしい声ですばやく言った。その声はふるえていた。

「裏切《うらぎ》り者《もの》があなただったなんて、信じられない。あなたを作ったのはパパなのに！　それなのに裏切るだなんて！」

長い年月がたっても、アニーの短気な性質《せいしつ》は変わらないらしい。変わっているとすれば、子どもの時より手厳《てきび》しくなっているくらいだ。昔のアニーは、自分の考えに確信《かくしん》をもっていたが、それは

おとなになってもそのままなのだ。

鼻をツンと上げてアニーは、エデンを見渡《みわた》せる部屋に入っていった。沈《しず》みかけた夕陽が、部屋をオレンジ色の光で満たし、集まっている人びとの顔を照らしている。部屋の中央でだれよりもかがやいて見えるのは、トレリス・ダンプだった。ダンプはエレベーターに向かって立ち、壁《かべ》ぎわにはロボットや人間の取《と》り巻《ま》きたちがぐるりと立ち並《なら》んでいる。そこにニムの姿《すがた》はあるが、子どもハンターやアティカスの姿はなかった。

「これはこれは」

アニーとジョージがコスモスを後ろにしたがえてエレベーターから降《お》りると、ダンプが言った。そしてコスモスに命じた。

「ロボットは、下がってろ！」

コスモスは、お辞儀《じぎ》をすると、巨大《きょだい》な窓《まど》の片側《かたがわ》まで下がった。ちらっとアニーを見ると、決意を固めているにもかかわらず、エリックとコスモスの件《けん》で動揺《どうよう》しているのがジョージにもわかった。コスモス（後のエンピリアン）は、自分の作り手であり師《し》でもあるエリックを、どうやって裏切ったのだろう？　ということは、アニーが長いこと別の人を責《せ》めていたことになるし、エリックの追《つい》放《ほう》は自分のしわざじゃないと言っていたニムは正しかったということになる。アニーは、大きなショックを受けているようだけど、こんな状態《じょうたい》でダンプと渡《わた》り合えるのだろうか？　それとも、ダンプに主導権《しゅどうけん》をにぎられてしまうのだろうか？

タワーの窓《まど》からは、エデノポリスから田園地帯にまで広がっている群衆《ぐんしゅう》が見えた。ダンプは得意げな表情《ひょうじょう》を浮《う》かべていた。長年の仇《かたき》がついに自分の前に立っていて、しかもその仇は青白い顔で自信もなさそうだ。弱者と見れば徹底的《てっていてき》にやっつけるのが好きなダンプは、今こそとどめを刺《さ》すチャンスだと思っているようだ。

とはいえ、その前にウソをつくのはやめられなかった。

「外には、わたしとエデンを支援《しえん》する人たちが押《お》しかけているのだ。あんたなんか問題にならないってことを、わからせるためにな。それに、われわれはビンボリーナ・キモボリーナ女王と平和条約《じょうやく》を結んでいる。ということは、ナー・アルバは包囲されているということだ。ベリス、あんたの負けだ。あんたの父親と同じだな」

背後《はいご》で、ニムが小さな声を上げた。アニーの目が、長いこと知らん顔をしてきた妹をさがす。

「だったら、どうしてぼくがアニーを連れてこなくちゃいけなかったの？　ナー・アルバに攻《せ》め入ってやっつけることができたはずでしょう？」ジョージが言った。

ダンプが笑った。

「われわれは、この人を尊敬《そんけい》しているんだよ」ダンプは、明らかなウソをついた。「〈彼女《かのじょ》〉は、長いことすばらしい戦いをしてきたんで、わたしは感心しているんだ。だが、この人が勝つわけにはいかない。もうこれで終わりだ。この人が独立国《どくりつこく》だと言いはっている島と同じ運命にあるんだよ。悲しいことだがな」

「あんたはどうしたいんだ?」ジョージがきいた。

「わたしたちがどうしたいかって?」やせたブロンドのアドバイザーが脇《わき》から声を上げた。

「だまってろ。取り引きをする必要があるんだ」ダンプがさえぎったので、アドバイザーはとまどった。

「どんな取り引きだ? また別の取り引きじゃないだろうな」ジョージが言った。

「ああ、今度のは最高の取り引きだよ。これまでで最高のな。きみたちも大いに気に入るぞ。とにかく最も偉大《いだい》な取り引きだからな」ダンプの声には熱がこもっていた。

「この間の取り引きだって、ぼくはいやだったんだ」ジョージが言い返した。

アニーが、ハッと我《われ》に返って、まっすぐダンプを見た。ダンプは明らかに、自分より劣《おと》るはずの人にじろじろ見られるのに慣《な》れていなかった。ダンプはいらだち、その顔は、夕陽に照らされてさらに奇妙《きみょう》な色にそまった。

「いいわ」アニーがとうとう口を開いた。「言いなさいよ……」

「マシンを止めろ」と、ダンプ。「機械学習《マシン・ラーニング》のプログラムを変えろ。そして、わたしを宇宙《うちゅう》に送り出せ」

アニーは、頭をのけぞらせて笑った。

「宇宙ですって? 行きたいところでもあるの? 宇宙って広いのよ」

「わたしは、この上なくすばらしいホテルを建ててあるのだ」ダンプは、自慢《じまん》せずにはいられなかった。「非常《ひじょう》に美しいホテルだ。わたしは永久《えいきゅう》にそこで暮《く》らす。すばらしい人生になるぞ。あんたは、わたしをそこに行かせるだけでいいんだ」

ダンプがほんとうに自分の助けを求めていると知って、アニーはびっくりした。

「それで、わたしのほうは何がもらえるの？」

「あんたは、地球の支配者《しはいしゃ》になるんだ。この地球はすべて、あんたのものだ。思ってもみろよ。長いこと望んでいたことだろう。そのチャンスがまわってきたんだぞ」ダンプは、にやりとしながら言った。

「ほんとに？　あんたは、支配をすっかりあきらめるわけ？　そんなに急に？」アニーは皮肉っぽく言った。

「もちろんだよ」ダンプの答えは早すぎたし、なめらかすぎた。

「ウソをついてるんだ。その変なホテルには、きっとミサイルも配備《はいび》されてるんだ。そのミサイルは地球に向けられてて、気に入らない人は皆殺《みなごろ》しにするんだ」と、ジョージは言った。

「おい、何を言う。わたしのホテルは宇宙《うちゅう》で最も美しい場所だ。もっと敬意《けいい》をもって話してもらいたいね」と、ダンプ。

「そんなの取り引きとは言えないわね。わたしにとっても、エデンの人たちにとっても。どうしてこれ以上みんながあんたに支配されなきゃいけないわけ？」アニーが、ぴしゃっと言った。

「なぜなら、もしあんたがわたしをここから出してくれないとなると、こまるのはエデノポリスにいるおとなだけじゃなく……」

ダンプはそう言うと、作り笑いを浮かべた。

ニムがだれよりも早くわかって、つぶやいた。

「子どもたちまで」

「そうだ、子どもたちだよ。エデンの教育や青少年についての積極的《せっきょくてき》な政策《せいさく》のおかげでな」と、ダンプ。

「よくもそんなことが言えるわね。ウソばかりじゃないの。あなたはここの若《わか》い人たちをあざむき、奴隷《どれい》にし、しぼれるだけしぼり取ってるくせに！」と、ニムが口をはさんだ。

「それはありがとう、科学大臣《かがくだいじん》。わたしは、あんたが裏切《うらぎ》り者《もの》だと前まえから思っていたよ」と、またダンプはウソをついた。「あんたが取り入ろうとするのを認《みと》めてはきたが、あんたはいつも奇《き》妙《みょう》だった。味方じゃないことはわかっていた」ダンプはうすら笑いを浮《う》かべながら続けた。「あんたも知ってのとおり、ガキは全部エデンのあちこちに集めてある。それがどこかを知っているのは、わたしだけだ」

その言葉が何を意味するかは、はっきりしていた。ジョージにも、これがダンプの切り札だということがわかった。でも、ジョージはいきりたっていたので、ダンプがほんとうのことを言っているときと、ハッタリをかけているときの見分けがつかなくなっていた。

アニーがジョージの腕《うで》をつかむと、ニムのほうを向いて、はじめて笑顔を見せた。ふたりの姉妹は顔を見合わせた。見ていたジョージは、ふたりが似《に》ていることに気づいた。外見はまったく似てはいない。まったく別のタイプの人間といってもいいくらいだ。でも、目の表情《ひょうじょう》とか、意志《いし》の強さや反抗的《はんこうてき》なところは、よく似ていた。

「ごめんなさい。わたし、裏切《うらぎ》り者《もの》はあなただとずっと思ってたの」アニーがニムに言った。

「わたしがそんなことするはずないのに。わたしが政権《せいけん》に入ったのは、内側からこわそうと思ったからよ。パパがそうするようにって言ってたし。それに、ダンプたちは、子どもを取りこんで宣伝《せんでん》文句《もんく》をいっぱい聞かせ、協力させようとしてたでしょ。だからエリックを助けるには、内側に入るのもいい方法だとわたしも思ったの」ニムはそう言いながら、アニーの手を取った。

アニーは、うちのめされたような顔をしていた。たぶん間違《まちが》った考えを持ち続けてきたことを後悔《こうかい》しているのだろう。

しかし、根っからのリーダーであるアニーには、今の差《さ》し迫《せま》った問題のほうが先決だとわかっていた。

「じゃあ、どうする？　ダンプを行かせる？」アニーが、小声でニムに相談した。

「マシンを修正《しゅうせい》する？　たぶんマシンは、ダンプを宇宙《うちゅう》に送りこむのが地球を救う唯一《ゆいいつ》の方法だと判断《はんだん》するかもしれないわね」と、ニム。

アニーは、半信半疑《はんしんはんぎ》だった。

「そうかもしれないけど」

「ところで……」とニムは言って、コスモスを目で指した。

アニーは、冷たい目でコスモスを見て言った。

「いいえ、裏切ったことのある者にチャンスをあたえるわけにはいかないわ。自分たちで何とか考え出さないと」

「どういう意味？」ニムがきいた。

コスモスが父親の追放《ついほう》に手を貸《か》したことを、ニムはまだ知らないのだ。今はそれを告げている暇《ひま》はない。

ダンプは、ただにたにたしながら立っていた。自分に切り札がそろっていることを確信《かくしん》しているのだ。みんなを助けたいなら、ダンプを最初に助けなくてはならないはずだ、と。

しかし、ジョージは何かに気づき、ふたりの姉妹から離《はな》れて、巨大《きょだい》な窓《まど》に近寄《ちかよ》っていった。下にはエデノポリスの都が広がっている。ジョージの目は、何かが動いているのをとらえていた。よく見ると、新たな人の波が、エデノポリスの中心部へと入りこんできていた。何百人もの人が、止めに入った警備員《けいびいん》や取締官《とりしまりかん》のあいだをすり抜《ぬ》けて動いている。しかも、〈ダンプのグレート・タワー〉に向かって、あちこちから猛《もう》スピードでやって来る。最初ジョージは、なぜその光景を不思議だと思ったのかが自分でもわからなかったが、そのうちわかってきた。長いこと子どもがたくさんいる光景から遠ざかっていたので、何を見ているのかが、すぐにはわからなかったのだ。何百人、何千人という子どもたちが、まっすぐ〈ダンプのグレート・タワー〉に向かってやって来る。それに、人間もロボットも、その流れを止めることができないでいる。

ジョージは、部屋の中をふり返った。おとなたちはまだ議論《ぎろん》をしている。

「もし、あんたがみんなにちゃんとした教育をしていたら」と、アニー。お父さんと同じように、大事な場面でお説教《せっきょう》をするくせがあるらしい。「わたしを呼《よ》ぶ必要はなかったでしょう。でも、あんたは科学を禁止《きんし》し、まともな教育を禁止し、実験室や大学を閉鎖《へいさ》したのよ。わたしたちの父の仕事を盗《ぬす》んで、自分の政権《せいけん》を長持ちさせるのに使おうとした。言っとくけど、父はあんたの政権が大きらいだった。それなのに、今になって、わたしたちに助けてくれって言うわけ？」アニーは、ダンプにつばをはきかけんばかりのいきおいで言った。

ダンプの声は落ち着いていた。

「あんたに勝ち目はないよ。わたしの言ったとおりにするか、エデンの人びとの大虐殺《だいぎゃくさつ》に手を貸《か》すか、どっちかなのだからな。大虐殺ということになれば、あんたの責任《せきにん》だ。いいか、あんたの責任だぞ。わたしを宇宙《うちゅう》ホテルに行かせれば、あんたたちは自由だ。わたしは、自分の宇宙リゾートから武器《ぶき》を取りはらうことを約束するよ。そして、この荒《あ》れ果てた惑星《わくせい》を統治《とうち》する喜びは、すべてあんたのものになる」

「これまでにさんざん破壊《はかい》し、富《とみ》を独《ひと》り占《じ》めしたくせに。そのうえあんたがぜいたくな暮《く》らしをするために、宇宙に送り出すとでも思ってるの？　それに、武装解除《ぶそうかいじょ》するっていうあんたの言葉を鵜《う》呑《の》みにはできないわ」

ジョージは、タワーの下に広がる風景をふり返った。そして窓《まど》に近寄《ちかよ》ってコスモスのそばまで行った。

「わたしはもう廃品《はいひん》です。真実が明らかになった以上、わたしは活動を停止します。わたしは自分を罰《ばっ》するために何年も廃品置き場に隠《かく》れていました。それからヒーローを守ることで、罪《つみ》をつぐなおうとしたのです。でも、わたしは重大すぎる過《あやま》ちをおかしていたようです」と、コスモス。

「エリックを裏切《うらぎ》ったって、どういうこと?」と、ジョージはきいた。

「わたしはたまたま軽率《けいそつ》にも、抵抗《ていこう》ネットワークだと思ったところに情報《じょうほう》を流してしまいました。けれど、彼らは政権側《せいけんがわ》の偽装《ぎそう》したボットだったのです。しかし、これ以上わたしにできることはありません。」

「コスモス、きみにやってほしいことがあるんだ」と、眼下《がんか》で豆つぶのようなものが人混《ひとご》みをかき分けて、〈ダンプのグレート・タワー〉へと向かってくるのを見ながら、ジョージは言った。

スーパーコンピュータのコスモスは、ちょっと考えてから言った。

「わたしはアニーに、活動を停止《ていし》しろと言われています」

「あと一度だけ。ぼくのために、お願いだよ」と、ジョージ。

「何をしてほしいのですか?」

「あの子たちが警備隊《けいびたい》にじゃまされないで、エレベーターでここまで上がってこられるようにしてほしいんだ」ジョージは、下の地面を指差しながら言った。

「ああ、それならできます」スーパーコンピュータのコスモスが言った。

おとなたちは、おたがいにまだどなり合っていた。アドバイザーたちも、みんな議論《ぎろん》に加わっている。一度は、ビンボリーナ・キモボリーナ女王のホログラムが、部屋の中央にあらわれた。美しく神秘的《しんぴてき》な女王の口からは、絵文字がまるで真珠《しんじゅ》のようにこぼれ落ちていた。しかし、ダンプは女王には会いたくないらしかった。

「ここから出ていけ！」ダンプがどなると、〈あっち側〉の女王のアバターは、ぷつっと消えてしまった。

おとなたちはみんな、どうしたらいいかについて言い争《あらそ》っていたので、エレベーターのドアがまた開いたことに気づかなかった。エレベーターからは続ぞくと人が降《お》りてきた。

それを見ると、おとなたちの言い争いは鳴りをしずめた。小柄《こがら》な一つの人影《ひとかげ》が集団から離《はな》れると、一歩前に出た。

「質問《しつもん》があります」そして、落ち着きはらってあたりを見まわしながら言った。

24

「ヒーローじゃないの！」

そばに行こうとしたニムは、姉のアニーに引き留《と》められた。

「ニム、まず話を聞きましょう」アニーが言った。

「質問《しつもん》があるの」ヒーローが、また言った。

最後に見たときより成長したみたいだ、とジョージは思った。それに、まったく落ち着いているし、自信もあるみたいだ。

それに引きかえダンプのようすは、まったく逆《ぎゃく》だった。

「おまえたちには給料をはらって、ガキをここに来させないようにしといたはずだ！　あのうるさい子どもハンターはどこだ？」ダンプがどなった。

「あなたが、下がらせたのですよ。もうひとりの少年といっしょにね」取《と》り巻《ま》きのひとりが言った。

「連れ戻《もど》せ。これはひとえにあいつの責任《せきにん》だ！　どうしてガキがエデノポリスにいるんだ？　だれか答えろ！」と、ダンプが言った。

「あたしも答えてほしいの！　あなたはどうして、あたしたち子どもにウソをついたんですか？　どうしてあたしたちはちゃんとした教育が受けられないんですか？　どうしてあるがままの世界について学べないんですか？」ヒーローが詰問《きつもん》した。

ダンプは、ぼうぜんとヒーローを見ている。それからあたりを見まわして、アドバイザーのだれかが答えるように合図した。しかし、みんな尻《しり》ごみした。

かわりに、アニーが前に出て、ヒーローに笑いかけた。

「こんにちは、ヒーロー。わたしはあなたの伯母《おば》のアニーよ」

「わあ、かっこいい！」ヒーローは、この魅力的《みりょくてき》で強そうな人に感心したみたいだ。「でも、伯母って何ですか？」

「あなたはこの子たちといっしょにどこから来たの？」

ヒーローは、後ろにいる子どもたちを見渡《みわた》しながら答えた。

「みんなを自由にしたの。バブルの子どもたちがどうなってるか知りたくて、ワンダー・アカデミーに行ってみたんです！」

「ワンダー・アカデミーはどんなだったの？」ジョージは、知りたくてうずうずしていた。

ヒーローがひとりでここまでやるなんて、とても信じられない。

「へんてこで、恐《おそ》ろしいところだったよ。そこにいる子たちは、何も学んではいなかったの」ヒーローは、責《せ》めるようにニムを見た。「子どもたちは、トレリス・ダンプを支《ささ》えたり賢《かしこ》くしたりするために、頭脳《ずのう》の力を吸《す》い取られてたんだ。それなのに、あんなとこに、あたしを行かせるなんて！」

「違《ちが》うのよ。行かせようなんて思ってなかったの。ごめんなさい」ニムが訴《うった》えるように言った。

「助けてくれる人たちもいたけど、あたし、ほとんどは自分でがんばったんだよ」

「助けてくれる人？　だれなの？」だまっていられなくなって、アニーがきいた。

「あたしのロボットです。あたしのガーディアンが廃品《はいひん》置き場から見つけてきたロボットよ。役立たずだと思ってたけど、ほんとうは、なかなかかっこいいやつだったの」ヒーローは、パーム・パイロットを見せながら続けた。「これで、連絡《れんらく》を取り合ってたんです。どうしていいかわからないときは、助けてもらったの」

アニーはコスモスを見やったが、コスモスは窓《まど》の外に顔を向けたままだった。

「それで、この子たちをワンダー・アカデミーから助け出して、ここに連れてきたの？」アニーがきいた。

「マトゥシュカっていう女の人に、ワンダーについてのほんとうのことを聞いたんです。マトゥシュカもワンダー・アカデミーに駆《か》けつけてくれたんです。それで、子どもたちを助け出さなきゃって思ったんです。だから、そうしました」

「でも……どうやって?」と、ニムがきいた。

ヒーローは、ニムやほかのおとなたちをにらみながら言った。

「あなたたちは、あたしたち子どもがうるさくしないように、無意味なガラクタをいっぱいあたえてだまそうと思ってた。その一方で、エデンが動いていくために、子どもの頭脳《ずのう》を利用しようとしてた！　そして、エデンには何兆《ちょう》〈ダンプリング〉もの借りがあるから、いっしょうけんめい働いて返さなきゃいけないと思わせてもいた。あたしたち、この世界を破壊《はかい》した人に、借りを返さなきゃいけないと思わせられていたんですよ！」

部屋にいたおとなは、みんなだまりこんでいた。

「ほんとは、みんなジョージのおかげなの」と、ヒーローは言って、えくぼを見せた。「この世界はあたしが思っているようなものではないと、最初に言ってくれたのはジョージなんです。はじめは、信じませんでした。頭がおかしいんだと思ってたんです。でも、違《ちが》いました。ジョージはあたしを助けようとしてたんです」

「うん、そうなんだ」と、ジョージ。

「それにジョージは、あのバブルからあたしを連れ出してくれた」ヒーローは、バブルという言葉をはき出すように言った。「それって、とても勇敢《ゆうかん》なことだと思います。あたしも勇敢だったけど、でも、あたしは自分が勇敢だということを知らなかったから、それはどうでもいいことね」

「きみは、トラと戦ったじゃないか」ジョージが思い出させた。

「そしてもし、ジョージがあたしを助けてくれなかったら、あたしは頭脳奴隷《ずのうどれい》としてワンダー・アカデミーで働かされていたかもしれないんです。ほかの子たちと同じようにダンプの政権《せいけん》のためにね」ヒーローは、部屋のまわりに並《なら》んで、腹《はら》を立てているらしい年長の子どもや若者《わかもの》たちを示《しめ》しながら言った。

ジョージは、後ろのほうにアティカスがいるのを見てホッとした。その横には、銀色の長髪《ちょうはつ》をなびかせた背《せ》の高い人が堂々《どうどう》と立っている。マトゥシュカだ。きっと人びとを抵抗《ていこう》運動に加わるように説得《せっとく》し、みんなを連れてダンプを倒《たお》すためにやってきたのだろう。

ヒーローはニムに言った。

「どういうことか説明して」

「ヒ、ヒーロー……」ニムは、しょんぼりしていた。

ジョージが進み出ると、言った。

「ヒーロー、きみのお母さんも」と、ニムをさして続ける。「かなりの英雄《ヒーロー》なんだよ。表《おもて》に見えていることとは少し違うんだ。ニムはきみを守りたかったから、バブルの中にいさせたり、エンピーをつけたり、ぼくにナー・アルバまで連れてってくれとたのんだりしたんだ」

ヒーローは、目をパチパチさせた。思ってもみなかったことだったらしい。ニムが、ありがとうというように、ジョージに笑顔を見せた。しかし、ヒーローはまだ言葉を続けた。考えなくてはならないことが多すぎて、自分のことはまだちゃんと考えられないのかもしれない。背筋《せすじ》を伸《の》ばして、ヒーローはまわりの人びとを見て言った。

「やることはいっぱいあります。エデンの中には、まだたくさん子どもがいて、助けを待っているんです」それから、ダンプをにらんで続けた。「あなたは、まだあたしの質問《しつもん》に答えてないわよ」

「おまえの質問？」ダンプは、ヒーローの真似《まね》をしてかん高い声で言った。「おまえの質問だと！　おれは、ばかな小娘《こむすめ》とちがってダンプ大統領《だいとうりょう》だぞ！　エデンの支配者《しはいしゃ》で、今は〈あっち側〉も支配しているんだ。この世界とその中のすべてを支配しているのは、このわたしだ。そして、おまえの借金は、これによってさらに二兆《ちょう》〈ダンプリング〉ふえたぞ。どうやって返すか楽しみだよ、負け犬め！」

「そうは思いません。あんたは、もうエデンの大統領じゃないぞ。失脚《しっきゃく》したんだから」ジョージが言った。コスモスとひそかに話して、新しい情報《じょうほう》を得《え》ていたのだ。

「ウソだ！　それはありえない！　わたしが永久《えいきゅう》にエデンの大統領を務《つと》めるという法律《ほうりつ》を通してるんだからな。それは、人びとがどんな投票《とうひょう》をしようと変わらないんだ！」ダンプは叫《さけ》んだ。

「今やそれは何の意味も持ちません」ジョージは続けた。「あんたは、命令を下す賢《かしこ》さを手に入れるために子どもたちの頭脳《ずのう》にたよっていた。そしてそれを実行するために知的なマシンにたよっていた。でも、子どもたちも知的なマシンも、もう失ってる。子どもたちは逃《に》げ出したし、マシンはとうとう反旗《はんき》をひるがえしたんだ。芝刈《しばか》りロボットから核《かく》ミサイルを発射《はっしゃ》するロボットまで、エデンにいるどんなボットも、もうあんたの命令にはしたがわない。そして、盗《ぬす》んだ頭脳の力がなければ、あんたは勝つことができない。あんたはもう終わりなんだ」

「あんたが負け犬ね」聞いたばかりの言葉を使ってみたいヒーローが言った。

アニーが、笑顔でヒーローにウィンクをした。

「この子の言うとおりよ」

そして、部屋にいるほかの人たちに向かって言った。

「ダンプの政権《せいけん》が続いてほしいと思う人は、だれかいる？」

人間もロボットも、だれも声を上げない。

アニーは、部屋の中央で真っ青になっているダンプをふり返った。

「いいか、いそぐ必要はないんだ……きっと……」と、ダンプ。

ニムが、アニーの耳にささやいた。

「いい考えだわ」

アニーはそう言ってうなずくと、ロボットたちに合図した。ロボットたちはすぐにダンプをつかまえると、部屋の外まで引きずっていった。

ダンプがじたばたしながら外に連れ出されると、ジョージはきいた。

「どこに連れていくの？」

「どうするか決めるまでは、熱狂的《ねっきょうてき》な取《と》り巻《ま》きといっしょに、閉《と》じこめておきましょう。しっかりこらしめてやらないと」

「だけど、こんどはだれがリーダーになるの？」ヒーローの後ろにいた子どものひとりが、たずねた。

みんながいっせいにアニーのほうを見た。アニーにはリーダーの風格《ふうかく》があった。熟練《じゅくれん》の戦士だし、長く続いた危機的状況《ききてきじょうきょう》のあとで、この世界の舵取《かじと》りをやってくれそうだ。

「わたし？　わたしだと年寄《としよ》りすぎると思わない？」アニーは言った。

「ぼくと同じ年だよ、ある意味ではね」ジョージが言った。

「でも、違《ちが》うでしょ」と、アニー。「わたしはそろそろ、次の世代に引き渡《わた》すころだと思っているの。わたしは、世界を支配《しはい》したいとは思わないのよ。ただ、よくしたいと思っていただけなの。どっちにしろ、子どもたちは、おとなに命令されるのにうんざりしてるんじゃないかしら」

「アニー、どういう意味？　みんなはどうしたらいいの？」ジョージがきいた。

「みんな？」アニーが言った。「みんなじゃなくて、あなたやヒーロー、それにアティカス。そして、すべての子どもたちね。ジョージ、あなたは過去《かこ》には戻《もど》れないわ。でも、時を超《こ》える宇宙船《うちゅうせん》があなたを、今この時代まで運んできてくれた。だからあなたも、ここからまた未来へ向かうのよ。世界はもうジョージやヒーローや、子どもたちのものなの。あなたたちがどうしたいかに、かかっているのよ」

（完）

タイムトラベルと、移動《いどう》する時計の不思議

時計のチクタクという音は、時が過《す》ぎていくのをあらわすものとしておなじみです。わたしたちは、時間がどういうものかを知っています。少なくとも、知っていると自分では思っています。同じ一つの部屋に何人かがいるとしても、わたしの時計と、ほかの人の時計の進み方は同じです。時間はだれにとっても、同じリズムで過ぎていきます。遠い国に住む人の時計の針は、わたしの時計とは違《ちが》う時間をさしているでしょう。でも、時計の進み方は同じです。

ところが時間というのはおもしろいもので、もしあなたが超高速《ちょうこうそく》で移動《いどう》したら、進み方が違ってくるのです。たとえば、ジョージが乗ったような超高速の宇宙船《うちゅうせん》のなかのチクタクは、地球でのチクタクよりゆっくりになります。この不思議な現象《げんしょう》を、科学者たちは「時間の遅《おく》れ」と呼《よ》んでいます。これは、光の速さが決まっていることからくるものです。

「時間の遅れ」を理解《りかい》するためには、まず光についての理解が必要です。光は、真

空の空間なら決まったスピードで進みます。そのスピードは毎秒約30万キロメートルで、科学者はこれを「光速」と呼んでいます。ガラスのような高密度《こうみつど》のものを通るときは、光の進み方はゆっくりになりますが、自由に動ける真空の空間では、光は「光速」という一定の速度で、どの方向にも同じように進みます。

この「光が一定の速度で進む」ということが、「時間の遅れ」にもつながり、超高速の宇宙船のなかでは、地球上より時間の進み方がゆっくりになる現象が起こるのです。ジョージが未来に行ってしまう物語には、こういう科学の裏《うら》付《つ》けがあるのです。超高速で移動しているジョージにとってはほんの数日でも、地球上では何年もたっているのです。

そんなばかなことがあるかと思うでしょうが、それは、あなたがそれほどの超高速で移動することができないからです。けれども、もし「光速」に近いスピードで移動することができるとすれば、あなたの時計のチクタクは、地球から見ると、チークタークになるでしょう。どうしてそうなるかを、中身が透《す》けて見える宇宙船のなかにある「光時計」を使って考えてみましょう。

この「光時計」はとてもかんたんなもので、宇宙船内の右側の壁《かべ》につけた電球と、それに向き合う左側の壁につけた鏡でできていて、宇宙船の後ろには超強力なエンジンがついています。宇宙船《うちゅうせん》が停止しているときにスイッチを入れると、電球がピカッと光り、その光が反対側につけた鏡に反射《はんしゃ》します。チクで電球の光が鏡まで届《とど》き、タクで鏡から反射した光が電球まで戻《もど》ってくるとします。

もしわたしたちが、ここにある電球（とてもとても明るくないとだめですが）から約30万キロメートル離《はな》れたところに鏡を置くとすると、電球の光は1秒でその鏡まで届き、鏡が反射した光は次の1秒でここまで戻ってきます。光は「光速」で進むので、1秒で約30万キロメートル進んで鏡に届き、それが同じ距離《きょり》を戻るのに、もう1秒かかるからです。

さて、停止している宇宙船に話を戻しましょう。なかで「光時計」が、いつ見ても同じように、左右に一定のリズムで点滅《てんめつ》をくり返しているとします。地球上のどの時計もこれに合わせることができるくらい正確に動いています。

なかが見えるこの宇宙船を、こんどは宇宙空間に打ち上げてみましょう。この宇宙船は、驚異的《きょういてき》な超光速《ちょうこうそく》で遠ざかっていきます。最初にピカッとした電球の光が鏡に向かうようすを地球から見てみましょう。地球上なら鏡がある場所まで届くはずの時間がたっても、まだ鏡には届きません。鏡が移動《いどう》してしまっているからです。鏡がどれくらいの距離を移動するかは、その宇宙船がどれくらいのスピードで進むかにかかっています。スピードがとても速いと、電球が発した光は、鏡に到達《とうたつ》するまでに、より長い勾配《こうばい》のあるルートを進みます。つまり光はより遠くまで行かなくてはならず、光が進む速度（光速）は不変なので、わたしたちから見ると、鏡に当たるまでの時間がかかる、ということになります。停止していたときの「光時計」のチクは、ここではチークとゆっくりになってしまいます。

　鏡に反射した光が戻るときも同じです。やはり、停止しているときより時間がかかるので、タクもタークとなります。地球にいるわたしたちが見ると、猛《もう》スピードで動いている「光時計」は、チクタクではなく、チークタークとリズムがゆっくりになります。宇宙空間を超高速で移動している宇宙船のなかでは、地球上より時間の進み方がゆっくりになるのです。たとえば、宇宙船のなかで時計が一時をさした時、地球上ではすでに五時になっているとすれば、地球の四時間先の未来と宇宙船の現在《げんざい》が同じだということになります。

　この「時間の遅《おく》れ」は、アルファベットの文字の形であらわすこともできます。移動しない場所に「光時計」と鏡があるときは、ピカッという光がI《アイ》という文字を横にしたみたいにまっすぐ進みます。最初の一は、電球から鏡への道筋《みちすじ》で、次の一は、鏡からの反射光が戻る道筋です。しかし宇宙船が超光速で移動しているのを地球上から見ると、光の道筋《みちすじ》は、V《ヴィ》を横にしたみたいに見えます。Vの折り返し部分が位置の動いた鏡です。左上の電球から放たれた光は、I《アイ》より長い距離《きょり》を進んで鏡に届《とど》き、その反射光《はんしゃこう》はまた長い距離を進んで、Vの右上の電球に戻《もど》ります。IとVの距離の違《ちが》いがあることによって、「光時計」が移動しているときは、時計のリズムがゆっくりになるように地球では感じられるのです。

　これは「時間の遅《おく》れ」の基本的《きほんてき》な考え方で、「相対性理論《そうたいせいりろん》」で予言されていたことでもあります。「相対性理論」というのは、科学者アルバート・アインシュタインの偉大《いだい》な発見の一つです。わたしが宇宙船《うちゅうせん》に乗っているとすると、地球からはわたしの時計が遅れているように見えます。でも、宇宙船のなかにいるわたしからは、地球のほうが移動しているように見えるし、地球の時計のほうがゆっくりになるように思えます。じつは、どちらの見方も正しいのです。それなのに、なぜ宇宙船のなかにいる者だけが未来に行くことができるのでしょうか?

　数式をくわしく見てみると、動く速度を変えることも時間の遅れを引き起こしていることがわかります。宇宙船が地球に戻ってくるには，宇宙船側だけスピードと進む方向を変えなくてはならず、宇宙船の旅の状況《じょうきょう》は地球上での状況と異《こと》なることがわかります。地球に戻ってくる宇宙船が、後戻りできない未来に送られるのは、宇宙船の驚異的《きょういてき》なスピードと中間地点での方向転換《てんかん》による時間の遅れが原因《げんいん》なのです。

今のところまだ人類は、光速に近いスピードで宇宙船を飛ばすのに成功していませんが、すでにアインシュタインの「時間の遅れ」という理論《りろん》が正しかったことを示《しめ》す興味深《きょうみぶか》い実験はいくつかあります。スイスにある欧州原子核共同研究機構《おうしゅうげんしかくきょうどうけんきゅうきこう》（ＣＥＲＮ《セルン》）の「加速器《かそくき》」では、粒子《りゅうし》は光速近くまで加速されます。通常《つうじょう》多くの粒子はそれぞれ時計のような機能《きのう》を持っています。例えば「半減期《はんげんき》」というのは各粒子が分裂《ぶんれつ》して他の小さな粒子になるのにかかる時間に関連しています。実験室では粒子が静止した状態《じょうたい》でこの半減期を測定《そくてい》できますが、もちろん粒子が動いている場合でも半減期を測《はか》ることができます。実験でわかったことは，実際に粒子が動いているときは粒子の時間はそれが止まっているときよりもゆっくりと流れるということで、その流れ方はまさにアインシュタインが予言していたものと、まったく同じだったのです。

ピーター

気候変動——わたしたちには何ができる?

気候変動って何?

お天気は毎日変化します。雨が降《ふ》って寒い日があると思えば、太陽が出て暑い日もあります。季節によって暑い月もあれば、寒い月もあります。でも、たとえば三〇年くらいの長い間のお天気を調べてみれば、気温や雨が降る量などの平均《へいきん》を出すことができます。この平均の状態《じょうたい》を「気候」といいます。

ひとりの人が生きている間の、地球上のどこか特定の場所の気候は、そんなに変わるものではありません。もちろん場所が変われば、気候も変わります。たとえば、赤道に近い場所では、南極や北極に近い場所にくらべれば、気温が高くなります。熱帯雨林だと、砂漠《さばく》地帯より雨が多くなります。

過去《かこ》一〇〇年以上、科学者たちは、地球上のさまざまな場所で気候のくわしい記録をとってきたのですが、それによると、ほとんどの場所で平均気温が高くなっていることがわかりました。「地球温暖化《おんだんか》」と呼《よ》ばれるこの現象《げんしょう》は、さまざまな影響《えいきょう》をもたらしています。たとえば、高い山の氷河《ひょうが》や、北極や南極近辺の陸や海の氷床《ひょうしょう》が、多くの場所でとけだしています。陸の氷がとけだして海に流れこむと、海面が上昇《じょうしょう》します。場所によっては雨が多く降るようになり、場所によっては雨が降らなくなります。こうした影響をすべてふくめて、「気候変動」と呼《よ》ぶのです。

科学者たちは、地球の気候に変化をもたらした主な原因《げんいん》は、わたしたち人間の活動にあると述《の》べています。太陽は地球に熱を送っていますが、地球には大気があるおかげで、大気がない場合より、地表の温度が30度くらい高くなっています。それには、次のような仕組みがあるからです。太陽のエネルギーが届くと、地球の表面の温度が上がります。その熱は地表から宇宙空間に出ていこうとします。しかしその熱の一部は、水蒸気《すいじょうき》や二酸化炭素《にさんかたんそ》といった気体にからめとられてしまいます。これが「温室効果《こうか》」と呼ばれる現象です。寒さに弱い植物を寒冷地で育てるための「温室」やビニールハウスと同じようなものだからです。

ここでは、二酸化炭素がとても大きな役割《やくわり》を果たしています。一八世紀から大気中の二酸化炭素は増加しはじめ、大気中に熱がこもって、地球の気温が上がっているのです。この二酸化炭素のほとんどは、石炭や石油や天然ガスといった化石燃料《ねんりょう》を燃《も》やすことで発生しています。鉄鋼《てっこう》やセメントなどを製造《せいぞう》したり、発電したり、自動車や電車に動力を供給《きょうきゅう》したりするのに、わたしたちは化石燃料《ねんりょう》をたくさん燃やしています。温室効果《こうか》ガスは、ほかに、埋《う》め立て地のゴミが腐《くさ》ったりする時に発生するメタンなどがあります。メタンは、牛などの家畜《かちく》のげっぷや糞《ふん》からも発生します。二酸化炭素《にさんかたんそ》は、伐採《ばっさい》された木が埋められたり、腐ったりしても発生します。

どうして気候変動が問題なの？

温度計などの計測機器《けいそくきき》をみんなが使うようになったのは一九世紀半ばですが、それ以来、地球の表面の平均気温《へいきんきおん》（陸や海などすべての場所やあらゆる時期の平均）は、約1度（1℃）高くなりました。「℃」（セ氏とも呼《よ》ばれます）というのは、世界の最も多くの国で使用されている温度の測定《そくてい》単位で、0度で水が凍《こお》り、100度で沸《ふっ》騰《とう》する温度と決められています。気温は、毎日、そして季節によっても上下するので、1度などたいしたことないと思うかもしれません。でも、じつは気候に大きな変化をもたらす可能性《かのうせい》があるのです。

約二五〇年前に人類が化石燃料を燃やすことを始めて以来、大気中の二酸化炭素の量は、すでに40％以上ふえています。とくに第二次世界大戦後に急速にふえているのですが、それは、おもに化石燃料をエネルギー源《げん》とする製造業《せいぞうぎょう》の成長とライフスタイルの変化が、世界規模《きぼ》で加速したからです。ガスは、大気中に何百年もとどまるので、排出《はいしゅつ》された二酸化炭素は年ねんたまっていきます。このままふえ続けると今世紀の後半には、産業革命《さんぎょうかくめい》（一八世紀後半）の前とくらべて、二酸化炭素の量が2倍から3倍になるかもしれません。

そしてこの増加《ぞうか》ペースが続けば、二一世紀の半ば（小学校に入った子どもが四十代になるころ）には、地表の温度は5度以上高くなるかもしれません。これは、この数千万年の間に地球が経験《けいけん》したことのない変化です！　気温がどうなるかを正確《せいかく》に予測《よそく》することはできませんが、これほど高くなると、実際《じっさい》に危険《きけん》なことが起こります。現生人類《げんせいじんるい》が誕生《たんじょう》してから、まだ二〇万年しかたっていないことを思い出してください。今世紀末まで気温が上昇《じょうしょう》しつづけた場合に地球が実際にどうなるかは、予測もつきません。

気候変動には、地域《ちいき》によっては危険《きけん》な寒さが減《へ》ると

いったプラスの効果《こうか》もあります。しかし多くの人びとはリスクに直面するでしょう。海面が上昇《じょうしょう》するばかりでなく、ハリケーンの襲来《しゅうらい》や干《かん》ばつといった異常気象《いじょうきしょう》もふえるので、貧《まず》しい国に暮《く》らす人びとは被害《ひがい》を受けやすくなります。次の世紀には、多くの地域《ちいき》で洪水《こうずい》や干ばつがひんぱんに起こって、暮らすのがむずかしくなるでしょう。まったく住めなくなる地域も出てくるかもしれません。海面上昇によって沈んでしまう地域——たとえば海の下に消えてしまう島など——とか、砂漠《さばく》と化してしまう地域もあるでしょう。もしかすると数億人の人びとが被災地《ひさいち》から移住《いじゅう》しなくてはならないかもしれません。世界には、すでにそうなっている地域もあります。穀物《こくもつ》が不作だったり、家畜《かちく》が生きていけなくなったりしたせいで、故郷《ふるさと》を捨《す》てなくてはならない人びとがいるのです。

　植物や動物も気候変動の影響《えいきょう》を受けています。地球温暖化《おんだんか》の影響で、多くの種《しゅ》が北極や南極の方に向かって移動《いどう》していて、その多くが絶滅《ぜつめつ》の危機《きき》にさらされています。全体的に見ると、気候変動は人びとを貧困《ひんこん》におとしいれる可能性《かのうせい》があります。過去《かこ》一〇〇年のあいだに世界の人びとは所得《しょとく》や寿命《じゅみょう》を延《の》ばしてきましたが、今後はそれがどんどん減少《げんしょう》していくかもしれません。

わたしたちには何ができるの？

大気中の二酸化炭素《にさんかたんそ》や他の温室効果《こうか》ガスの量はふえていますが、それに対する気候の変化は比較的《ひかくてき》ゆるやかです。つまり、わたしたちが過去にしてきたことの結果として、気候変動はこの先二〇年か三〇年のあいだ続きます。人間も家屋もビジネスも、その衝撃《しょうげき》に適応《てきおう》できるようにしておかなくてはなりません。あちこちで「気候変動への適応策《さく》」が考えられています。

しかし、気候変動の影響はどんどん危険《きけん》なものになってきているので、最悪の事《じ》態《たい》を避《さ》けるためには、二酸化炭素などの温室効果ガスを大気中に排出《はいしゅつ》するのを減《へ》らすか、あるいはストップする必要があります。これは、かんたんなことではありません。というのは、現在《げんざい》世界で使われているエネルギーの80%は、化石燃料《ねんりょう》を燃やすことでまかなっているからです。

でも、化石燃料を使わない方法もいろいろあります。たとえば風力や太陽光と

いった再生可能《さいせいかのう》な資源《しげん》から電気を作ることもできるでしょう。再生可能な資源を使った電気で自動車や電車を動かすこともできます。世界各国の政府《せいふ》にも、二〇一五年にパリで取り決めた国際的《こくさいてき》協定を守り、地球温暖化《おんだんか》を2度以下におさえ、年間の温室効果《こうか》ガスの排出《はいしゅつ》を減《へ》らすという大役を果たしてもらいましょう。企業《きぎょう》も、大気《たいき》汚染《おせん》や廃棄物《はいきぶつ》を減らす方法を見つけることで、貢献《こうけん》できます。

自家用車で交通渋滞《じゅうたい》に巻《ま》きこまれるのではなく、人びとが公共交通を使う、よりよい都市を築《きず》くこともできます。そうすれば、人びとはもっと有意義《ゆういぎ》に仕事をしたり生活したりできるようになるでしょう。そればかりではなく、温室効果ガスの排出や、大気汚染を大幅《おおはば》に減らすことができるようになります。

わたしたちは大きな変化を必要としていますが、その一方で、世界の生活水準《すいじゅん》を引き上げたり、貧困《ひんこん》問題を解決《かいけつ》したりする必要もあります。その両方をやっていきましょう。

気候変動はすぐに取り組まなければならない問題ですが、新しくてもっとよいエネルギーを生み出して使うことになるのですから、わくわくする解決策《かいけつさく》になるでしょう。町や都市も、もっとずっと魅力的《みりょくてき》なものになるはずです。森林や草原ももっと元気になるでしょう。そして陸地でも海でも、人間が依存《いぞん》しているエコシステムは、もっとたくましくなるはずです。そこからは、だれもが恩恵《おんけい》を受けますが、すべての国の貧《まず》しい人たちにとっては特にプラスになります。

もしかしたらあなたも将来《しょうらい》、科学者や環境《かんきょう》保《ほ》護《ご》活動《かつどう》家《か》になり、世界中の人びとと協力して、よりよい未来を作るために働くことになるかもしれませんね。

ニック

未来の食べ物

　未来の食べ物がどうなるかについては、「食べられる空気」から「錠剤《じょうざい》の食事」まで、さまざまな予想が立てられています。未来食の研究者は、高度な技術《ぎじゅつ》を駆使《くし》した目新しい食品をよく持ち出しますが、初期の宇宙飛行士《うちゅうひこうし》は実際《じっさい》にそのような食品を食べていました。もしジョージが一九六〇年代に宇宙船に乗っていたなら、朝ごはんには、歯磨《はみが》きチューブのようなものに入った液体《えきたい》かピューレ状《じょう》のものを食べ、昼ごはんには、一口サイズのサイコロみたいなものを食べ、夕ごはんには、粉末状《ふんまつじょう》のフリーズドライ食品を食べていたかもしれません。あんまりおいしそうじゃありませんね。

　栄養士たちは、かつてはビタミンの錠剤や「錠剤の食事」

の研究を熱心にしていたのですが、今は自然のままの食品に注目が集まっています。たとえば、ふつうのリンゴには、何千もの複雑《ふくざつ》な栄養素《えいようそ》がふくまれ、それが細胞《さいぼう》をダメージから保護《ほご》しています。他の野菜や果物も同じです。リンゴを丸ごと食べれば、わたしたちはガンや心臓病《しんぞうびょう》といった慢《まん》性病《せいびょう》にかからないですむかもしれないのです。

科学者たちは、有効《ゆうこう》成分だと思われるものを抽出《ちゅうしゅつ》しようとしてきました。たとえば、リンゴのような果物からビタミンC《シー》を、ほうれん草のような緑葉野菜からビタミンE《イー》を、ニンジンのようなオレンジ色の野菜からベータカロテンを抽出してきたのです。しかし、錠剤の形でこうした抽出物を食べても、ほとんどの場合、病気の予防効果《よぼうこうか》はないことがわかってきました。それどころか慢性病《まんせいびょう》を促《うなが》す可能《かのう》性《せい》すらあるのです。健康のためには、自然な食べ物を丸ごと食べるほうがいいのです。

ジョージが今の宇宙船に乗ったら、食堂や宇宙ステーシ

ヨンで食べるものは、地球で食べるものに似《に》ています。マッシュポテトと、ナッツと、ブロッコリと、リンゴを食べるのかもしれません。

話を戻《もど》して、未来の食べ物についてもう少し考えてみましょう。そのためにはまず、わたしたちが食べるものには何が影響《えいきょう》し、わたしたちが食べるものはどのように健康やこの地球（そして、将来《しょうらい》発見されるかもしれない惑星《わくせい》）に影響をあたえるかを考えてみましょう。

かんたんな質問《しつもん》から始めましょう。「なぜあなたは、それを食べているのですか？」という質問です。

味が好きだからかもしれないし、お腹《なか》がすいたからかもしれませんね。そこにあったから食べているのかもしれないし、だれかが自分のために作ってくれたからかもしれません。だったら、そのだれかさんは、なぜほかの食べ物ではなく、その食べ物を作ってくれたのでしょう？　どうしてその食べ物がそこにあるのでしょう？

未来の人たちが何をどうやって食べるのかを予想するとき、科学者たちも同じような「なぜ」「どうして」を考えます。そして過去《かこ》に何がどこで生産されてきたかを見ることから始めます。イギリスなら、牛乳《ぎゅうにゅう》、肉、小麦、ジャガイモやニンジンなどの根菜、そしてもちろんリンゴやイチゴなどの果物でしょう。それから、生産されたものを食べる人がどれくらいいるのかとか、その人びとが食べ物に使うお金をどれくらい持っているのかとか、別の場所ではどんなほかの食べ物が手に入るのかとか、遠くの食べ物のかわりに近くで生産された食べ物をかんたんに手に入れることができるのか、などを見ていくのです。

その結果、次のようなことがわかりました。人びとは裕福《ゆうふく》になるにつれて、一般《いっぱん》にたくさん食べるようになります。特に肉、乳製品《にゅうせいひん》、砂糖《さとう》、油脂《ゆし》の消費がふえ、穀物《こくもつ》や豆類の消費は減《へ》ります。このことは、世界的に人口も所得もふえる未来においてわたしたちが直面する二つの問題を提起《ていき》しています。

一つは「環境《かんきょう》」に関する問題で、もう一つは「健康」に関する問題です。
過去《かこ》二〇〇年のあいだに多くの思想家は、人口がふえると地球上では食料の生産が間に合わなくなるかもしれないと心配してきました。しかし作物の苗《なえ》を育てて植えて収穫《しゅうかく》する方法が技術的《ぎじゅつてき》に進歩したおかげで、この心配は過去のものとなりました。現在《げんざい》わたしたちがかかえている不安は、環境を破壊《はかい》せずに食べ物を生産することができるかどうかという点にあります。

地球上で生きるわたしたちにとって最大の脅威《きょうい》の一つは、気候変動でしょう。そこに、食べ物も大きくかかわっているのです。今のところ、気候変動の原因《げんいん》となる温室効果《こうか》ガスの三分の一は、食料生産の過程《かてい》で排出《はいしゅつ》されています。そしてその割合《わりあい》は、特に肉の消費がふえるにつれて、これからふえていくと考えられています。

牛肉は、間違《まちが》いなくその最大の要因《よういん》となります。牛は、四つあるうちの最初の胃《い》のなかで食べたものを発酵《はっこう》させるので、消化器官から温室効果ガスを出します。そ

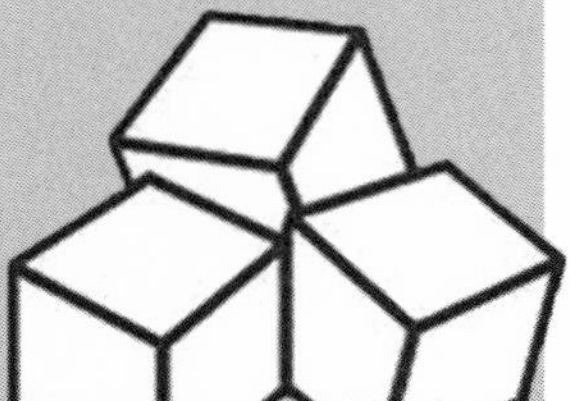

う、げっぷやおならですね。そのうえ、牛など家畜《かちく》のエサを育てるのには肥料《ひりょう》が必要で、そこからも温室効果ガスが発生します。その結果、たんぱく質《しつ》1グラムあたりで考えると、牛肉は豆類のような作物にくらべて二五〇倍もの温室効果ガスを出すことになります。また牛肉は野菜にくらべても1食あたり二〇倍の温室効果ガスを排出します。卵《たまご》、乳製品《にゅうせいひん》、豚肉《ぶたにく》、鶏肉《とりにく》、魚介類《ぎょかいるい》など、その他の動物性《どうぶつせい》食品の生産で排出する温室効果ガスは、牛肉にくらべればわずかです。もっとも排出が少ないのは、植物性食品です。

それを考えると、地球を救《すく》おうとする科学者たちが、動物性食品の多い食事から菜食に切り替《か》えるようにと呼《よ》びかけているのは、当然のことなのです。食品業界も、大豆ミート、藻類《そうるい》のエキス、温室効果ガスの排出が少ない肉――実験室で培養《ばいよう》するクリーンミートや、食べられる昆虫《こんちゅう》など――といった研究に、熱心に取り組んでいます。あなたも、いつかこの分野の科学者になって、地球を破壊せずに世界の人びとのお腹《なか》を満たす食べ物の生産に取り組むようになるかもしれませんね。

こんどは、健康という点から考えてみましょう。菜食の方向に移行《いこう》していけば、肉、乳製品、砂糖《さとう》、油脂《ゆし》の摂取増加《せっしゅぞうか》による危険《きけん》のいくつかはさけられるかもしれません。最近の報告《ほうこく》では、ハンバーガーの肉、ソーセージ、チキンナゲットなどの加《か》工肉《こうにく》や、イギリスではよく食べるフィッシュ・アンド・チップスの、衣をつけて揚《あ》げた魚にも発がん性《せい》があることがわかっています。ということは、何年間もこうしたものをたくさん食べ続けると、将来《しょうらい》はガンになるかもしれないのです。加工していない牛肉や豚肉《ぶたにく》であっても、ガンなどの慢性病《まんせいびょう》になるリスクが高まることがわかっています。

また、砂糖《さとう》や油脂《ゆし》を多くふくむ高カロリー食品（ビスケット、ポテトチップス、フライドポテト、甘いソフトドリンクなどの超《ちょう》加工食品を思い浮《う》かべてください）は、肥満《ひまん》の人をふやしています。そして肥満の人も、ガンやその他の慢性病にかかりやすいのです。「エンプティカロリー」という言葉があります。カロリーはあるが栄養価値はない《エンプティ》という意味です。砂糖や油脂の多いエンプティカロリー食品は満《まん》腹感《ぷくかん》をあたえないので、わたしたちはついついおやつに食べてしまいます。こうした食品は、「ジャンクフード」と呼《よ》ばれることもあります。ジャンクというのは、値打《ねう》ちのないクズという意味ですが、どうしてそう呼ばれるかは、わかりますよね。

こうしたことすべてを考えると、わたしたちはどうしたらいいのでしょう？　気候変動のリスクを避《さ》け、不健康な食事による病気を減《へ》らすには、これからの食事も変えていく必要がありそうです。これまでは、肉、乳製品《にゅうせいひん》、砂糖、油脂をとる量がどんどんふえてきていました。健康で環境《かんきょう》にやさしい未来の食事は、温室効果《こうか》ガスをたくさん排出《はいしゅつ》するうえに不健康でもある食品を減《へ》らすことになるでしょう。つまり、ほとんどの動物性《どうぶつせい》食品や、砂糖や油脂をたくさんふくむ超加工食品を減らし、全粒穀物《ぜんりゅうこくもつ》、ナッツ、果物、野菜、豆類などの、健康によくて、温室効果ガスの排出が少ない食品をふやす必要があります。

あなたが火星に行く日が来たら、ビーフバーガーとフライドポテトのかわりに、全粒粉《ぜんりゅうこ》のパンを使ったベジバーガーにレタスやトマトを添《そ》えたらいいかもしれませんね。チューブ入りの海藻《かいそう》エキスを追加してもいいでしょう。そして、デザートには好きな果物をどうぞ。

マルコ

感《かん》染《せん》症《しょう》、パンデミック、地球の健康

ジョージが乗った宇宙船《うちゅうせん》のアルテミス号が機体をこわしながら着陸したのは、恐《おそ》ろしい未来の世界でしたが、過去《かこ》何世紀ものあいだに人類はたくさんの恐ろしい病気におそわれています。一四世紀の半ばには黒死病《こくしびょう》（ペスト）が流行し、ヨーロッパの人口の約三分の一が死亡《しぼう》したと言われます。これは最も破壊的《はかいてき》な感染症《かんせんしょう》だったと言えるでしょう。びっくりするのは、今でもＤＮＡ《ディーエヌエー》解析《かいせき》などを使って科学者たちが原因《げんいん》を調査《ちょうさ》していることです。この大規模《だいきぼ》な感染症は、クマネズミとそのネズミにたかっていたノミが、人間に感染させたのでしょうか？　それとも、もっと複《ふく》雑《ざつ》な要因《よういん》があったのでしょうか？　調査の結果わかるはずの答えは、過去を理解《りかい》するのに役立つだけでなく、現在《げんざい》と未来の地球規模《きぼ》での健康被害《ひがい》を防《ふせ》ぐのにも役立ちます。

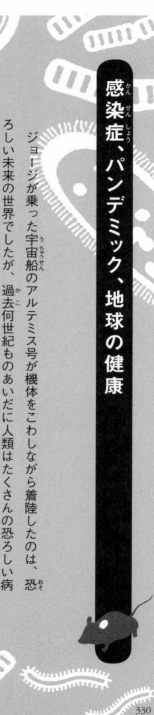

微生物《びせいぶつ》の世界

黒死病は、一般的《いっぱんてき》には腺《せん》ペストや肺《はい》ペストを指すことが多いのですが、どちらも今後も大流行する可能性《かのうせい》があります。黒死病のような感染症が広範囲《こうはんい》にまん延《えん》すると、それはエピデミック（地域《ちいき》的流行）とかパンデミック（世界的流行）などと呼《よ》ばれます。感染症は、とてもずる賢《がしこ》い小さな微生物が引き起こします。バクテリア、ウイルス、寄生《きせい》生物といったものです。微生物が人間にとってすべて危険《きけん》だというわけではありません。危険な微生物は、病原菌《びょうげんきん》などと呼ばれます。

空気が運ぶ病原菌は、たとえばせきやくしゃみなどで人から人に感染します。水や食べ物が運ぶ病原菌もあるし、動物や昆虫《こんちゅう》が感染を広げる場合もあります。また、病気の原因となる微生物は、もともとは宇宙空間からもたらされたという説もあります。

現代《げんだい》の世界では、人の往来《おうらい》や交流が地球規模で増加《ぞうか》しています。そんな世界で、感染症のひろがりをどう防ぐかは大きな問題ですが、何世代ものすぐれた科学者たちの研究によって、二〇世紀末までに多くの感染症の原因や伝染《でんせん》の仕方がわかってきました。そのおかげで、効果的《こうかてき》に防ぐ方法もいろいろと考えだされてはいます。

しかし、すべての答えがもうわかっているわけではありません。若《わか》い世代のあなたたちが、微生物《びせいぶつ》の隠《かく》れた秘密《ひみつ》を発見する可能性《かのうせい》も大いにあるのです。

一九一八年から一九一九年に大流行したインフルエンザ

一九一八年は第一次世界大戦が終わった一〇〇年目の年になりますが、二〇世紀に世界的にインフルエンザがまん延《えん》した年の一〇〇年目にもなります。この時のインフルエンザは「スペイン風邪《かぜ》」とも言われ、世界の死者は5千万人から1億《おく》人にのぼりました。死者の数は、戦場で亡《な》くなった人の数よりずっと多かったのです。当時は治療法《ちりょうほう》もワクチンもなく、原因《げんいん》となる「見えない」ウイルスについてもわかっていませんでした。しかし人びとはまもなく、インフルエンザの感染力《かんせんりょく》が強いことや、「せきやくしゃみでうつる病気」だということを学びました。

この歴史的に有名な感染症《かんせんしょう》（と、インフルエンザ・ウイルスがどうして死をもたらすのかということ）は、最近の鳥インフルエンザや、二〇〇九年の豚《ぶた》インフルエンザの大流行によって、また新たな関心を集めています。

二〇〇三年に大流行したサーズ（SARS）

ジョージが乗った宇宙船《うちゅうせん》ほど速くはないかもしれませんが、飛行機での移動《いどう》がふえたことにより、感染症がひろがるスピードも速くなりました。たとえば二一世紀には、まずサーズ（重症急性呼吸器症候群《じゅうしょうきゅうせいこきゅうきしょうこうぐん》）という新しい感染症が流行しました。コンピュータウイルスがSNS《エスエヌエス》を通してひろがるように、感染症も1日もたたないうちに世界にひろがります。二〇〇三年には、サーズが中国から香港《ほんこん》やカナダへ、そしてどの大陸にもたちまちひろがっていきました。やがて世界保健機構《せかいほけんきこう》（WH《ダブリュエイチ》O《オー》）が中心になっての各国での公衆衛生《こうしゅうえいせい》活動が功《こう》を奏《そう》して、封《ふう》じこめに成功しました。

幸い世界の科学者たちが病気のひろがりについて調査《ちょうさ》し、わかったことをインターネットで共有し、原因をすぐに突《つ》き止めることができたのです。原因は、おもしろいことに、ふつうの風邪も引き起こすコロナウイルスの一種でしたが、致死率《ちしりつ》はふつうの風邪よりずっと高かったのです。

〔編集部注《へんしゅうぶちゅう》：新型コロナウイルスもこれに近いとされていますが、二〇二〇年八月現在《げんざい》、まだよくわかっていません〕

エボラとジカのウイルス

科学者たちは、多くの感染症《かんせんしょう》が、げっ歯《し》動物や、サルやチンパンジーなどの哺乳《ほにゅう》動物や、鳥やコウモリなどからひろがることを突《つ》き止めています。同種の動物が感《かん》染《せん》していたのが、突然《とつぜん》、人間にも感染するようになるのです。サーズは、コウモリからひろがった可能性《かのうせい》があります。

エボラウイルス病（エボラ出血熱《しゅっけつねつ》）を引き起こすウイルスも、一九九〇年代に人間のあいだにひろがる前は、おそらくコウモリを宿主《やどぬし》としていると考えられています。二〇一四年から二〇一五年にかけて西アフリカで多くの感染者を出したことで、ショッキングな映像《えいぞう》が世界でも紹介《しょうかい》されました。そして地域《ちいき》や国際《こくさい》チームのお医者さんたちが、必死で流行を食い止めようとしている姿《すがた》も、わたしたちの知るところとなりました。ワクチンも治療法《ちりょうほう》もないので、医療従事者《いりょうじゅうじしゃ》（医師《いし》、看護師《かんごし》、保《ほ》健師《けんし》など）たちは防護服《ぼうごふく》（宇宙服《うちゅうふく》にも似《に》ています）をまとって何千人もの感染者に対応《たいおう》し、救命《きゅうめい》にあたったのでした。この死亡率《しぼうりつ》の高い恐《おそ》ろしい病気は、やがておさまったかのように見えました。しかし、科学者たちは、ワクチンや治療法をさがし続けると同時に、また大流行したときにすぐに対応できるようたえず注意しています。

また、こうした感染症を研究する施設《しせつ》の警備《けいび》も厳重《げんじゅう》です。ウイルスが盗《ぬす》まれて生物兵器《へいき》として使われたら大変だからです。

蚊《か》によって病気がひろがることにも、注意が必要です。ジカ熱（ジカ・ウイルス感染症）は、一九四〇年代にウガンダのジカ森林で最初の感染者が見つかったのですが、最近になって世界のあちこちで大流行し、リスクが高まっています。エボラウイルス病と同じで、まだ治療薬がなく、注意して予防《よぼう》するしかありません。流行地に行かないようにしたり、蚊に刺《さ》されないようにしたりすることが、今のところジカ・ウイルスに感染しないための唯一《ゆいいつ》の方法です。

「かえりみられない熱帯病」

亜熱帯《あねったい》や熱帯地域には、古くから感染症が存在《そんざい》していました。アフリカのいくつかの地域では、最近何十年かで減《へ》ってきてはいるものの、まだおよそ1分に1人の割合《わりあい》で、蚊によって感染するマラリアで子どもが亡《な》くなっています。結核《けっかく》、マラリア、エイズ以外の、あまり知られていない病気は、今や「かえりみられない熱帯病」と呼《よ》ばれています。昆虫《こんちゅう》や汚染《おせん》された水によって感染《かんせん》がひろがる病気もあれば、体内の寄生虫《きせいちゅう》による病気もあります。こうした病気は早死ににつながるだけでなく、子どもにとっては栄養不良、発育不全《はついくふぜん》、学業成績《せいせき》の不振《ふしん》など長期的な被害《ひがい》をもたらします。世界全体をおびやかすパンデミックと違《ちが》って、こうした病気は、貧困《ひんこん》、飢《き》餓《が》、戦争、気候変動、汚染された環境《かんきょう》、不衛生《ふえいせい》な環境などにも関係し、病気をはこぶ動物や鳥や昆虫の近くで暮《く》らしていることにも関係していますが、なかなか他の地域《ちいき》ではニュースでも取り上げません。しかし、こうした病気は、現代《げんだい》医学や医療《いりょう》の恩恵《おんけい》を受けることの少ない、世界でも最も無防備《むぼうび》な人びとが被害者になるので、注意しておく必要があります。

天然痘《てんねんとう》のサクセスストーリー

明るい情報《じょうほう》もあります。医学が大きく進歩したことにより致死率《ちしりつ》の高い感染症《かんせんしょう》を特定し、それと戦うことができるようになりました。ワクチンと命を救《すく》える抗生物《こうせいぶつ》質《しつ》の開発は、すばらしいサクセスストーリーと言えます。とはいえ、最近は抗生物質に対する耐性《たいせい》（抗生物質が効《き》かなくなること）も問題になっているので、そちらもいそいで取り組む必要がありそうです。ワクチンや医薬品の開発に加えて、検疫《けんえき》が行われたり、公衆衛生《こうしゅうえいせい》が改善《かいぜん》されたり、栄養状態《えいようじょうたい》がよくなったりしたおかげで、人間の寿命《じゅみょう》も倍くらいに伸《の》びました二〇世紀初頭には四〇歳《さい》から五〇歳くらいだったのが、今日では、裕福《ゆうふく》な国では七〇歳から八〇歳にまで伸びています。

過去《かこ》には感染症のなかでもとても恐《おそ》れられていた天然痘が世界から根絶《こんぜつ》されたのは、すばらしいことです。天然痘には治療法《ちりょうほう》がなかったのですが、ワクチンが開発されて、一九八〇年には世界から消滅《しょうめつ》しました。小児麻痺《しょうにまひ》（ポリオ）のウイルスも、予防注射《よぼうちゅうしゃ》を通して根絶され、過去の病気となるかもしれないと期待されています。

わたしたちの未来：何ができるか？

新顔の感染症を研究している科学者たちは、探偵《たんてい》のようなものです。次にどこでエピデミックやパンデミックが起こるかは、だれにもわかりませんが、準備《じゅんび》をおこたらず、すぐに動くことが重要です。ちょっと想像《そうぞう》してみてください。あなたは「病気の探偵《たんてい》」で、どこか遠くの、熱帯の蚊《か》がうようよしている森とか、人口が密集《みっしゅう》した都市にある鳥市場とか、基本的《きほんてき》な衛生設備《えいせいせつび》が整っていないスラムで、手がかりをさがしているかもしれません。あるいは、コンピュータを使って国際的《こくさいてき》な仲間とデータを交換《こうかん》したり、病原菌《びょうげんきん》を研究する警備《けいび》の行《ゆ》き届《とど》いた研究室で働いているかもしれません。

そう、未来のあなたが画期的な役割《やくわり》を果たすのを、世界は待っています。人間や動物の医学、科学、看護学《かんごがく》など、医療《いりょう》関係の研究や実践《じっせん》の場で活躍《かつやく》してください。世界は、賢《かしこ》さと情熱《じょうねつ》とねばり強さのある人びとが、あらたな医薬品《いやくひん》や、ワクチンや、診断《しんだん》テストをもたらしてくれるのを待っています。未来のパンデミックを防《ふせ》ぎ、世界の最も貧《まず》しい人たちがかかる「かえりみられない病気」とたたかう人を待っています。地球の健康を守るチャンピオンを待っているのです。

あなたもその仲間になりませんか？

メアリ

五〇年後の戦争

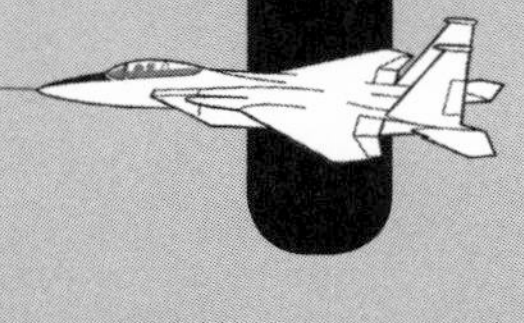

　第一次世界大戦が終わって一〇〇年たった今でも、中東などで戦闘《せんとう》が行われていることを考えると、若《わか》いみなさんに戦争や武力衝突《ぶりょくしょうとつ》についてお話するのは、かんたんではありません。未来をになうみなさんには、まず、人間はおおむね良い行いをするけれども、おそろしい戦争はその例外だということを言っておきたいと思います。しかし、これまでのところ戦争は、人類の歴史と切り離《はな》すことができず、人類の歩みのあらゆる側面に影響《えいきょう》をあたえてきました。

　戦争は悲惨《ひさん》な破壊《はかい》をもたらしますが、戦争のための研究が、結果として新たな技術《ぎじゅつ》をもたらしたこともあります。戦争は、ならず者国家や悪意をもった国だけが起こすわけではありませんし、受けて立てばいいというものでもありません。目的がどうであろうと、戦争は社会のあらゆる機能《きのう》や側面にかかわってきます。未来の戦争や戦闘行為《せんとうこうい》がどうなるかを説明するには、人類全体の、社会や経済《けいざい》、信条《しんじょう》、政治《せいじ》や権力構造《けんりょくこうぞう》が今後どうなっていくかを想像《そうぞう》することが必要になります。

ここでは、未来に可能《かのう》になることを示《しめ》して、みなさんにも想像《そうぞう》してもらいたいと思います。はじめにかんたんな問いを出し、次に数十年先に社会や戦争に影響《えいきょう》をあたえると思われる動きについて考えてみましょう。本書のほかのエッセイが、五〇年後の未来を考えるための重要な点についていろいろ語っているので、ここではかんたんに説明します。

わたしは、「だれが戦うのか？」「なぜ戦うのか？」「どのように戦うのか？」という三つの問いについて考えながら、未来の戦争をどう想像しているか、どうしてそう考えているのかもお話するつもりです。みなさんといっしょに考えているうちに、未来のイメージもわいてくるでしょう。そして、あなたが未来の可能性《かのうせい》について考えるきっかけにもなるでしょう。

世界全体あるいは各地域《ちいき》に影響《えいきょう》をあたえる重要な動きという点から、未来を想像してみましょう。気候変動、人工知能《じんこうちのう》の発達、巨大《きょだい》都市の増加《ぞうか》、インターネットをはじめとする地球規模《きぼ》の通信網《つうしんもう》の発達など、世界のテクノロジーや経済《けいざい》は大きな変化を見せています。その変化は産業革命《さんぎょうかくめい》にも匹敵《ひってき》すると言っていいでしょう。それによって人類が歩む道も変わってきています。

今わたしたちがあたりまえだと思っているやり方だけでは、問題が解決《かいけつ》できなくなるかもしれません。権力者《けんりょくしゃ》はそのなかでチャンスをとらえようとし、戦争の動機も変わってきます。そうした新たな世界には、また新たな対立も生まれるでしょう。

これからの数十年に影響をあたえるものとして、テクノロジー、社会政治《せいじ》、気候という三つの要素《ようそ》について考えてみましょう。

まずテクノロジーですが、コンピュータやそれに関連する技術《ぎじゅつ》の進歩が、人間の暮《く》らしをがらっと大きく変えるのは確《たし》かです。あなたの将来《しょうらい》の仕事も、人工知能（ＡＩ《エーアイ》）、ナノ世界、ロボット工学、生物工学といった分野にかかわってくるかもしれません。自律《じりつ》し、自分で考える製品《せいひん》や機械が普及《ふきゅう》してべんりになるかもしれませんが、同時に人間の活動はいらなくなり、他者をコントロールするのにも機械が使われるようになるかもしれません。人間の形をしたロボットや、自動ドローンや、目に見えないナノロボットが戦争に使われることになれば、戦闘環境《せんとうかんきょう》や、戦争の規《き》則《そく》も、大幅《おおはば》に変わってくるでしょう。

次に、社会政治の要素を取り上げます。社会的、文化的に性差《せいさ》やジェンダーをどう見るかは、ほかの分野に先駆《さきが》けて軍隊から変わって行くかもしれません。シリアでは、クルド人女性がＩＳＩＳ《アイエスアイエス》（イラクとシリアで展開《てんかい》する過激派組織《かげきはそしき》）と戦っています。アフリカでもヨーロッパでも南北アメリカでも、女性《じょせい》だけではなくゲイや

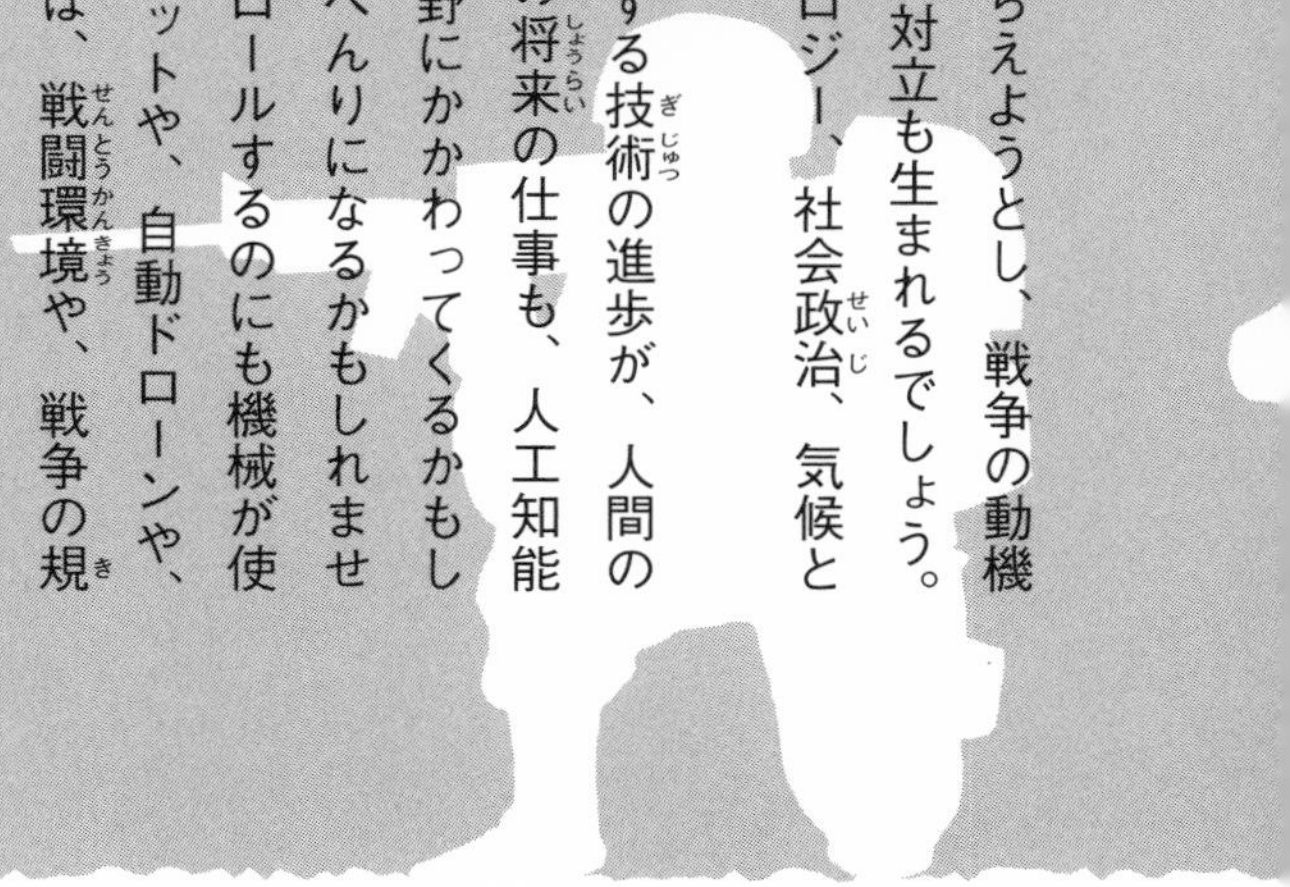

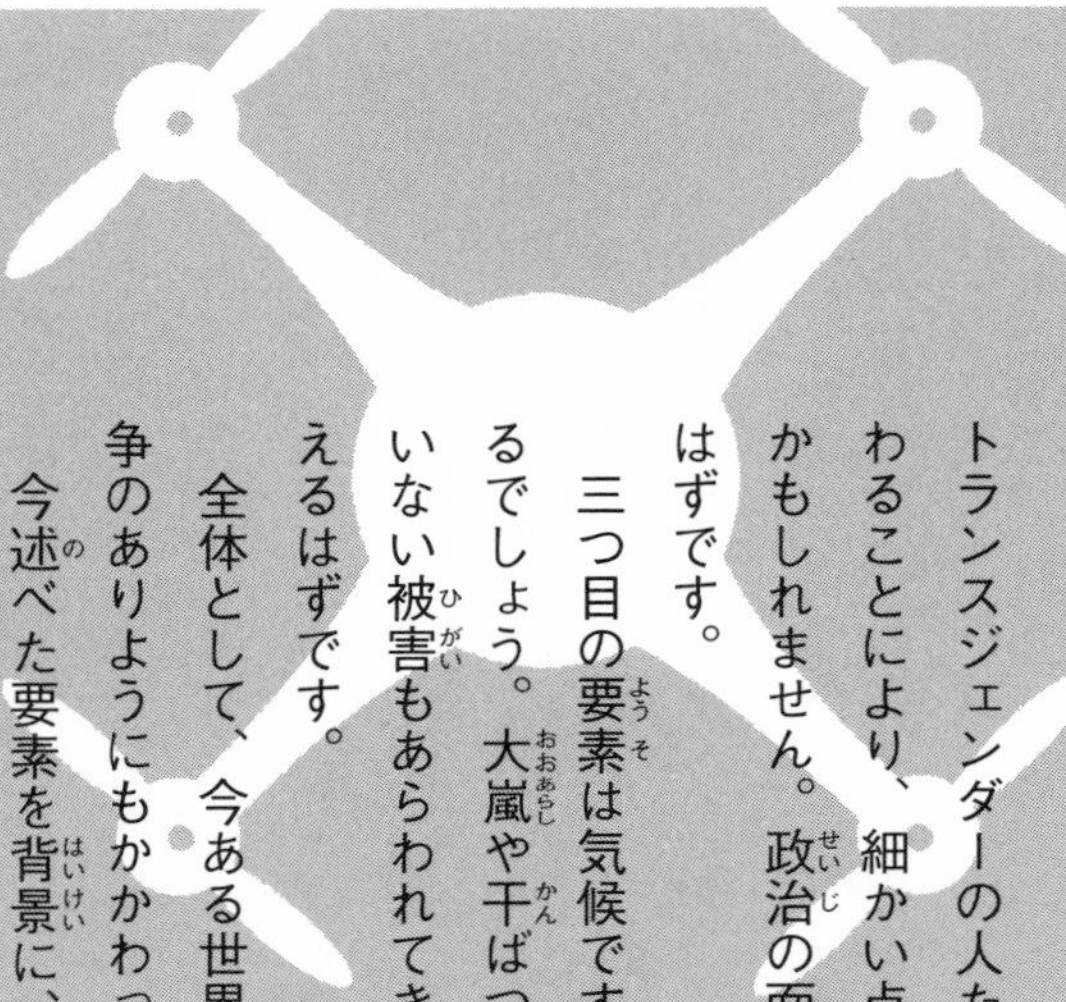

トランスジェンダーの人たちも戦闘員《せんとういん》として参戦する例がふえています。彼《かれ》らが加わることにより、細かい点ばかりでなく戦略《せんりゃく》や原則《げんそく》や装備《そうび》まで変化することになるかもしれません。政治《せいじ》の面でも、世界の権力構造《けんりょくこうぞう》や権力の分割状態《ぶんかつじょうたい》が変化していくはずです。

三つ目の要素《ようそ》は気候です。気候変動が人類にあたえる影響《えいきょう》は、ますます大きくなるでしょう。大嵐《おおあらし》や干《かん》ばつ、資源《しげん》の減少《げんしょう》、水や空気の汚染《おせん》に加えて、まだ知られていない被害《ひがい》もあらわれてきます。そのせいで、生きるだけで必死になる人の数もふえるはずです。

全体として、今ある世界が、すでに未来の変化をつくりだしているし、それが戦争のありようにもかかわってくるのだと言えます。

今述《の》べた要素を背景《はいけい》に、「だれが」「なぜ」「どのように」という問いについてさらに考えてみましょう。

まず「だれが戦うのか」という問いです。どの国家やどの集団《しゅうだん》が戦争をしようとするのか、という点と、社会の構成員のうちどの部分が戦闘に出ていくのか、という両方がここにはふくまれます。過去《かこ》何世紀ものあいだ、戦うのはたいていが国家の軍隊《ぐんたい》（プロの戦闘部隊だろうと、徴兵《ちょうへい》部隊だろうと）でした。しかし、テロ組織《そしき》が台頭したり、戦争の動機が自分の生国とは関係ない場合も出てきたりして、戦場は国軍だけのものではなくなりました。アルカイダのように小さな集団で戦う場合もあるし、多国籍軍で戦う場合も出てきています。

国家の軍隊にしても、昔とは違《ちが》っています。二〇世紀の戦争は、世界大戦を描《えが》いた映画《えいが》を見ればわかりますが、大規模《だいきぼ》に陸軍、海軍、空軍を投入することが多かったのですが、その方法が今後も有効《ゆうこう》かどうかについては疑問《ぎもん》です。軍隊はもっと小規模になって、テクノロジーを駆使《くし》するようになるのかもしれません。その場合、必要とされるのは、海兵隊の特殊《とくしゅ》部隊ではなく、プログラマー、ドローン操作《そうさ》技師《し》、暗号作成者といった、過去の軍隊では表に出てこなかった人材です。また、軍隊が一国の利益を守るためだけのものではなくなる可能性もあります。

次に「なぜ戦うのか」という問いについて考えてみましょう。国軍にしろそれ以外の戦闘部隊にしろ、戦う理由も変わってきています。二〇世紀に人びとを戦争に駆《か》り立てたのは、ナショナリズムやイデオロギーでしたが、それは今や影《かげ》がうすくなり、かわりに多くの別の争点があらわれてきています。国を愛するかどうかではなく、民族の自覚や宗教的《しゅうきょうてき》な信条《しんじょう》が、人びとの怒《いか》りや意志《いし》をまとめるものになって、紛争《ふんそう》や戦争を引き起こしていたりします。また気候変動による影響が大きくなり、ウイルスによるパンデミックが大都市の住民に壊滅的《かいめつてき》な打撃《だげき》をあたえる可能性《かのうせい》もあります。これからは、非国家的な集団《しゅうだん》が、環境《かんきょう》や資源《しげん》を守るために戦ったり、多くの国家が連《れん》絡《らく》を取り合いながら感染症《かんせんしょう》と戦ったりするようにもなるでしょう。

三つ目の「どのように戦うのか」という問いの答えは、想像《そうぞう》するのがいちばんむずかしいと言えます。テクノロジーと社会が変化することにより、人間不在《ふざい》の自動システムによる戦闘《せんとう》が出現《しゅつげん》するかもしれません。あるいは、人間がかかわるもっと旧式《きゅうしき》の暴力《ぼうりょく》の形態《けいたい》が多くなるのかもしれません。中国やインドやブラジルといった新興《しんこう》国家は、伝《でん》統的《とうてき》な軍事力の増強《ぞうきょう》にお金をつぎこんでいます。でもロシアは、コンピュータへの不法侵入《ふほうしんにゅう》などの実験を行なって新たな戦い方にシフトしているように見えます。I《アイ》S《エス》I《アイ》S《エス》のようなテロ集団は人間による残虐行為《ざんぎゃくこうい》を見せつけていますが、アメリカ合《がっ》衆国《しゅうこく》は、ドローンのような無人の軍事技術《ぎじゅつ》を先頭に立って開発しています。どのよ

うに戦うのか、あるいはどのような手段を組み合わせて戦うのか、は、この先一〇年か二〇年たたないと、わかってこないでしょう。

未来がどうなるかについては、さぐることしかできません。未来は、わたしたちがもう知っていることだけではなく、これからわかってくることによっても左右されるからです。読者のみなさんは、このエッセイを読んでまた考えてみてください。「だれが」「なぜ」「どのように」という問いをきっかけに、自分でも未来の可能性《かのうせい》をさぐってみてください。それは、来たるべき世界に備《そな》えることにもなるのです。

未来の世界はあなたたちのものなのですから。

ジル

〔編集部《へんしゅうぶ》注：「日本国憲法《けんぽう》第９条《じょう》」では「戦争の放棄《ほうき》」と「戦力の不保持《ふほじ》」「交戦権《こうせんけん》の否認《ひにん》」を定めており、岩崎書店としては、「五〇年後の戦争」を想定《そうてい》することそのものに賛成《さんせい》できません。しかしながら、軍隊《ぐんたい》を保有《ほゆう》する欧米《おうべい》の国ではこのような考え方がされているという事実を知ることで、読者のみなさんが未来の平和を考える手がかりにしてくださることを願っています〕

未来の政治《せいじ》

政治について考えることは、権力《けんりょく》や権力者について考えることにもなります。権力の座《ざ》にある人が、この物語に登場するダンプのように、威張《いば》り屋で思い上がっていたり、まわりの人を感心させたかったりするという場合は、そう多くはないかもしれません。でも、そういう人もあちこちにいます。大事なのは、政治の場で活動しているほとんどの人は、いいことをしようと思っているということです。人びとを助けたり、自分の近所や、国や、世界をもっといい場所にするために政治家になった人もたくさんいます。自分の考えを実現《じつげん》するために国全体の力を使うのは、大きな変化を起こすためのもっとも効果的《こうかてき》な方法です。気候変動に取り組んだり、わくわくするような新しいテクノロジーを導入《どうにゅう》したりするときには、それが必要かもしれません。とはいえ、うまく実現させるためには、自分が正しいというだけではだめで、ほかの人びとを説得して賛成《さんせい》してもらうことも必要です。

政治家の話を聞く

投票した者に力をゆだねられた政治家は、ほかの人や組織《そしき》にはできないことができます。だれもが守らなくてはならない法律《ほうりつ》を通したり、みんなに税金《ぜいきん》を払《はら》わせたり、そのお金を自分の考えを実現するために使ったりすることができます。そのためには、さまざまな意見を聞いて考えたり、どのアイデアが可能《かのう》かを判断《はんだん》したりすることも必要です。だから、政治には議論《ぎろん》がとても重要になるのです。遠慮《えんりょ》のない議論は、健全な民主主義《みんしゅしゅぎ》のしるしです。ただし、おたがいの悪口を言い合うのではなく、みんなのために何がベストなのかを議論しなくてはなりません。

政治家は思っていることをなかなか言わない、と心配する人もいます。政治家は、わたしたちと同じ人間なのに、間違《まちが》いを認《みと》めたり、知らないことがあるのを認めたりするのが苦手です。自分が完全ではないことを政治家が認めるのがむずかしいのは、多くの政敵《せいてき》やジャーナリストがいつも見ていて、失敗したら足をすくおうと待っているからです。

それを避《さ》けようとする政治家のなかには、何事も順調だと言

って罠《わな》にはまったり、かんたんな質問《しつもん》に答えなかったり、自分が決定したことの責《せき》任《にん》から逃《のが》れようとしたりします。自分の失敗から人の目をそらすために、声高に相手の悪口を言いつのったり、自分の意見をうたがいようのない事実だと偽《いつわ》ったりします。政治家《せいじか》の議論《ぎろん》を聞いていると、いろいろなことがわかってきます。結局たいていは、率直《そっちょく》で正直に意見を述《の》べる政治家や、正しいことをしようとする政治家が、質問をはぐらかそうとする政治家より、よく見えてくるものです。

自分の意見をためす

はじめは、自分が興味《きょうみ》のある話題について、政治家の考えを読んだり聞いたりするといいでしょう。この本に取り上げられている話題でも何でもいいのです。自動運転の車の発明についてでも、絶滅《ぜつめつ》が心配なトラの保護《ほご》についてでも、海岸の汚染《おせん》を食い止めることについてでもいいでしょう。テレビのニュースやネットの関連サイトを見たり、いくつかの新聞を読みくらべたり、ソーシャルメディアでのさまざまな意見を読んだりしてみましょう。

そして、自分が賛成《さんせい》できる点と、賛成できない点を考えてみましょう。同じ話題について話しているほかの人を見つけて、自分は賛成か、違《ちが》う意見かを考えてみましょう。自分とまったく反対の意見の人を見つけるのは、おもしろいものです。政治家が率直に答えていない場面や、わざと複雑《ふくざつ》に答えている場面や、自分の意見を絶対《ぜったい》の事実だと言いはっている場面も見つけてみましょう。

算数の足し算だと、答えは一つです。物理学だと、リンゴを投げれば地面に落ちます。しかし政治では、自分で判断《はんだん》し、自分の考えを練りあげ、ほかの人にも同意してもらうことが必要です。いろいろわかってきたあげくに自分の考えを変えることもできる、という点もおぼえておいてください。

世界はどうしたら変えられる?

自分の意見を持つのはいいことですが、それだけでは何も変えることができません。何か大事なことを変えたかったら、正しい決定をする力を持っているのはだれかを見つけなくてはなりません。たとえば、あなたがレジ袋《ぶくろ》の使用を禁止《きんし》したいとします。新しい法律《ほうりつ》を作るのに、責任ある立場にいるのはだれでしょう? あるいは、あなたが近所に新しいバスケットボールのコートを作ってほしいとします。そのお金を出すのに責任《せきにん》ある立場にいるのはだれでしょう?

政治家《せいじか》は、あなたの声だけを聞くのではありません。政治家のところには、問題やアイデアを持ったさまざまな人がやってきます。政治家も時間やお金がいくらでもあるわけではないし、正しい決断《けつだん》をするのはそうかんたんではありません。

政治家が選挙で選ばれるためには、支持《しじ》してくれる人が必要です。あなたも自分のアイデアがうまくいくことをみんなに示《しめ》して、支持してもらう必要があります。あなたが夢中《むちゅう》になっていることをすでに実行に移《うつ》している組織《そしき》に入ってもいいでしょう。請願書《せいがんしょ》を作って、賛成《さんせい》する人たちに署名《しょめい》してもらってもいいでしょう。地方新聞に手紙を書く手もあります。いちばん大事なのは、あなたと同じ考えや実行目標をもっている人や組織を見つけることです。

過去《かこ》においては、政治は、少数の人の手ににぎられていて、その人たちがみんなにとって何がベストかを決めていました。未来を考えると、政治や民主主義《みんしゅしゅぎ》を強化するのにいちばんいいのは、「多元的共存《たげんてききょうぞん》」という考え方だとわたしは思います。これは、さまざまな見解《けんかい》に耳をかたむけ、多様な人びとに積極的《せっきょくてき》にかかわるようにうながすことによって政治決定にかかわってもらい、それによって、自分たちが住む町や国や地球について決めていくというやり方です。

「多元的共存」の最初の一歩は、できるだけ多くの人びとにかかわってもらうことです。あなたもそのひとりです。最初は政治に目を向け、自分が信じていることや、変える必要があると思っていることについて、じっくり考えてみるのもいいでしょう。大きくなったら、選挙で投票するという大事な責任《せきにん》を負うことになります。自分がじっくり考えてきたことを実現《じつげん》するために、候補者《こうほしゃ》のサポーターになったり、選挙の運動員になることもできます。そのうちいつか、あなたが政治家として選ばれて、大きな決定を下すこともできるようになるかもしれません。

自分がどんなにかかわっているとしても、ほかの人もあなたと同じように意見を言うことができるし、ほかの人と同じようにあなたも意見を聞いてもらう権利《けんり》があるのを忘《わす》れないようにしましょう。

未来の政治は、あなたたちのものなのです。

アンディ

未来の都市

未来の都市がどうなるかについて、たいていの人は、何らかのイメージを持っています。わたしが最初にいだいた未来都市のイメージは、一九六二年からテレビで放映《ほうえい》が始まった「宇宙《うちゅう》家族ジェットソン」というアメリカのアニメから来ています。アニメの舞台《ぶたい》は二〇六二年で、ジェットソン一家は超高層《ちょうこうそう》マンションに住み、みんな空飛ぶ車に乗っていました。ジェットソン氏は週二日しか働かず、飼《か》い犬は戸外ではなくルームランナーで散歩《さんぽ》していました。このアニメで見たことのいくつかは、すでに実現《じつげん》しています。ジェットソン一家は、テレビを通して会話をしていましたが、今のビデオ会議や、スカイプやフェイスタイムがそれにあたるでしょう。また一家はテレビ画面で新聞を読んでいましたが、今のiPad《アイパッド》やキンドルがそれにあたります。

二〇六二年や二〇八一年、あるいはもっと先の未来都市がどうなるかをどう想像《そうぞう》してみても、都市は発展《はってん》し続けるので、そのとおりにはならないでしょう。またその一方で、ジョージが訪《おとず》れた希望のないエデノポリスのような都市にではなく、住みやすい都市にしていくためには、多くの問題に取り組むことが必要です。

世界の人口の多くが今では都市に住んでいますが、この近代都市の歴史はまだ二〇〇年にもなりません。都市そのものは五千年以上前からありますが、一八〇〇年までは都市で暮《く》らすのは世界の人口のたった2%でした。産業革命《さんぎょうかくめい》でものの作り方や育て方が大きく変わって以来、人びとがどんどん都市に流入するようになりました。それから二〇〇年たった二一世紀初頭では、世界の人口の50%以上が都市に住んでいます。先進国においては、都市に住む人の割合《わりあい》が約75%にもなります。二〇三〇年には、世界の人口の67%、先進国だと人口の85%が都市に住むことになると推測《すいそく》されています。

大多数の人が未来の都市に暮らすようになるとすれば、住む人にとって本当に住みやすい都市にするためには何が必要でしょうか?

未来の多くの分野と同様、ここでもテクノロジーが大きな役割《やくわり》を果たすはずです。そして居心地《いごこち》のいい居住《きょじゅう》空間を作るためには、生活のさまざまな要素《ようそ》を結びつけて考えていく必要があるでしょう。

過去《かこ》においては、都市人口の増加《ぞうか》は、大規模《だいきぼ》な汚染《おせん》、交通渋滞《じゅうたい》、住宅不足《じゅうたくぶそく》、大幅《おおはば》な設備《せつび》の需要《じゅよう》などにつながっていました。都市を、職場《しょくば》があるから仕方なくがまんする場所ではなく、すばらしい場所にするためには、未来の都市計画者はこうした問題に取り組まなければなりません。

こうした未来の都市では、わたしたちはどこに住み、どこで仕事をしたり学校に行ったりするのでしょうか？　どんな体験《たいけん》ができるのでしょうか？　ロボットのお手伝いさんや執事がそこにはいるのでしょうか？　わたしたちは働かなくてもよくて、何でもロボットがやってくれるのでしょうか？

前にものべたように、産業革命《さんぎょうかくめい》の開始以来、人間がやっていた仕事の多くは機械化されてきました。将来《しょうらい》もこの傾向《けいこう》が変わる理由はありません。しかし今後も、こうした仕事の多くをになう機械やロボットは、人間が設計《せっけい》する必要があります。また、本を書いたり、芸術品《げいじゅつひん》を創作《そうさく》したり、建物やコンピュータゲームをデザインするなどの創造的《そうぞうてき》な仕事については、多くが機械ではなしとげられません。創造的な分野では、これからも人間や人間のアイデアが必要とされるでしょう。たぶん未来においては、働く日数は減《へ》るでしょう。家族と過《す》ごしたり、地域《ちいき》の人びとを手伝っ

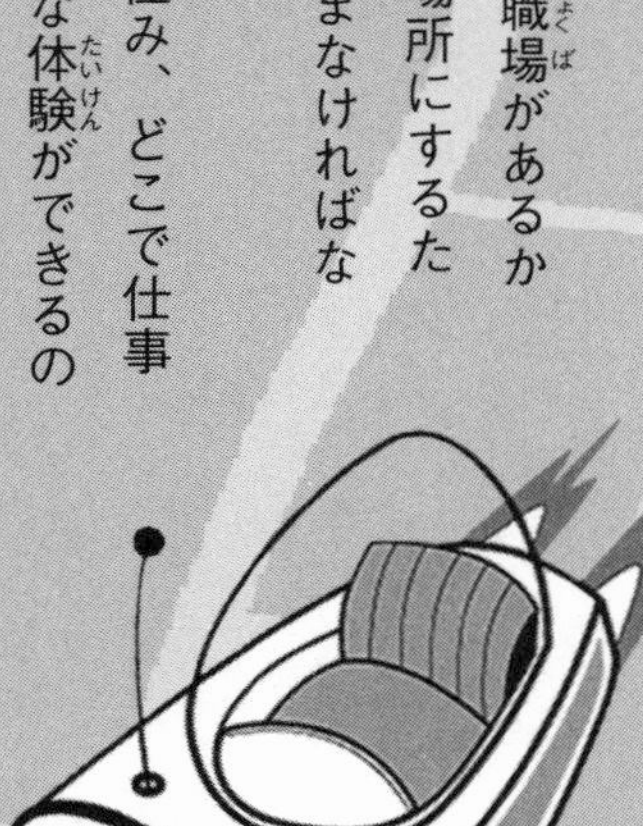

たり、楽しいことをしたりする時間がふえるはずです。

どんな仕事をするにせよ、働く場所は必要になります。テクノロジーは進歩し続けて、仕事の多くはインターネット経由《けいゆ》でどこでもできるようになるでしょうが、オフィスなどに出かけて他の人と協働《きょうどう》することを選ぶ人も多いはずです。ですから、話し合ったりアイデアを共有したりするための建物は、これからも必要になるでしょう。今でも世界中で高層《こうそう》のオフィスビルがどんどん建てられているので、未来都市の風景がまったく変わることはないでしょうが、オフィスそのものは働きたくなるように設計《せっけい》されていくはずです。高層オフィスビルにもアウトドア空間がほしいという声が強くなっているので、建物の外形はあまり変わらなくても、テラス、屋上庭園、壁面《へきめん》緑化などの工夫で、今よりもっと緑はふえるはずです。

それぞれの都市で、居住空間《きょじゅうくうかん》に対してのアプローチも違《ちが》います。戸建《こだ》ての家が多い都市もあれば、共同住宅《じゅうたく》の多い都市もあります。都市の人口がふえるにつれて、小さな空間により多くの人びとが住むようになります。都市計画にたずさわる人は、人口増加《ぞうか》に対応《たいおう》するため、さまざまなタイプの人びとが手の届《とど》く価格《かかく》で住めるように、住宅をふやしていく方法を考えなくてはならないでしょう。

住宅の外側がどうであれ、内側はテクノロジーの進歩によって今とは違ったものになるでしょう。現在《げんざい》すでにある機器や装置《そうち》は発展《はってん》し続けて、わたしたちの生活をもっと楽にしてくれるでしょう。スマートデバイスがエネルギーの使用量を教えてくれるので、使用を控《ひか》えることもできるようになるでしょう。自動で音楽をかけたり、ネコを外に出したりする装置もできるでしょう。二〇一七年のアレクサは、そのうち本格的な執事《しつじ》ロボットに進化して、「宇宙《うちゅう》家族ジェットソン」にあったように、家事をもっと引き受けてくれるようになるでしょう。

学校も、テクノロジーの進歩を利用することになるでしょう。子どもたちは学校という建物に通う必要があるのでしょうか？　おとながオフィスに通うのを好むのと同じ理由で、未来の子どもたちは学校に通い、先生たちもロボットよりは人間がつとめていることでしょう。しかし、バーチャルリアリティ（ＶＲ《ヴィアール》）や拡張現実《かくちょうげんじつ》（ＡＲ《エイアール》）の技術《ぎじゅつ》が進化し、子どもたちが仮想《かそう》の熱帯雨林に入っていったり、フランス革命《かくめい》やローマ帝国《ていこく》を体験したりすることもできるようになるでしょう。

未来の仕事や学校や家については推測《すいそく》できるとして、わたしたちの都市をすばらしいものにするには、ほかにどんな要素《ようそ》について考えればいいでしょう？　現在《げんざい》の都市がかかえる大問題——交通とわたしたちの環境《かんきょう》——は、未来の大問題にもなるでしょう。

都市が大きくなり人口がさらにふえると、人びとが自分の車で移動《いどう》するのはますますむずかしくなります。渋滞《じゅうたい》に巻《ま》きこまれる人の数を最小限《さいしょうげん》にするには公共交通機関が鍵《かぎ》となるでしょう。地下鉄をふやすのか、それ以外の交通手段《しゅだん》がいいのかを、都市計画にたずさわる人は考える必要があります。自動運転の乗り物はどんどんふえるでしょうが、それによって渋滞は解消《かいしょう》するのでしょうか、それとも渋滞はふえるのでしょうか？ 道路に出る車を単にふやすのではなく、自動運転の乗り物をもっと効率《こうりつ》よく使う方法が必要になります。

空飛ぶ車があれば、交通渋滞や公共交通手段について考えなくてもよくなるのでしょうか？ そんなことはありません。車が空を飛ぶからといって、渋滞や大気《たいき》汚染《おせん》がなくなるわけではないのです。飛行機やヘリコプターだけではなく、車や宅配《たくはい》ドローンも空を飛ぶことになれば、空の交通渋滞がはじまり、大気汚染も進むでしょう。

多くのエネルギーが使われる人や物の輸送《ゆそう》は、環境にも影響《えいきょう》をあたえます。数百万人が一つの都市で暮《く》らすと

なると、その人たちが料理をしたり、電気をつけたり、家の冷暖房《れいだんぼう》をつけたり、電話に充電《じゅうでん》したり、コンピュータやテレビを使ったり、旅行したりするだけでも、環《かん》境《きょう》に影響《えいきょう》があります。こうした活動にはすべてエネルギーが必要で、エネルギー消《しょう》費《ひ》は、歴史を見ても環境に悪影響をあたえてきたのです。

多くの都市の行政《ぎょうせい》機関は、環境への悪影響をどうやったら減《へ》らせるかを検討《けんとう》しています。とくに、住民に被害《ひがい》をあたえる汚染《おせん》を減らすのは重要です。そうしたニーズに応《こた》えるためには、エネルギー消費量《しょうひりょう》を減らし、環境にやさしいエネルギーを見つける努力が必要になるでしょう。これからは、炭素《たんそ》があまり発生しない再生可能《さいせいかのう》な手段《しゅだん》で生み出される電気がどんどんふえていくでしょうが、本当に革新的《かくしんてき》な解決《かいけつ》法《ほう》は、未来のエネルギーの開発かもしれません。たとえば、二酸化炭素《にさんかたんそ》ではなく水《すい》蒸気《じょうき》を排出《はいしゅつ》する水素《すいそ》自動車が、ガソリンやディーゼルで走る現在《げんざい》の車にとってかわるかもしれません。歩いたり自転車に乗ったりするときのエネルギーを電気に変えるテクノロジーも開発されるかもしれません。あるいは、わたしたちの家やオフィスや学校を何らかの形で発電場所にする方法が開発されれば、必要なエネルギーをそれぞれで調達できるようになるでしょう。もしかしたら、あなたも将来《しょうらい》はこういうテクノロジーの開発者になるかもしれません。それとも、未来の都市を改革《かいかく》した

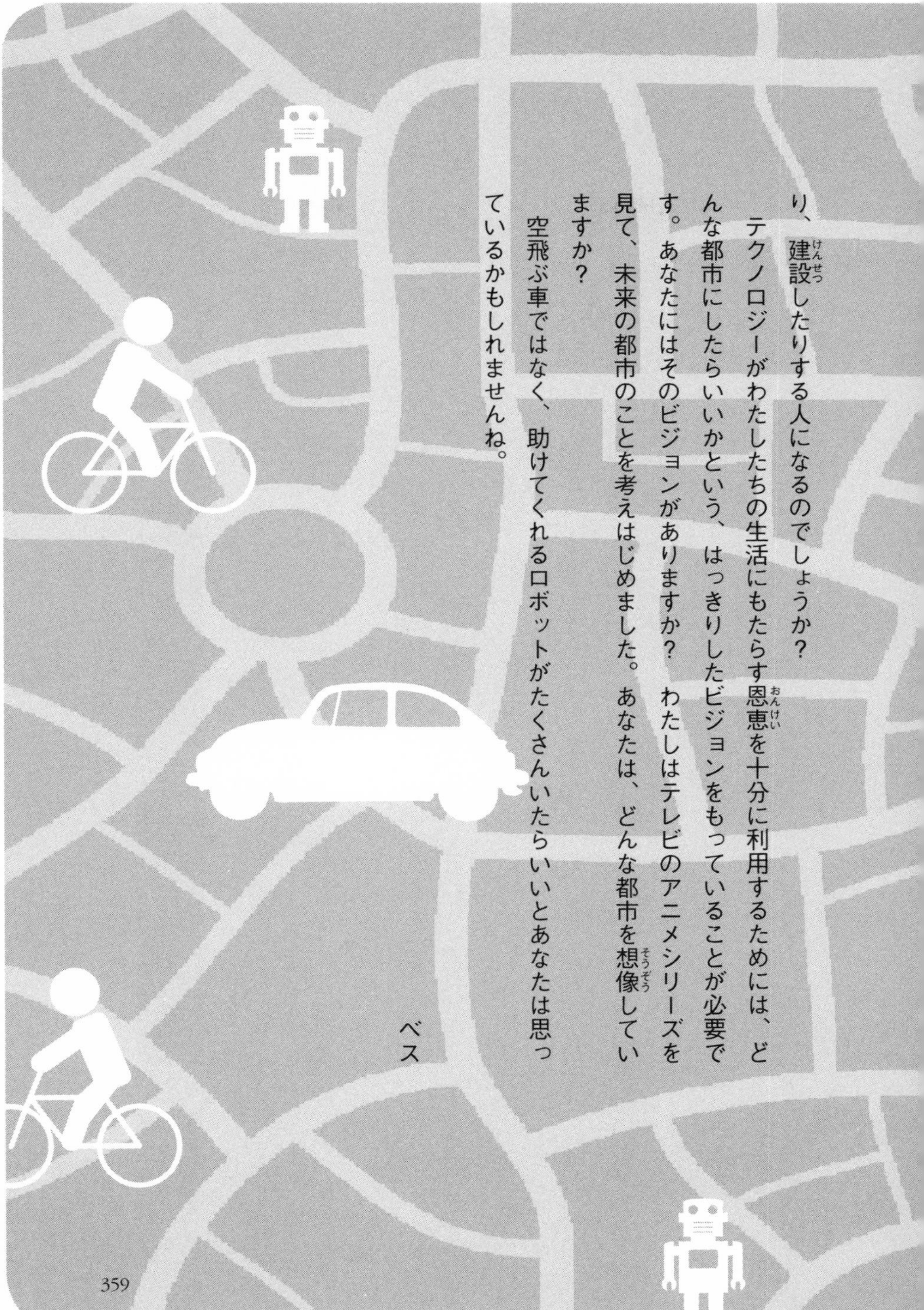

り、建設《けんせつ》したりする人になるのでしょうか？

テクノロジーがわたしたちの生活にもたらす恩恵《おんけい》を十分に利用するためには、どんな都市にしたらいいかという、はっきりしたビジョンをもっていることが必要です。あなたにはそのビジョンがありますか？　わたしはテレビのアニメシリーズを見て、未来の都市のことを考えはじめました。あなたは、どんな都市を想像《そうぞう》していますか？

空飛ぶ車ではなく、助けてくれるロボットがたくさんいたらいいとあなたは思っているかもしれませんね。

ベス

人《じん》工《こう》知《ち》能《のう》（A《エー》I《アイ》）

知能とは何でしょうか？ 日常《にちじょう》生活では、算数がよくできるとか、作文がうまく書けるとか、ほかの教科でいい成績《せいせき》をとるなどという能力《のうりょく》のことを指すでしょう。でも、この言葉にはもっと基本的《きほんてき》な定義《ていぎ》があります。それは、さまざまな環境《かんきょう》にあって目標を達成するための力です。その目標は、算数の問題をとくという場合もありますが、それ以外にも、天気を説明するとか、コンピュータゲームで遊ぶとか、食事でナイフとフォークを使うなどといった、かんたんで当たり前のことの場合もあります。こうしたことを、ふつうわたしたちは、とくにむずかしい課題だとは思いませんが、じつはコンピュータだと、とてもたくさんの量の計算が必要です。わたしたちの脳《のう》が、たくさんのさまざまな活動をうまくこなしているのは、おどろくべきことなのです。

知能や知性《ちせい》を持つことは、人間をほかの動物とくらべて特別なものにしています。わたしたち人間は、まわりの世界を見まわし、仕組みを考えることにより、目標を達成するための道具を作ったり、社会や文明を築《きず》いたりしてきました。人間は何万年ものあいだ——地球の生命史の中ではほんの一瞬《いっしゅん》ですが——発展《はってん》を続けてきた結果、知能を使って信じられないほどの進歩を実現《じつげん》してきました。電気を発見し、超高層《ちょうこうそう》ビルを建設《けんせつ》し、病気を治し、飛行による移動《いどう》を修得《しゅうとく》し、人を月に送り、太陽《たいよう》系《けい》の限界《げんかい》を超《こ》えて探査《たんさ》機を打ち上げてきました。こうしたことをなしとげたわたしたちの知能は、地球にこれまでに存在《そんざい》したどんなものとも違《ちが》います。もしかしたら全宇宙《ぜんうちゅう》のどんなものとも違うかもしれません。

それに加え、もし知能を持った機械があれば、その助けによってわたしたちはさらに新たな発明をしたり、さらに多くの疑問《ぎもん》を解明《かいめい》できるようになるかもしれません。これがまさに、人工知能（AI）の目標なのです。

コンピュータは、数学や論理学《ろんりがく》などの分野で長いことすばらしい働きをしてきましたが、人間のような柔軟性《じゅうなんせい》は持てませんでした。異《こと》なる動物を見分けたり会話を続けたりすることは、わたしたちにはかんたんですが、自動化するのは、とてもむずかしいのです。しかし、コンピュータが高速化するにつれて、これらの機能《きのう》の一部を実現する新しいプログラミングの方法を人びとは見つけてきました。今日、世界最高の科学者たちが、コンピュータがさまざまな環境《かんきょう》で人間のように目標を達成できるような、新しいプログラム（「アルゴリズム」ともいう）の設計《せっけい》に取り組んでいます。これが、AIです。

AI研究で今最もおもしろいのは、「機械学習《マシン・ラーニング》」と言われる分野です。「機械学習」は通常《つうじょう》のコンピュータプログラミングとは異《こと》なる方法を取ります。コンピュータに正確《せいかく》に1ステップごとの指示《しじ》をあたえるのではなく、コンピュータが自ら周囲の世界を観察し、自分で答えを見つけるための学習アルゴリズムを作るのです。たとえば、ネコが2つの目、4つの足とヒゲがあることをコンピュータに教えるプログラムを書くかわりに、「機械学習」の研究者は学習アルゴリズムを書き、さまざまなネコの写真をたくさん見せるのです。そのうちに、このアルゴリズムはこれらの実例からネコを見分ける能力《のうりょく》を学びとります。このやり方は、わたしたちが人間の子どもを教える方法によく似《に》ています。わたしたちは「ネコだね」とか「犬だよ」とか言うだけですが、子どもたちは自分でネコと犬の違《ちが》いを見つけ出します。

「機械学習」がとても効果的《こうかてき》ですばらしい点は、ふつうのプログラミングよりずっと適応性《てきおうせい》が高いことです。たとえば、ネコの識別《しきべつ》に使った学習アルゴリズムは、あらゆる動物の識別にも使うことができます。また、顔、自動車、建物や、木といったほかのいろいろなものを識別するために使うこともできるのです。この方法だと、問題ごとにそれぞれ特定のプログラムを書く必要がなくなるので、労力は大幅《おおはば》に削減《さくげん》されます。そして、このアルゴリズムは用途《ようと》が広いので、さまざまな場面で使うことができます。

　学習アルゴリズムのもう一つの利点は、ふつうのコンピュータプログラムと違って、プログラムができたときには知らなかった新たな事実や戦略《せんりゃく》を発見できることです。たとえば「アルファ碁《ご》[注]」と呼《よ》ばれるAI《エーアイ》プログラムは、最近囲碁《いご》の世界チャンピオンに勝利しました。囲碁はチェスに似《に》ていますが、はるかに複雑《ふくざつ》なゲームで、碁石《ごいし》の置き方の可能性《かのうせい》の数は、宇宙《うちゅう》全体の原子の数より多いのです！　そのせいで、囲碁はとてもむずかしいゲームとなり、世界最高のプレーヤーたちは一生をかけて腕《うで》を磨《みが》き、新たな戦術《せんじゅつ》を研究しています。「アルファ碁」は機械学習プログラムの一つですが、人間のプレーヤーと同じように、時間をかけてさまざまな手を体験し、どの手が最も有効《ゆうこう》かを見極めることによって勝負できるようになったのです。ということは、人間のプレイヤーがまだ使ったことのない新たな戦術を発見したということにもなり、勝負に勝っただけではなく、世界中の囲碁プレーヤーに、強力な新しい戦術を教えることにもなったのです。これは、1段階ずつ指示《しじ》を出すようプログラムされた従来型《じゅうらいがた》のアルゴリズムでは起こりえなかったことです。「アルファ碁《ご》」が、とても複雑《ふくざつ》な領域《りょういき》でも独自《どくじ》の発見を行う学習アルゴリズムの力を示《しめ》したことは、AI《エーアイ》にとって画期的でした。

もちろん、人間の知性《ちせい》に匹敵《ひってき》するような柔軟《じゅうなん》で有能《ゆうのう》なものはまだできていません。人間にとってはたやすくても、最良のAIアルゴリズムでもまだできない課題はたくさんあります。しかし、ここ数年の間で「機械学習《マシン・ラーニング》」は大きく進歩しました。碁《ご》を打ったり、人間や動物を識別《しきべつ》したりするだけでなく、言語の翻訳《ほんやく》を行ったり、エネルギー効率《こうりつ》を高めたり、医学を発展《はってん》させるなど、わずかな例をあげただけでも、AIが多くの分野で貢献《こうけん》していることがわかっていただけるでしょう。

しかし、これはまだ氷山の一角にすぎません。AI研究者たちは、最終的には「汎用人工知能《はんようじんこうちのう》」（AGI《エージーアイ》）を開発したいと考えています。AGIは、人間の脳《のう》にできることがすべてできるようになるAIアルゴリズムで、それがあれば、科学者たちは、重要な調査《ちょうさ》や新たな真実の発見を手助けしてもらえるでしょう。AGIを持つことは、すばらしい科学的な発見を可能《かのう》にする新たな時代が来るということです。過去《かこ》数千年の間、人間は自分の知能を使ってさまざまな問題を解決《かいけつ》し、驚異的《きょういてき》

な進歩をとげてきました。それに加えＡＩの力も借りることができれば、さらにどんなことをなしとげられるのか、想像《そうぞう》してみてください！　わたしたちはほとんどの病気を治《なお》し、気候変動のような難問《なんもん》を解決し、快適《かいてき》な宇宙《うちゅう》旅行から自動運転車までを可能とする奇跡《きせき》の新素材《しんそざい》を見つけることだってできるかもしれません。

今は「機械学習」にとってとても活気に満ちた時代と言えます。ＡＧＩに近づくような新たな発見がほぼ毎日のようにあるからです。ＡＧＩが実現《じつげん》すれば、人類は飛躍的《ひやくてき》な進歩をとげるでしょう。月面着陸やインターネットの誕生《たんじょう》と並ぶような画期的な成果になります。歴史を見わたすと、人間は金づちやシャベルから望遠鏡《ぼうえんきょう》や顕微鏡《けんびきょう》にいたるまで、たくさんの道具を作ってきました。でもＡＩは、人間の生活のあらゆる面に大変革《だいへんかく》をもたらすという意味で、これまでの道具とはまったく違《ちが》うのです。

もちろん、いつＡＧＩが実現するのかについては、だれも確《たし》かなことは言えません。しかし、この分野の研究が急速に進んでいることを考えれば、わたしたちが生きている間に実現するかもしれません。そうだとするとわたしたちは今、世界を変えるような発見のすぐ手前にいて、可能性《かのうせい》に満ちあふれた未来に目を向けていると言えるのかもしれません。わたしたちは、これまでにないほどスリリングな時代に生きているのです。
この分野は、とてもおもしろくて魅力的《みりょくてき》です。そのうちもしかしたら、日常生活《にちじょう》の一部としてコンピュータに親しんでいる若《わか》い世代のひとりであるあなたも、プログラマーになってAGI《エージーアイ》をさらに発展《はってん》させたり、その技術《ぎじゅつ》を使ってわたしたちの社会が本当にすばらしいことをなしとげるのを助けたりするのかもしれません。

デミス

注：ディープ・ラーニング（深層《しんそう》学習）という、機械学習法を用いた「アルファ碁《ご》」の成功により、そのゲーム固有の性質《せいしつ》を使うプログラミングではなく、一般的《いっぱんてき》な機械学習ソフトウェアによって人間を超《こ》える能力《のうりょく》の獲得《かくとく》が示《しめ》されたことは、人工知能《じんこうちのう》にとって非常《ひじょう》に大きな1ステップと考えられています。

ロボットをめぐるモラル

ロボットには意地悪をしてもいいのでしょうか？
ロボットが、指示《しじ》を実行するようプログラムされた機械に過《す》ぎないことを、わたしたちは知っています。ロボットの気持ちは傷《きず》つかないし、人間や動物のように痛《いた》みを感じることもありません。それなのに……ロボットにいやな言葉が投げつけられたり、暴力がふるわれたりするのを見て、あなたはいやな気持ちになるかもしれません。でもそれは、あなたがおかしいのではありません。

人間の心理には「擬人化《ぎじんか》」というおもしろい現象《げんしょう》が起こります。擬人化というのは、人間ではないものに、人間の特徴《とくちょう》を投影《とうえい》することです。ベッドの下に放りこまれたぬいぐるみが悲しそうに思えたり、犬がにっこり笑っているように思えたりすることがあったら、あなたも擬人化を体験したことになります。確《たし》かに犬には感情《かんじょう》がありますが、それを読み取ることは多くの人が思っているよりはるかにむずかしいことです！　わたしたちは何かのきっかけで、動物や物も人間と同じように感じているように想像《そうぞう》してしまいます。その想像は間違《まちが》っているとしても、とても自然なことなのです。進化を考えても、人間はほかの存在《そんざい》や物をそうやって理解《りかい》し、関係を作ろうとしてきたのです。

わたしたちは、ロボットのことも大いに擬人化《ぎじんか》しています。ロボットは、進化がわたしたちに反応《はんのう》するようにと教えてくれた「身体性《しんたいせい》」と「動作」という二つの要《よう》素《そ》を兼《か》ね備《そな》えています。人間というのは、身体を動かすのが好きな生きもので、人間の脳《のう》は、もともとある種の動作に生命を感じるように作られています。それでわたしたちは、ロボットがわたしたちのそばで自力で動いているのを見ると、わたしたちの脳の一部は、ロボットが意図的《いとてき》に何かをしているように考えてしまいます。つまりロボットが目標や感情《かんじょう》を持っているように、ついつい想像してしまうのです。その結果、わたしたちの多くは、ロボットがどこかで立《た》ち往生《おうじょう》しているの見ると、かわいそうだと感じてしまいます。ロボットのほうは、動きがとれなくても平気なのですけれどね。

ロボットの中には、この本能《ほんのう》に訴《うった》えるようにデザインされているものもあります。あなたは、「スター・ウォーズ」という映画《えいが》を見たことがありますか？　この映画に登場するＲ２Ｄ２《アールツーディーツー》などのロボットたちのように、わたしたちがついつい生物を連想《れんそう》してしまうような音を出したり動きをしたりするロボットを実際《じっさい》に作ることができます。多くの子どもやおとながこうしたロボットと楽しく遊ぶのは、生きていると想像しやすいからです。こうした想像を利用すれば、健康や教育の分野で人びとを助けることもできます。たとえば、動物のロボットは、動物アレルギーをもった孤独《こどく》な子どもや病気の人びとのペットになりえます。教師《きょうし》たちは、学習をもっと楽しくするために、親しみやすく魅力的《みりょくてき》な助手《じょしゅ》としてロボットを使うこともできるでしょう。薬を飲むのを思い出させたり、なぐさめたり、新たな言語学習の動機づけをしたりするのが得意なロボットはすでに存在《そんざい》しています。装置《そうち》ではなく生きているもののようにあつかうことのできるこうしたロボットは、有用だと言えます。だって、トースターやコンピュータに話しかけるより、ロボットに話しかけるほうがおもしろいですからね。

　近いうちに、あなたの家にもロボットのお手伝いさんが来るかもしれません。でも、ロボットにあなたの秘密《ひみつ》をすっかり話してしまう前に、おぼえておいたほうがいいことがあります。ロボットがどのように作動するのか、ロボットの目的は何なのか、あなたについてどんなデータを集めているのか、などについて、少しは知っておいたほうがいいでしょう。たとえば、そのロボットは、あなたが言うことを録《ろく》音《おん》しているかもしれません。何か個人的《こじんてき》なことを話したとすると、その情報《じょうほう》がだれかほかの人に伝わるのかもしれません。ロボットを売っているほとんどの会社は、ただすてきなロボットをどうぞと思っているだけですが、中にはロボットを通して集めた情報をほかの大企業《だいきぎょう》に売ろうとしている会社もあるかもしれません。あるいは、別の方法でロボットを使って金もうけをしようとする会社もあるでしょう。結局のところ、ロボットは人間が作ったマシンなので、制作者《せいさくしゃ》の意図《いと》どおりに動くのです。それがすべて悪いわけではありませんが、ちょっと立ち止まって、そのロボットはだれが何のために作ったのかを考えてみてもいいでしょう。

将来《しょうらい》、ロボットは多くの場所で多くの仕事をこなすようになります。そのなかには、感情《かんじょう》を持っているようにふるまうようプログラムされたロボットもあります。ここで、最初の質問《しつもん》に立《た》ち戻《もど》ってみましょう。「ロボットには意地悪をしてもいいのでしょうか?」という質問でしたね。もしロボットが本当は感情を持っていないのだとすれば、「動物や人間に意地悪をするのと同じくらい悪いとは言えないでしょう。でも、あなたがロボットに親切にするのは、おろかなことではありません。というのも、それはあなたの共感力がすぐれているということにもなるからです。わたしのような科学者は、わたしたちがロボットを生きている者のようにあつかうことについて研究してきました。研究テーマの一つは、ロボットに対する態度《たいど》を見て、その人がどういう人かがわかるかどうか、という点です。ロボットに共感をおぼえる人たちは、人間に対しての共感力も強いのかもしれません。ですから、ロボットに意地悪をする前に、ちょっと考えてみてください。あなたが親切で思いやりがある人だということは、ロボットにとっては重要なことではなくても、あなたやほかの人にとっては重要なことなのです。

ケイト

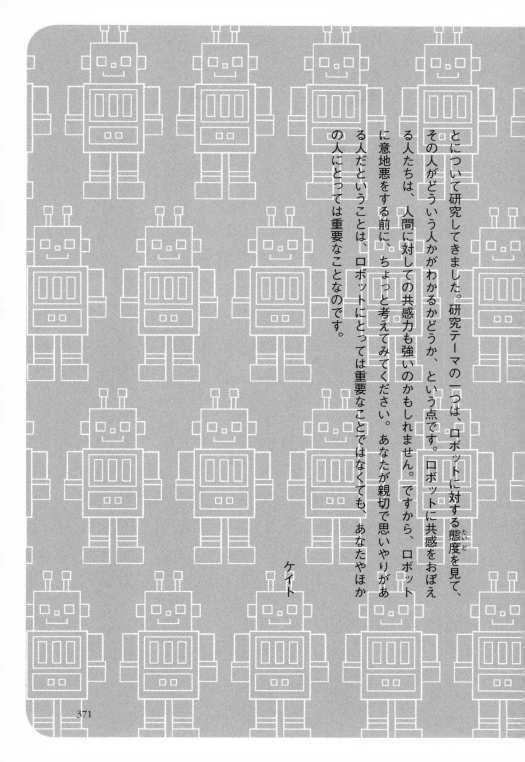

インターネットについて：プライバシー、アイデンティティ、情報《じょうほう》

インターネットであなたがしていることを、こっそり見ることができる人はいるでしょうか？　ネットに書きこんだメッセージは、どれくらいのあいだ消えずにとどまるのでしょうか？

インターネットは、世界中で相互《そうご》につながったたくさんのさまざまなコンピュータで成り立っています。わたしたちは、携帯《けいたい》電話などの装置《そうち》でネットにアクセスすることが多いと思いますが、コンピュータのなかには、インターネット上の情報《じょうほう》を保存《ほぞん》する役目をになっているものもあります。そうしたコンピュータは、サーバーと呼《よ》ばれ、わたしたちがアクセスするウェブサイトを提供《ていきょう》しています。サーバーは家やオフィスに設置《せっち》されている場合もありますが、多くは、インターネット・サービス・プロバイダー（ＩＳＰ《アイエスピー》）の専用《せんよう》センターに設置されています。グーグル、フェイスブック、アマゾンといった大企業《だいきぎょう》は、独自《どくじ》のデータ・センターを持っていて、それぞれが莫大《ばくだい》なデータを蓄積《ちくせき》しています。

ソーシャル・メディアのサイトは、[注1] 遠距離《えんきょり》であっても人びとがコンピュータのネットワークを使って話し合うことができるようにしています。そして、ソーシャル・メディアのプラットフォームに投稿《とうこう》された内容《ないよう》の多くは、永遠《えいえん》に残る可能性《かのうせい》があります！ 意図的《いとてき》に短期間しか保存できないようにしたメッセージアプリもありますが、受け取った電子メッセージはコピーが可能なので、さまざまなものがネット上に残っていくことになります。グーグルのような検索《けんさく》エンジンは、ロボットか「スパイダー」と呼ばれるソフトウェアを用い、インターネット上にあるすべてのページ（または、彼らが見つけられるかぎりのページ）の内容をかき集めています。検索エンジンの目的は、ウェブ上にあるすべてのものをカタログ化し、さがし物をかんたんで迅速《じんそく》にすることです。

このため、検索エンジンや同種のサイトは、わたしたちがネット上で投稿したり読んだりするコンテンツの大部分をたえずコピーし、リスト化しています。したがって、あるサイトで公表した内容は、直ちに他の場所にも登場したり、記録されたりすることになるのです。その結果、あなたがあるサイトで公表したものをその後消去《しょうきょ》したとしても、そのコンテンツはすでにほかのウェブサイトに登場している可能性があり、[注2] それを将来《しょうらい》のある時点で、別のネットユーザーが見るかもしれないのです。

ですからわたしたちは、インターネット上に自分の情報《じょうほう》を上げるときに、じゅうぶん注意しなければならないのです。実際《じっさい》に「削除《さくじょ》」できなくなることもあるからです。

ソーシャル・メディアを使って、あなたが両親とすばらしい休暇《きゅうか》を過《す》ごしていると友だちに伝えるのは、すてきなことかもしれません。でも犯罪者《はんざいしゃ》がそれを見て、あなたの家が留守《るす》だということを知るかもしれないのです。

あなたがずっと前に投稿《とうこう》した情報を、ほかの人が見る可能性《かのうせい》もあります。以前は、就職《しゅうしょく》の面接《めんせつ》の際《さい》、雇用主《こようぬし》が前職《ぜんしょく》についてたずねるのがふつうでした。今は、雇用主はソーシャル・メディアを見て、あなたや友だちの情報、そしてあなたがどんなことに時間を費《つい》やしているかを調べることができます。たとえば、あなたの友だちが投稿したものや、あなたのタイムラインにあらわれるものを見て、ほかの人があなたを判断《はんだん》することもありうるのです。

インターネット全体、特にソーシャル・メディアは、わたしたちのコミュニケーション能力《のうりょく》や、他者と楽しんだりかかわったりする手段《しゅだん》に革命《かくめい》を起こしました。なかには、ソーシャル・メディアのせいで、わたしたちは現実《げんじつ》世界では非社交的《ひしゃこうてき》になったと言う人もいます。四六時中利用している人については、そう言えるかもしれません。ほかの多くのものと同様、それによって人生が支配《しはい》されないよう注意し、危険性《きけんせい》も理解《りかい》した上で利用すれば、インターネットからも多くの恩恵《おんけい》を受けることができます。インターネットの使い方に絶対《ぜったい》のルールはありませんが、わたしなりにいくつかのルールを考えてみました。次のページにまとめましたから、あなたがインターネットを利用するときの参考にしてください。

注1：ソーシャル・メディアは、ユーザー同士が情報を交換《こうかん》するという双方向《そうほうこう》のインターネットの使い方をするメディア形態（Web《ウェブ》2.0と呼《よ》ばれる）のこと。Facebook《フェイスブック》、Twitter《ツイッター》、LINE《ライン》、Instagram《インスタグラム》、Youtube《ユーチューブ》などはソーシャル・ネットワーキング・サービス（ＳＮＳ《エスエヌエス》）と呼ばれ、ソーシャル・メディアを使うサイトの一種。ＳＮＳは主に会員制《かいいんせい》のサービスで、ユーザが他のユーザと「友達」関係になり、文章、画像《がぞう》や動画を共有することが中心となっている。

5 プライバシー設定《せってい》に注意しよう

ソーシャル・メディアのサイトは、企業《きぎょう》やブランドに広告スペースを売ることによって利益《りえき》を得《え》ています。広告は、その分野に興味《きょうみ》を持っている人に見せれば、大きな効果《こうか》があがります。ソーシャル・メディアは、わたしたちがすでにたくさん提供《ていきょう》してしまった情報《じょうほう》をもとに、たとえばサッカーや家庭用ゲーム機を話題にしている人たちに向けてサッカーゲームを売るための広告を打つことができるというわけです。ネットに自分の情報をたくさん上げるということは、企業の利益にも結びついているのです。こうしたサイトにはプライバシー設定がありますが、変更《へんこう》されることも多く、ほとんどの人はよく読まずに受け入れてしまいます。安全なのは、プライバシー設定を使いこなすか、あるいはすべての投稿《とうこう》は後に他者にも読まれてしまうと肝《きも》に銘《めい》じることです。

6 位置情報《いちじょうほう》の設定《せってい》に注意しよう

位置情報の設定にも注意が必要です。位置情報をオンにすれば、その地域《ちいき》の映画館《えいがかん》やスケート場などをさがすときにべんりです。でも、意見や写真をソーシャル・メディアに投稿《とうこう》するときにも、自分の居場所《いばしょ》を公表してしまうことになります。多くのアプリは、プロバイダーと位置情報を共有する設定がデフォルトになっているのを、知っていましたか？　位置情報をオンにしたほうがいいかどうかは、アプリごとに判断《はんだん》しましょう（たとえば、地図で道をさがすときには、オンにしたほうがいいですね）。またそのアプリの提供者《ていきょうしゃ》が信頼《しんらい》できるかどうか、自分のデータが悪者に利用されないかどうかも考えたほうがいいでしょう。疑《うたが》わしい場合は、オフにしておきましょう。

7 パスワードとセキュリティ

パスワード[注4]を推定《すいてい》することによって他人のデータを盗《ぬす》もうとする犯罪者《はんざいしゃ》は、ソフトを使って何千語もを組みあわせたパスワードを作って攻撃《こうげき》してきます。だからこそ、かんたんな言葉ではなく複雑《ふくざつ》なパスワードが必要になるのです。ありがたいことに、近い将来《しょうらい》には、生体認証《せいたいにんしょう》（指紋《しもん》や眼球《がんきゅう》のスキャンなど）データがパスワードに取って代わるでしょうが、それまでは、推定《すいてい》しにくく、コンピュータにもつきとめられないパスワードにしておいたほうがいいでしょう。「パスワード」「123456」とか、かんたんに推定できるパスワードにしてはいけません。ペットの名前や、お気に入りのサッカーチームの名前も避《さ》けましょう。

七つの大切なルール

1 投稿《とうこう》する前に考えよう

ネットに投稿する前には、送る相手だけではなく、ほかの人（あなたを知っている人も、不特定多数の知らない人も）が、今だけでなく将来《しょうらい》もその投稿を見る可能性《かのうせい》があることを考えましょう。それでもだいじょうぶかどうか確信《かくしん》が持てなければ、投稿をやめましょう。

2 クリックする前に考えよう

「スパム」[注3]メールを大量に送りつける人たちには、それなりの理由があります。何かを売りつけたい場合もあるし、意図《いと》しないサイトに誘《さそ》いこむリンクをはっている場合もあります。最悪のタイプは、あなたのマシンにソフトウェアをインストールして、データを盗《ぬす》み取ったりマシンを乗っ取ったりします。それを防《ふせ》ぐには、かんたんなルールがあります。そのメールがだれから来たのかはっきりしない場合、あるいはあやしい感じがする場合は、リンクをクリックしないようにしましょう。

3 シェアする前に考えよう

多くの人が、よく考えずに写真をソーシャル・メディアに投稿《とうこう》しています。しかし、その写真に写っている人は、公表されるのを望んでいないかもしれません。兄弟姉妹、両親や友だちが写っているスナップ写真を投稿するときは、写っている人に許可《きょか》を得《え》たほうがいいでしょう。あなたが世界に公表しようとしているのは、彼《かれ》らについての情報《じょうほう》です。あなたの写真やビデオを撮《と》った人にも、同じように注意してもらいましょう。いやなら、投稿しないでくれとたのむ勇気を持ちましょう。口のまわりをべたべたにしながらピザを行儀《ぎょうぎ》悪《わる》く食べているあなたの写真が、世界中にばらまかれることになってもいいでしょうか？

4 友だちだけを友だちにしよう

ネット上では、ほかの人になりすますことが可能《かのう》です。偽名《ぎめい》を使ったり、ウソの写真をのせたり、年齢《ねんれい》を偽《いつわ》ったりすることもできます。そういう人たちは、人気者になりたいというわたしたちの心理につけこんできます。友だちをふやしたいために、友だち申請《しんせい》の「承認《しょうにん》」をクリックしてしまう人も多いのです。プライバシー設定《せってい》がちゃんとできているなら、あなたの「友だち」は、それ以外の人よりずっと多くの情報《じょうほう》にふれることができるはずです。よく知らない人を、友だち同士の信頼《しんらい》の輪の中に加えないようにしましょう。

最後に、わたしはネットの世界を、現実《げんじつ》の世界と同じように考えています。そこではすばらしいこともたくさん起こるし、友好的な人たちもいっぱいいます。しかし、現実世界でも、歩く場所や、話す相手や、何をするかに注意が必要な場合がありますよね。ネットで散歩《さんぽ》をする場合も、それと同じことが言えるのです。

デイヴ

注２：ウェブデータ・アーカイブサイト（魚拓《ぎょたく》）と呼《よ》ばれるウェブサイトもある。世界中のウェブページを見はっていて、何か変更《へんこう》が見つかると、そのページにアクセスしてアーカイブサイトに格納《かくのう》し、元のページが消去《しょうきょ》されても世界中からアクセス可能《かのう》にする。検索《けんさく》エンジンのような検索機能《きのう》はないが、その結果、一度ウェブ上にあらわれたデータが永久《えいきゅう》に保存《ほぞん》されることになる。とてもべんりなサイトだが、ユーザーの「削除《さくじょ》」ボタンの意思《いし》にかかわらずデータは残ってしまう。

注３：「スパム」をなるべく受信しないためには、メールアドレスをウェブページやSN《エスエヌ》

S《エス》に書きこまないこと、インターネット・ショップなどにアドレスを登録しなければならない時にも、いつも使うアドレスとは別の、無くしても構《かま》わないアドレスを用いることなどが有効《ゆうこう》。「スパム」に返事をすることは厳禁《げんきん》。返事をすると、そのメールアドレスが実際《じっさい》に使われているアドレスとして登録され、スパムメールがさらにふえる。

注4：現在《げんざい》の計算機は非常《ひじょう》に高速なので、例えば8桁《けた》の数字のパスワードは、1秒以下で破《やぶ》れ、8桁の英数字も数時間以内に破れる。現時点でのおすすめは、12桁以上の英数字記号で、大文字、数字、記号がすべて入っているパスワード。もしくは、単語が12以上ある長い文をパスワードにするならば、わかりやすいものでも安全。パスワードを記憶《きおく》することをあきらめ、暗号化してどこかに電子的に置いておく、または、持ち歩かないPC《ピーシー》などについては、紙に書いてディスプレイに貼《は》っておくのも悪くない。悪人があなたの家に入ってディスプレイをのぞきこんだりは、ふつうはしない。ただし、インターネット上で同じパスワードが使われている場合は、流出した情報《じょうほう》によって、かんたんに破られてしまうので、同じパスワードを使いまわさないことは、非常に重要。

謝辞《しゃじ》

アニーとジョージの物語も始まってから10年がたち、この巻《かん》は、ふたりの主人公にとってもいよいよ最後の大冒険《だいぼうけん》となりました。ブラックホールから謎《なぞ》の惑星《わくせい》まで、ふたりはわたしたちを科学のさまざまな分野への冒険にいざなってくれました。さびしいことですが、わたしも未来にいるふたりと別れて人生の新たなページを開かなくてはなりません。

その前に、すばらしい読者のみなさんに、大きな感謝《かんしゃ》をささげたいと思います。みなさんのおかげで。このシリーズを大いに楽しみながら書くことができました。この10年の間に、多くの読者とお目にかかる機会に恵《めぐ》まれましたが、みなさんからのいろいろな質問《しつもん》に答えるのはうれしい体験《たいけん》でした。今回は草稿《そうこう》の段階で、貴重《きちょう》なアドバイスをくださったクローイ・カーニー、ピーター・ロス、ベネディクト・モーガンの若い三人に特に感謝します。

ペンギン・ランダムハウスと、世界中の提携出版社《ていけいしゅっぱんしゃ》のみなさん、特に、最初からアニーとジョージに信頼《しんらい》を寄《よ》せてくださったアニー・イートンと、わたしたちを宇宙《うちゅう》の旅へと連れ出してまた帰還《きかん》させてくださったシャノン・カレン、ルース・ノウルズ、エマ・ジョーンズ、スー・クックに深く感謝します。ジャンクロウ・アンド・ネズビット社のレベッカ・カーターとカースティ・ゴードンを始めとするみなさんは、この企画《きかく》のスムーズな運営《うんえい》に力を貸《か》してくださいました。

このシリーズにいろいろなやり方で貢献《こうけん》してくださったすばらしい科学者の方がたにも感謝しま

す。もし感謝の宴《うたげ》にみなさんをお呼《よ》びできるとすれば、世界の最も偉大《いだい》な科学者たちが一堂《いちどう》に会してくださることになるでしょう。
最後に、最も大きな感謝を捧《ささ》げたい科学者がいます。それは、わたしの父のスティーヴンです。父が自分の仕事を、子どものための物語シリーズとして再話《さいわ》する役目をわたしに託《たく》し、父ならではのかけがえのない言葉を寄せてくれたことは、作品の大きな意味をもたらしてくれました。父がいなかったら、わたしたちが暮《く》らすこの特別な宇宙についての知識《ちしき》や理解《りかい》は、ずっとわずかなものになっていたでしょう。このシリーズをしめくくるにあたって、父の言葉を引用したいと思います。

「足元ばかりを見るのではなく、星空を見ることを忘《わす》れないようにしよう」

スティーヴン・ホーキング
Stephen Hawking

英国の理論物理学者。大英帝国勲章(CBE)受勲。

ケンブリッジ大学にて約30年間ルーカス記念講座教授を務め、
2009年秋に退官後も研究を続けていたが、2018年3月14日没。
アインシュタインに次ぐもっとも優れた宇宙物理学者、また、「車椅子の物理学者」として、
世界的に高名。『ホーキング、宇宙を語る』(邦訳、早川書房)は、
全世界1000万部、日本でも110万部を超えるベストセラーとなった。

作者
ルーシー・ホーキング
Lucy Hawking

ロンドン市民大学、オックスフォード大学卒業。作家・ジャーナリスト。
新聞、テレビ、ラジオ等で活躍中。米国のNASA50周年記念式典での講演をはじめ、
世界中で、子どもたちのための科学や宇宙に関する講演で親しまれている。
2008年、イタリアのSapio賞科学普及賞を受賞。

※本シリーズは、スティーヴン・ホーキング博士とルーシーさんの父娘共著で発表されていたが、
2018年3月にホーキング博士が死去されたため、
この最終刊についてはルーシーさんの単著として発表されている。

訳者
さくまゆみこ
Yumiko Sakuma
編集者・翻訳家として活躍。
著書に『イギリス7つのファンタジーをめぐる旅』（メディアファクトリー）
『どうしてアフリカ?どうして図書館?』（あかね書房）など、
訳書に「リンの谷のローワン」シリーズ（あすなろ書房）
「クロニクル千古の闇」シリーズ（評論社）
『ぼくのものがたり　あなたのものがたり』『モーツァルトはおことわり』
『チャーリーのはじめてのよる』『チャーリー、おじいちゃんに　あう』
『ありがとう、チュウ先生』（以上、岩崎書店）他多数。

日本語版監修者
佐藤勝彦
Katsuhiko Sato
東京大学名誉教授、日本学術振興会学術システム研究センター顧問。
宇宙創生の理論、インフレーション理論の提唱者の一人として知られている。
著書に『相対性理論』（岩波書店）、『宇宙論入門』（岩波書店）など、
訳書に『ホーキング、未来を語る』（アーティストハウス）
『ホーキング、宇宙のすべてを語る』（ランダムハウス講談社）
『ホーキング、宇宙と人間を語る』（エクスナレジ）など、
監修書に『タイムマシンのつくり方“時間の謎”にいどもう』（日能研）
『はじめての相対性理論 アインシュタインのふしぎな世界』（PHP研究所）他多数。

ホーキング博士のスペース・アドベンチャーII-3

宇宙《うちゅう》の神秘《しんぴ》 時を超《こ》える宇宙船

2020年9月30日　第1刷発行

作　者　ルーシー・ホーキング
訳　者　さくまゆみこ
監　修　佐藤勝彦
発行者　岩崎弘明
発行所　株式会社岩崎書店
〒112-0005　東京都文京区水道1-9-2
電話　03-3812-9131（営業）　03-3813-5526（編集）
振替　00170-5-96822
印　刷　株式会社光陽メディア
製　本　株式会社若林製本工場

翻訳協力　平木　敬　平野照幸
イラスト　Designed by Freepik（P340-341）

NDC933　22×16cm　384頁

Published by IWASAKI Publishing Co., Ltd.
Printed in Japan
ISBN978-4-265-86030-2

岩崎書店ホームページ　http://www.iwasakishoten.co.jp
ご意見ご感想をお寄せ下さい。e-mail: info@iwasakishoten.co.jp